文艺
新实力

NEW FORCES
OF LITERATURE

县联社

黄薇 著

浙江工商大学出版社
·杭州·

图书在版编目（CIP）数据

县联社 / 黄薇著. — 杭州：浙江工商大学出版社，
2023.1

ISBN 978-7-5178-5315-2

Ⅰ.①县… Ⅱ.①黄… Ⅲ.①散文集－中国－当代
Ⅳ.①I267

中国版本图书馆CIP数据核字（2022）第247213号

县联社
XIAN LIANSHE
黄薇 著

策划编辑	沈　娴	
责任编辑	孟令远	
责任校对	韩新严	
封面设计	朱嘉怡	
责任印制	包建辉	
出版发行	浙江工商大学出版社	
	（杭州市教工路198号　邮政编码310012）	
	（E-mail：zjgsupress@163.com）	
	（网址：http://www.zjgsupress.com）	
	电话：0571-88904980，88831806（传真）	
排　　版	杭州朝曦图文设计有限公司	
印　　刷	杭州宏雅印刷有限公司	
开　　本	880 mm×1230 mm　1/32	
印　　张	11.125	
字　　数	257 千	
版 印 次	2023 年 1 月第 1 版　2023 年 1 月第 1 次印刷	
书　　号	ISBN 978-7-5178-5315-2	
定　　价	68.00 元	

我骤然感到，原来世界充满柔情，围绕于我的乃是一片仁慈，我与一切存在之物间系着甜蜜的纽带。我明白了想从你身上寻觅的欢娱不只是在你身上，还萦绕在我周围，存在于街市的喧哗里，可笑地束起的裙裾下，在飒飒西风中，在孕育着雨滴的秋云间；我明白了，这世界并非一串残酷的争斗，而是熠熠闪亮的欢乐，使人愉悦的柔浪，未为我们珍惜的礼品。

——纳博科夫《仁慈》

目　录 _____

第三辑

第一辑

安宁河谷北段的坝子

我的母亲通过熟人找到了一辆开往渡口的大货车，司机姓彭。

母亲对外公说，去渡口的车往回都是拉货，好不容易碰上一回拉人的车子，我们得赶紧走。

为了赶上去渡口的车，天还没亮，我们就动身了。外公背着我，母亲背着包包裹裹，我背着外婆村上的火生用过的一个书包，里面装着城关镇[1]的姐姐念过的几本书。我在外公的背上睡着了，醒来才发现天已经大亮。

外公把我们送到了。我们在邛崃上车，坐上大货车去寻找我的父亲，我们要去一个遥远又陌生的地方。

上车的地方是一个大院，有许多解放牌大汽车，满地都是难闻的汽油味儿。

外公说："朵朵，去爸爸那里好生念书哇。"

外公伸出棉衣的袖子擦眼睛。

---

1 现为四川省成都市崇州市崇阳街道。

解放牌大汽车上铺着席子,让人们坐。许多人也同我们一样,带着包包裹裹。有一个妇女同母亲一样,拖着孩子。

大货车在崇山峻岭中行驶,山两边就是悬崖,一层又一层,没完没了,犹如海中的波浪。我在车上摇晃的时候,我的父亲正在遥远的冕宁县一家川剧团里放幻灯。

那个时候,成昆铁路还没有通车,到我们要去的地方只能坐汽车,直到很多年以后,我才知道,解放牌大货车的目的地是一个叫作渡口[1]的城市。那里有一个三线项目正在建设。去往渡口的路径为成都—邛崃—名山—雅安—泥巴山—九襄—汉源—石棉—拖乌山—冕宁—巨龙—泸沽—礼州—西昌—德昌—米易—渡口。有五个省市的汽车运输公司车队在成都和渡口之间来回跑,被称为五大公司,它们分别是北京、辽宁、山东、河南、安徽。北京的车号是1,辽宁是2,山东是3,另外两个记不清了。母亲大概是寻到了一辆车号为3的解放牌货车,我也不确定。

我们离要去的地方泸沽有506公里。成都到雅安150公里,雅安到泸沽356公里。这些数字构成了母亲离开一个地方前往另一个地方的距离。

那是一个一生中走过最遥远路途的冬天。我们在通往泥巴山的道路上走走停停。泥巴山曾是108国道的死亡区,在成昆铁路还没有通车前,108国道中段的泥巴山上不知道翻下多少车辆,冬天这里的道路上结满了冰,夏天暴雨造成的塌方更是让道路充满了死亡的气息。我后来认识的亲密的人,为了生计在这条国道上奔波,然后翻车,死在了这里。

---

1 现为四川省攀枝花市。

一座山紧紧贴着另一座山，再一座山，又紧跟着贴过去。

我在汽车上晃动，随我晃动的还有年轻的母亲。她忧心忡忡，脸色苍白，因为路途的疲惫，她的两根长辫披散成一头蓬松的乱发。我们在汉源一家旅馆歇息。我饿极了。吃完面条，我的嘴唇糊上了厚厚的一层羊油。我想跟母亲说话，但羊油沉重地糊往了我的嘴巴。

我醒来又睡着，睡着又醒来。我在一座又一座的大山深处翻身，河流时而在我身体左侧，时而在我的身体的右侧。我在繁星下醒来，也在晴朗的天空下醒来。

母亲身后的那个世界，那个一望无际的平原中叫作崇庆的地方。

在离开它之前，我们住在崇庆县¹的城关镇。城关镇隔壁是崇庆县文化馆，它在崇庆县人民公园内，公园的前身是罨画池，是一座唐代的衙署园林，陆游在蜀州任官时就住在罨画池，他离开后，还写下了"小阁东头罨画池，秋来长是忆幽期"的诗句。园中花木缤纷，湖池、楼桥亭阁、梅园、花径已成胜景。这些东西滋养了陆游的生命，让他在此地心灵得到了休养。这么说吧，我和陆游曾在那里同住，我们是"邻居"。在离开崇庆之前，我身穿一条小花裙，将双手背在身后，站在罨画池一扇品字形的门前留下了一张照片，留下我在那里生活过的痕迹。

这些是我离开崇庆之前的记忆的一部分。我是想说，在我离开崇庆之前，有这样的人给我的精神垫底，只是我丝毫没有察觉。

城关镇临公园那面围墙周围栽有许多柑子树，它们也给撬杆²留下了藏身之地。一天夜里，我要起夜，母亲拉开电灯，发现有一扇窗户敞

---

1 现为四川省成都市下辖的崇州市。
2 四川方言称小偷为"撬杆"。

5

开了一条缝，一支竹竿从窗外伸进来，一端搭在房间内的木椅上，原来这只竹竿的目标是我们入睡时脱下的衣裳。母亲被眼前的这支竹竿吓到，惊慌地大声呼喊起来："有撬杆……有撬杆……"

外公家在乡下，那里有一丛丛的竹林，也有成群结队的狗。有一次我和外公走在乡村的田埂上，迎面碰到一大群狗对着我们"汪汪"狂叫，我吓得大哭，外公喝退了狗，把我扛在肩上，我才止住了哭声。乡下的夜晚没有电灯，外婆用洋火点燃麻秆在前面引路，我则牵着外婆的围裙跨过高高的门槛儿走进外婆睡觉的房间。麻秆噼里啪啦地燃烧着，在火光照亮屋子一角的同时，我们被更多更深的黑暗包围，我催促外婆快点"熄灯"。这是我最早的对于光明的记忆，也是对外婆的全部记忆。

在我四岁的时候，母亲就带着我离开了崇庆，也永远地离开了外婆。后来我们大概回去过两次，外婆也来过冕宁带妹妹，但那段记忆对我来说不是斑驳的，而是完全的空白。只有在一张全家福中可以找到我们一起生活过的影子。

照片中，外婆显得格外不同。我久久地注视着这张照片，这就是我亲爱的外婆，我实在是过早地离开了她的怀抱，所以我只能在成年的记忆中想念她，只能在记忆里一遍又一遍地想象她，却忘记了她的怀抱是如何的温暖了。

我在城关镇才学会使用筷子，那时我特别想吃肉，而母亲要求我必须用筷子才能吃到。她不帮我，也不同情我，我没办法，情急之下就学会用筷子了。但是在城关镇，最可怕的事情是小孩子的肚子里面会长许多蛔虫，有一次，大概是蛔虫从我的屁股后面钻出来了，一个大人拿把火钳追着我跑，我像只被踩到尾巴的猫惊惶地四处乱跑，结果，一根细长的蛔虫从我屁股后头被扯出来，真是让我吓破了胆。

在离开城关镇之前，我受过伤。一个小男孩用一块碎瓷碗的碗底狠狠地砸向我，砸得我眉骨流血了。我坐在门槛上号哭，隔壁的姐姐不停地用一张雪白的手帕给我擦拭流出来的血，直到母亲骑着自行车从乡下回来。那一次让我的眉梢处留下一个永久的疤痕。

带着这一切朦朦胧胧的记忆，我成了远行的主角。幼年的时光终将成为尘埃，遗落在大峡谷的另一端。对于这些幼年的记忆，尽管它们残缺不全，但是它们的存在使一条时光隧道得以打通，由此可以让我回到过去，回到那次远行之前的短暂时光。

关于母亲身后的那个世界的记忆断断续续，因为母亲每一次叙述，只告诉我一些记忆的片段，它们幽深而隐秘，我只能用倾听去触摸，用想象去缝补，仍然没有洞悉它们的全部。

现在，它们需要一些关键的片段来加以缀补，比如，母亲是城关镇的干部，也是县里重点培养的后备干部。比如父亲，她要投奔的那个人，因为家庭出身不好，所以他们的相爱受到了很多阻挠。

我无法猜想一个县里重点培养的干部，一个学生会主席出身的女青年，怎么就死心塌地爱上了那个年代里最不得志的男青年。这个男青年面目清秀，戴着一副近视眼镜。他没有别的本事，只会画一些毫无用处的画，只会给川剧团放幻灯。是什么样的机缘让他们相识、相爱？这个青年画家勾搭上了县里重点培养的女干部，被组织叫去谈话，但他顽固不化，被县文化馆开除，失去了工作，然后经人介绍，才到千里之外的川剧团谋到一份差事，得以生活下去。

长大后我才知道，我的父亲生在成都，长在崇庆。在八岁的时候，他就永远地失去了他最爱的妈妈，从此他的人生也变得坎坷，充满了痛苦。

我的爷爷游手好闲,后来续弦了几次,直到把家产败光。爷爷还是崇庆县的地下党人,据说崇庆县的地下组织被破坏后,只有他一个人没有受到牵连,曾经被组织上怀疑是叛徒,直到一九八一年才得平反。他跟我父亲的关系一直很紧张,几乎没有来往。但是平反的那一年,他来冕宁县找到了我们,同我们生活了一段时间。

爷爷的一生,给我留下了许多难解的谜团。

父亲十三岁就在社会上混,没有娘的孩子,名声自然不好。他自小很有绘画天赋,一直靠为别人写字、画画为生,那时他经常泡在茶馆,自有人会来找他写字、画画,当然是有一搭没一搭的,他常常是穷困潦倒的。再后来,他靠朋友的接济,在广汉一所师范学校读完了书,后来到崇庆县文化馆工作。正是在那时,他遇见了我的母亲。

我睁开双眼的时候,一个四面是山,中间是坝子的县城出现在我的眼前。寒冷将这个县城笼罩,后来我回忆这个县城的细枝末节时,出现的只有冬天的景象。

我从车上下来的时候,身体还止不住摇晃。夜晚我睡在父亲母亲的床上的时候,我的身体仍然在摇晃,这个摇晃的状态持续好几天后才消失。

县城

冕宁县城背靠横断山，位于安宁河谷的北部，是安宁河冲积出来的一块盆地，地理学上叫冲积扇，当地人叫坝子。安宁河从坝子的东部边缘自北向南绕城流过。河谷里宽敞的风，从空旷的河谷坝子横扫而过，让这里的冬天充满了凛冽的气息。坝子，装下了刚刚到来的整个冬天。

从车上下来的一瞬间，我看见我的手被冻裂了。从那以后，我的手指每年冬天都会生出冻疮。

路上的行人穿着羊皮做的褂子，褂子毛朝里，皮朝外，他们背着背篓，推着鸡公车，车上是一个巨大的竹筐，里面装着白胖的大萝卜。鸡公车来了一辆又一辆，他们扭着屁股推车，车子吱吱扭扭地响。他们嘴里呼出白气，像是冒烟似的。

街边散落着另外一群人，使冕宁县城充满了特别的气质。他们三五成群聚在街沿，成年的男子或光着头，或头顶的中间扎着一束头发，缠着一层厚厚的黑头帕，头帕中央是一根长长的头结。他们披着沉重阔大的衣袍，下身穿着钴蓝色的肥大的裤子，或坐或躺，平静又庄重地交谈。他们中间的一个男子这个时候举起一只瓶子对着嘴巴，像在吹冲锋号，一会儿，他将瓶子传到另一个人手中，那一个人，又像刚才的男子一样，吹一下冲锋号，又歇一下，再吹一下。

这是我在来到冕宁县城之后见到的与我们的穿着、生活习惯和语言完全不一样的人群，他们是彝族同胞。

直到这里，我的回忆仍然是没有头绪的。我没有告诉读者，母亲舍弃她的大好前程来到这个边远县城的不易。父亲和母亲后来生活在这样一个彝汉杂居的县城，意味着什么？他们离身后的崇庆县越来越远，而生命里的喜怒哀乐、荣辱成败，也离他们的出生地越来越远。

当母亲带着年幼的我站在离冕宁县城不远的解放桥上的时候，母亲远远地凝视着穿桥而过的安宁河，她知道，一个全新的家已经离她不远了。

解放桥，是二十世纪世纪四五十年代的历史变革的产物。解放，意味着属于凉山冕宁的漫长血腥历史告一段落。如今，这里生活着明朝洪武年间以屯兵的方式落户于此的汉族人的后裔，也生活着几千年前就聚居此地的古老少数民族的后裔。

我的母亲站在解放桥往北望去，新家对她的吸引力，肯定超过了桥边满坡的野花。一条河从北面的山坡奔流而下，它的河床上布满大大小小的石头，它们一定是在雨季的时候，随着猛涨的河水顺流而下的，这些石头成为县城周围的居民建房、筑路、垒桥的材料。河水经过村畔，向南，再向西，一路蜿蜒进入金沙江。

一个背着娃娃的小孩子从街道上走过，一边看着米糕铺子，一边走神。她的脸上有一团红晕，红晕上开着裂口，被风吹干了，结成了一层厚厚的痂，痂上还有一丝丝黑色裂痕。娃娃在她身上熟睡着，脑袋从布背边沿耷拉下来，随着她的步态左晃一下，又右晃一下，但她并没有察觉到这一切。她呆呆地看着米糕店热热烫烫的米糕,吞咽着口水。

偶尔也有自行车穿城而过。担着水的壮汉从街道的一扇大门出来,迎面碰上一群拖着鼻涕的男娃嬉闹着与他擦身而过,担上的两只木桶摇晃起来,溅到路人身上。壮汉嘴里便骂道:"小杂种,还不快去上学,一群白火石[1]!"

冕宁县城就是这样的一座小城。它小得只有两条街,从北门到南门是一条长长的街,从东门到西门是一条长长的街,中间有一个十字路口,它叫钟鼓楼,却没有楼,只是一个路口。这个十字路口又将两条街分成四条街,分别叫东街、西街、南街、北街。

北街上有国营的三八食堂,在后来的日子里,我去那里买过甜锅盔,八分钱一个。三八食堂门前偶尔有小贩在那里卖熟肉,肉切成小块,用海椒、花椒等拌了,论斤两卖。

三八食堂的隔壁是铁匠铺,铁匠铺不打铁,只做些铁制的日常用品。在后来的日子里,我拥有了一只自己的小水桶,就是铁匠铺做的。再往前走,就是县城小学的路口,再过去是邮电局。北街有座毛主席语录塔,语录塔上写着这样的标语:"人民,只有人民,才是创造世界的历史动力。"从语录塔过小彭,有一座桥叫解放桥,不远处是马尿河。

北街正对面是一座山,山下有坝子叫北山坝,北山坝所在那座山,当地人叫和尚冲。冕宁人一天的心情,由和尚冲上方的云雾决定,当和尚冲的上方出现乌云的时候,就意味着小小的县城即将迎来一场暴雨。

南街当头是一家国营商店,再过去是茶馆。当我长大一点后,我会每天出入那里,去打一壶开水。茶馆里面有一间黑暗的锅炉房,那里在

---

1 "白火石"为四川方言中骂人不中用、不成器的表达。

11

烧开水，小水壶一分钱一壶，大水壶两分钱一壶。茶馆隔壁是国营理发店，我上高中的时候还去那里理过发，理一种三七分的山口百惠那样的时髦短发。茶馆对面有一家小铺子，小铺子门前有一个画围裙的老婆婆，用竹棍蘸着白色的颜料画各种花纹图案，冕宁县妇女们背孩子的布背背、腰间的围裙上的花纹大都出自老婆婆之手。

再往南走，就是气象站、炸药厂，过南河桥后是一片田野，田野的尽头是南山，也叫南山寺。我上小学后学校组织拉练，就要去那里。南山寺在我读书的时候，就已经是一个地名，没有寺。

从钟鼓楼往东走，有一间与周围格格不入的矮小的土坯铺子，一门一窗一铺台，是一家卖彩色丝线的店。再过去便是冕宁县文化馆（川剧团），这里又是毛主席纪念馆，后来叫红军长征纪念馆，是我和母亲到冕宁后最先落脚的地方。这是一间砖木结构的四合院，地面铺砖，有旧式的椅子。里面还有一间毛主席住过的房间，房间里有毛主席的塑像，很高，是白色的，我小时候经常围着它转来转去，用手抚摸塑像光滑的大衣的褶子。房间里还有毛主席写字的桌子、睡觉用的床。馆中陈列有很多银圆，是长征红军路过彝区时留给当地老百姓的。我的父亲经常在文化馆画油画，那是父亲工作的地方。

在母亲还没有分到单位的房子的时候，我们在文化馆短暂地住过一段时间。文化馆里有一间群众阅览室，阅览室的背后是一间黑暗的房间，我们就住在那里。这间房间没有光照进来，需开电灯才能看清里面的家什。

我记得那里的天井，因为潮湿，四周的墙根爬满绿色的苔藓，苔藓身上长满了孢子，它们像蚂蚁一样长着红色的触角。我十分珍爱这些像蚂蚁般的红色的神秘触角，它们一直长不大，从来没有失去过它们可爱的样子。但是我是什么时候对它们失去兴趣的呢？我后来再也想不起来要去看它们了。再后来，我在我生活的地方再也没有看到过那样干净的、绿绿的、可爱的苔藓。

在这样的院子里住过，未免使人恍惚，我甚至怀疑我是否真的在那里居住过。我们搬走后，这里又发生了许多的变化。如果没有留下我头发蓬乱，举着一枝雪白的樱桃花坐在文化馆阅览室背后水泥台阶上的照片，你完全可以认为那是我的谎言。那个水泥台，与这里是什么关系？当那个水泥台不复存在的时候，它变成了语言的遗址。回忆是靠不住的，回忆是对记忆的缝隙进行填补和改写，在记忆的废墟上慢慢扩大它的疆域，让你想描述的那个世界拥有了时间、空间、细节以及个人的痕迹。我总是在成年之后想起这里，但每次想起，总会有新的细节出现，它仿佛是一口回忆的深井。

县文化馆旁边是豆瓣厂，豆瓣厂与文化馆之间有一条深而窄的小巷，它幽深神秘，可通达许多无名巷道和隐藏在街道背后的人家，它也是后来我经常同小伙伴去捉迷藏的地方。它黑暗，易于躲藏。它偏僻，独自待得久了，人也容易惊慌失措。

县文化馆过去不远是县革委[1]，再往东走，就是小东河，小东河边是城门洞，有西汉时期留下的一小截古城墙。古城墙脚下是一片荒草，这些草抽出细长的枝子，上面缀满了美丽的蓝色的小花，父亲告诉我这是马鞭草。沿小东河往东，就是金沙江的支流安宁河。

西街当口有一间卖糖果的铺子，五颜六色的水果糖和沾满白灰的饼干对我们有巨大的吸引力。往前走，是裁缝铺子，对面有一间米发糕

---

1 即冕宁县革命委员会。

店，再往前走，是小西街，它通往县中医院和天主教堂，教堂旁边是县医院，又叫西医院。我家迎来妹妹以后，妹妹常去县医院看病住院。

小西街再往前，也是一条小巷，像冕宁县所有临街的居民家一样，是不容陌生人觑视的。但是，最引人注目的却是小巷口子的土墙上贴着一坨一坨圆形的牛屎，其形状规则，分布均匀，任性得无可挑剔。

县城还有两条街。北街有一条小路叫小北街，另一条叫马营巷，它们均通往西街；有一条小东街，它通往北街。关于它们，好像没有什么值得记载的。

四条街道的街沿边都有排污水沟，它们日夜流淌着，与这个县城每天的日常生活融合得恰到好处，仿佛它们从来就没有存在过。街上有猪在行人中乱窜，有牛队自由行走，马车自不必说，因此，街道上会看到猪屎、牛屎等，这也是小县城世俗生活的一部分。

四条街道的末端便是田野，再往前走，四周都是山，山上长满了松树，松毛从树上落下来，铺满了隐藏在林间的小路，路柔软得像踩在棉被上。从任何一个地方穿街而过，不到几十分钟，便可以走进荒野，它们是大自然中的一部分，麦田、洋芋地、田埂子上盛开着打破碗花花和刺梨花。往南走不远的地方，便是南河，它是安宁河的一部分，往东走，便是小东河，河边有一段古城墙，在那里，风吹来河水哗哗的声响，还有田野散发出来的热烘烘的气息。天空蓝得像土布，一朵白云停在头顶久久不动，山鹰在高处起落，燕子沿河岸边低飞，岸边那些千疮百孔般黑色的洞一定是它们筑的巢。

冕宁县城，里面居住着无数的百姓，炊烟袅袅，井市喧哗。

现在，我已经来到即将在此生活二十多年的小县城。我和父母，都被家庭的亲密温情所笼罩。

县联社

　　我的母亲终于在她的单位分到房子,我们搬到了县联社的大院。为什么叫县联社呢?因为那是由日杂公司[1]、生资公司[2]还有土产公司三家单位组合而成的大院。我的母亲调到凉山彝族自治州后就在县联社的日杂公司当会计,后来她一直从事会计这个职业。

　　县联社在离钟鼓楼很近的北街口。它有一扇巨大的木门,木门上有一根很粗的门杠,门内两侧有靠栏。冬春午后的黄昏,小娃娃们穿着脏衣服,用衣袖擦着长鼻涕,依偎在木门旁。那里像是他们固定的玩耍场所,他们每天必须要去报到的地方。

　　一进县联社大院,右侧有一个小天井,里面居住着陈永革一家和另外的几户人家。左侧是日杂公司临街的商铺,有两层楼,楼上住人,楼下卖日用杂品。内侧对着门有一幢小平房,里面住着雷红旗一家。雷红旗家背后,又是一个四合院,四合院中间有一口水井,它的甘甜引来

---

1 即日用杂品公司。
2 即生产资料公司。

四条街的人前来担水、洗菜。井中盛着一轮月亮,有月亮的夜晚适合用井杆打捞白天落进井里的各种各样的水桶。水井边有一只白猫,有月亮的晚上,它悄无声息地在天井中漫步,它的胡须会发光。四合院背后是县联社的伙食团。沿伙食团有一条小路,背后便是另一个院子,里面居住着三家单位的职工和家人。在这条小路上,陈永强端着一盆滚烫的米汤撞上了迎面跑来的李籽蒙,将她的一只白藕似的胳膊烫脱了皮。

院子从左到右的两排房子中间牵了许多晾衣服的绳子,正对面是县联社的办公大楼,有两层。大楼呈倒U形,左边是生资公司,右边是日杂公司。砖木结构的大楼,地面铺着木地板,外立面是水泥墙,墙面贴着亮晶晶的小石子。这些小石子差点儿让妹妹破了相。有一次我在玩耍中追赶妹妹,她跑急了,慌不择路,脸碰在墙上,那些密密麻麻的尖利小石子将她的脸擦脱了一层皮,她痛得哇哇大哭。回家后,母亲在她的脸上涂抹上一层熬化的白糖,不久她的小脸便恢复了原样。我则被母亲狠狠揍了一顿,实在是委屈。

办公楼有三步台阶,台阶下是水沟,孩子们整天在那里爬上爬下,叽叽喳喳。办公楼门前的水泥地面被孩子的衣服、裤子,还有小手,磨得像镜子一样泛青发亮。

办公楼的右侧,是一排平房,平房前后住着单位的职工。平房的背后,是县联社的公共厕所。因为平房的存在,我去厕所时有了两条可选择的路,有了不同的风景。那些风景,其实都是由各家不同的窗帘、窗台上不同的花卉组成的。一侧,终年见不到阳光;另一侧,始终阳光灿烂。去厕所时,走前面路的人多,走背面路的人却比较少。背面那条路就常常成为孩子们玩耍的地方,我们曾在这一条路上用纸包了蝗虫烤来吃,蝗虫无肉的大腿,味道实在令人恶心。

这幢平房的右侧，是县联社居民的洗衣台。洗衣台前有一口井，这口井的水没有人挑来吃，因为它的对面有一口甘甜的水井供附近的居民饮用。洗衣台是一块水泥板，连接洗衣台的是一方水池，池面同样用水泥修了个搓衣板。水池是清洗衣服的地方，没有自来水，往往需要从井里打水倒进去，因此，洗衣也是力气活。

星期天，洗衣池是院子里最热闹的地方，女人们在那里一边洗全家的衣服，一边说长道短。

县联社的院子就这样被分割成若干个空间。最大的空旷地带，往往停着几驾马车，这些马车都是从遥远的区乡镇上来日杂公司拉货物的。母亲作为日杂公司的会计，要把手写得抽筋，才能将马车所需的提货单开齐全，因为一种日用品需要开一张单子，而不是一张单子上可以开出许多不同种类的货物。妈妈常年在日杂公司办公楼左侧最后一间办公室办公，那间办公室的背后堆着日杂公司的许多货物，被院子里的人叫作"坛坛背后"。办公室所有的光线都被坛坛背后那些堆积如山的货物所遮蔽，她和对面的周伯伯需要开着电灯办公。冬天的时候，妈妈总是披着一件发黄的棉大衣在那里做账，打算盘。

因为路途遥远，又因为妈妈开提货单需要一定的时间，所以马车往往会在县联社的大院内停留一晚。赶马人将马带走，只把马车留在县联社。每到这时候，孩子们就纷纷跳上马车，学起赶马人，"得儿驾，得儿驾"，欢喜得很。

没有马车的傍晚，那片空地则成为大孩子玩耍的乐园。打撬棒、滚铁环、跳花绳等是大院里最通行的游戏，需要宽敞的空间。踢毽子则可以去靠近中间的花台。跳方形的房子，会去花台到日杂公司办公室那片地方，跳长形房子，则要去往洗衣台前的那片空地，这些都是约定俗成的。抓子儿、弹杏核儿，会到日杂公司会议室门口那片光滑的地面上，那块水泥地平整、干净，一群孩子跪着、趴着、坐着，将那块地摩擦得泛着青色的光亮，能映出孩子们的身影。找小棒，则跳进花台里，花台早就变成孩子们的乐园，没有栽花种草了。如果夜里刚好下过一场雨，花台浸过水，土壤会变得柔软细密，去那里埋小棒、找小棒，是最合适不过的。

　　我们住在县联社最里面的院子里。院子被三幢平行的平房所分隔，平房又被各家在门口搭建的厨房隔成一个又一个各异的空间。要说清楚这些空间显得有些困难。在各家的屋檐下，各自的空间内堆着各家的柴火。柴火中间有鸡窝，也有引火用的刨花。经常可以看到谁家门前晒着东西，一摊一摊的，一摊橘子皮、一摊喂鸡的蚕蛹、一摊骨头、一摊杏核儿，或者什么草的根茎。它们使院子里的事物更加丰富、更加生动，一个院子的生活细节在这里呈现。

　　东家吃肉，西家吃菜，统统可以纳入邻居眼里。各家的孩子闻到香味，就端了饭碗在外面喊同伴的名字，赶上哪家的饭先煮好，早早在灶前守着，直到得到一块厚厚的锅巴，便用手举着，慢慢啃。

　　东边和中间的平房，住着夏小雨、夏小冬、李海洋、郑三娃、陈铜板、叶嬢嬢[1]、瞿小白、瞿小桃、周安安、刘江北、姜豆儿、孔繁花、孔红花……

　　平房后面是一圈土基墙，日晒雨淋，墙顶上培了厚厚的土层，风吹来了草的种子，墙头上便长出野草，开出白色和淡黄色的花，它们叫雀儿草。土基墙不高，背后是北街居民的后院。黎明的黑暗里，雄鸡的叫声在大院里此起彼伏，白天它们则飞到墙上，走来走去找吃的，主人

---

1 "嬢"为"娘"的异体字。在四川方言中，表称呼时习惯使用"嬢"字，特此说明。

来了，就咯咯咯地跳到旁边的后院去了。那边是居民的菜地，是它们的乐园。

这边鸡的主人，便要从县联社的大门绕出去，去北街敲开邻居家的门，向那家人要回来自家的鸡。天长日久，土基墙成了县联社与当地居民间矛盾的导火索。两边因为乱飞的鸡引起的谩骂时有发生。

中间平房背面，有一个院子，叫高家院子，住着土产公司的职工和家属。我们同那边的孩子交往不多。

那个院子住着冕宁县的老居民高婆婆一家。我上学的时候，眼看要迟到了，我就抄近路走高婆婆家，从她家无数的门槛中间跨过去，走到北街上。下大雨的时候，也走高婆婆家，可以少淋雨。高婆婆在幽暗的厨房里磨豆腐、烤豆干，把它们拿到集市上去卖。她的家几乎成为县联社居民出行的通道。有时候高婆婆家关着门，我就使劲拍门，使劲喊"高婆婆开门！高婆婆开门！"，好像喊的是我的外婆，好像高婆婆家通向各个房间的走道原本就是我家的。这时，高婆婆就会颠着小脚应"来啦来啦"。有时候是高婆婆的儿子来开门，他的脸上总是挂着一丝天真的憨直。他的上嘴唇缺了一片，是个兔唇，四方街邻都叫他高豁豁儿，高婆婆家通往北街的通道，被我们私下叫作高豁豁儿家。高婆婆为此经常怪高爷爷，说高爷爷在她怀高豁豁儿的时候，在家门槛上用柴刀砍柴，叫他别砍，他不听，还砍得更来劲。

高婆婆的孙女叫高小兰。大人们都喜欢在孩子的名字背后加上一个重音，省掉其中一个字，于是她的名字就变成了"高兰兰"。院子里所有的孩子都是这样叫，特别是女孩子。

高兰兰家里那个乌漆嘛黑的厕所里养着猪，散发着浓重的屎尿气，在我眼里那就是个猪圈，是个倒屎尿的地方。不过，每年杀猪的时候，她家都给这个院子平添些许欢乐和过年的喜气。

高家院子住着的人家如何变化，我们这边的人家不太注意，主要是小孩儿不太注意，但是中间这边平房和左边的平房住着的人家，因为家里人口的增加，有些人家要多分一间房子，所以也就有搬动换房子的现象。

后来，在办公楼右边的农资公司又增加了一排平房，搬进来一些人家，这个院子住着的人家就增加了一些，而有些职工调到其他的单位，也搬走了一些人家。

县联社就这样里里外外住了八十多户职工及其家属。孩子们也就成群结队地出生、成长，他们也是这里的主人，拥有一个自己的小世界。

这就是县联社，我们的天堂。我们快乐地尖叫、疯跑。从办公楼三楼的滑梯上滑下来的，是夏小雨、李籽蒙、郑三娃、孔红花……

一家三口

我家有三口人，在平房的右边分得一间房。

起初挨着我家的，是孔红花家。孔红花有一个姐姐叫孔繁花，有一个哥哥叫孔前进。孔红花的爸爸，是乡村学校的教师，梳着电影中特务的那种分头，头发一边略高，一边略低，使他的形象介于温良与狡诈之间。

那天，孔前进在厨房门外劈柴，他边劈边说："妈，我们家今天吃瘟猪肉呢。"

话一出口，他妈妈在厨房里说他："瞎说！瞎说！"

孔前进很固执，仍说："是瘟猪肉嘛，是瘟猪肉嘛！"

孔红花妈妈在厨房里难为情起来，就拾起烧火叉子跑到门边，孔前进丢下柴火就跑。一旁的孔红花爸爸看见孔前进跑，脸上挂不住，便在孔前进的后边追。孔前进跑得快，他爸爸在追不上的当口，就将手中的柴火向孔前进扔过去。孔前进抱头鼠窜，像被踩到尾巴的野猫一样尖叫。从那以后，我看见孔红花的爸爸就躲着走。

我的童年记忆很大一部分来自周围的邻居和同伴，那些记忆是从一扇扇不同的门窗开始的。对我而言，那些门窗在很多年中始终充当着瞳孔的角色。它们复杂难懂，又含糊不清。很多年后，我才发觉外部的世界与那些门窗内所发生的事件大相径庭。不同的是，记忆篡改了许多事件粗糙、质朴的外形，然而它并没有改变世界本身，只是对一个孩子观察世界的视角稍微进行了干预。对于曾在那些房间中生活过的人来说，这是一件并不复杂的事情，但它取得的效果却是神奇的。

夜晚来临的时候，我们会被更多意料之外的声音所惊醒，东家两口子打架，西家在闹分家。这样的事件并不是悄悄进行的，是属于县联社的公共事件。大人、孩子纷纷跑去看红火[1]，人群会拢成一圈。陈永红和陈永革的爸爸妈妈在相互拉扯，他们的两个姐姐陈大英和陈小英在旁边不停地抹眼泪，这是我童年时代最惊心动魄的事件之一。

陈永红和陈永革的爸爸身体十分瘦弱，是一个病秧子，可他骂出的每一句话，都是惊天动地的，会让陈永红和陈永革的妈妈、他们的两个姐姐以及一旁劝架的人处于极度惊恐之中。

他扬言要同陈永红和陈永革的妈妈黄五孃离婚，而黄五孃则马上歇斯底里地回应他："分就分！"但她表示坚决不要陈永红和陈永革的两个姐姐。每当这个时候，陈家两姐妹便大放悲声。

陈家隔三岔五就会吵架，而陈家两姐妹的命运，也成了我童年的一桩心事。

陈永红和陈永革的爸爸在小东街口子上开了一间小店，一门一窗一铺台的格局。石头的铺面上摆着红红绿绿的绣花丝线，这些丝线在白晃晃的阳光照耀下缨缨络络，显得十分妖娆。当然，除了丝线，店里

---

1 四川方言称凑热闹为"看红火"。

22

没有什么东西可卖。陈永红的爸爸整天躲在光线不明的铺台背后沉默地吸烟。

我有两条漂亮的连衣裙,一条是绿色底子带点粉红花,一条是白底子上面有淡淡的几何图案。绿色的裙子在袖子上有两块飞边,像蝴蝶的翅膀。

花裙子让我跟其他小朋友区别开来,于是他们生气地朝喊我:"猪耳朵!猪耳朵!"

我难为情起来,便说:"我不要穿着这条花裙子,不好看,像猪耳朵!"

因为爸爸要去西昌出差,所以我暂时不再为花裙子而烦恼了。我去西昌的时候仍然穿花裙子。妈妈觉得那是我出门的看家衣服。我得穿漂亮点,才能跟着爸爸一起出远门。

对于我们在西昌的日子,我几乎都记不得了。只记得每天傍晚爸爸会带我去散步,为我称上一块叫作"芡实糕"的糕点,我无心散步,心里老是惦记着那块芡实糕,待枯燥的散步快结束时,爸爸在小河边看见了一丛苦竹,他用小刀削下一根,我们便欢天喜地地回去了。

爸爸将芡实糕放进他的茶杯,倒上开水,将芡实糕化开,那支竹子发挥了神奇的作用,它代替了调羹,一大茶杯糊糊就这样调好了,这个过程简直太有趣了。

我们从西昌坐火车回来,车到漫水湾的时候,爸爸就指车站的站牌给我看:"朵朵,看!那是漫水湾。"那时我正在吃一只通红通红的番茄,一抬头就把番茄的汁水弄到了我的白裙子上,正好在胸口的部位。

爸爸出差去的地方经常是在大山里。他回来会抱住我,把我抛起来又接住,嘴里念着歌谣:"骑马马,走江口,进泸宁,买黄果。"他说的

"泸宁"是冕宁县的一个区乡[1]，从县城过去，要坐六个小时的车，在棉沙湾步行到江口歇一夜，第二天再乘小木船渡过雅砻江，翻过一座叫作"老来穷"的山，才能到。爸爸还经常去拖乌山上，有一次他带回来一大口袋青苹果，差点没把我和妈妈的牙齿酸掉。

父亲时常将我带在他的身边，我已经记不清有多少回随他去北山坝，那真是一个离县城十分遥远的地方。

但是，无论有多远，他仍然喜欢让我跟他去北山坝开会。他将我架在他的肩上，我骑着爸爸的"马马肩"，同他一起走过漫长的泥土路。

我有好几次随我爸和一群开会的代表们蹲在地上吃饭，几个人围成一圈，圈中是一大碗菜，其中炸黄豆分外引人注目，爸爸带我去北山坝就为了吃炸黄豆，这是大人们之间心照不宣的事儿。饭还没吃完，爸爸就找来一张报纸，折成三角的纸杯，然后将大瓷碗里剩得不多的黄豆倒进去，再将纸片翻过来盖住，包起来叫我捧在怀里。我眼前是叔叔阿姨十分友好的笑容，于是我一边吃炸黄豆，一边四处玩耍。

我爸更是心满意足。我们回家时，爸爸又将我抱起来架在他的肩上。

北山坝是一个空旷的坝子，它在和尚冲的山脚下。从县城去往那里，有一条宽宽的泥土路，四周是一望无际的苞谷地、洋芋地、烟草地。从我们所走的路朝东看，远远的有一排用石灰刷白的房子。

爸爸指着白房子中间几个隐约的黑影子问我："朵朵你说，那几个黑色的影子是什么？"

我远远望去，眼睛望得酸痛，说："那些黑色影子应该是人吧，他们

1 现属四川省凉山彝族自治州冕宁县锦屏镇。

也像我和爸爸一样,在很远很远的地方赶路呢!"

爸爸哈哈哈地笑起来:"不,朵朵,你再看看!"

"那爸爸你说那是什么?"

"是门呀,是白房子中间一排排的门呀。"

"爸爸乱讲,为什么我们走,他们也走呢? 我们停下来,他们也停下来。"我有些气恼。

爸爸下次再问的时候,我仍然回答:"那是小人呀,爸爸你看,我们走,他们也走呢。"

当知青的四表叔

从北山坝回来不久，我就见到了我的四表叔。

爸爸喊四表叔为"老四"，妈妈喊"四老表"。

四表叔正和我爸蹲在门槛沿上说话，看见我，就拍拍手站起来："呀呀，这是朵朵，快到表叔这里来。呀呀，眼睛大大的，真是个乖女女……"

妈妈给四表叔做了份猪油饭，就是往白米饭里拌些猪油，再倒上几滴豆油，拿匙子拌匀。四表叔蹲在门槛沿上吃，吃得满脸红光。他说："大哥，你改天带朵朵去我们知青点看看哇？"

我妈说："你不是分到先锋公社的吗？离咱家那么远，你哥啥时有空去？也是，你都来了好几年了哇。"

四表叔说："我这也不是好几年了，才知道我哥也在这边。你们都有朵朵了。朵朵比我想象中还要乖。"

四表叔来，光顾着给我爸我妈说些高兴的事情了。

他们都在屋子里，全神贯注地低声交谈，这种谈话像一条河无情地将小孩和大人的世界分开来。

四表叔说："嫂子，你还别说，我们来冕宁还经过好一番的折腾。"

四表叔在成都七中读书，按照省革委[1]的分配，到西昌专区冕宁县泸沽镇插队落户。他们一九六九年从成都出发到的冕宁县泸沽镇，本来有近八十人是被安排在沙坝公社的，但是学校中的"对立派"也在沙坝公社。四表叔他们几个玩得好的同学不愿与"对立派"在同一公社产生摩擦，第一天晚上住在雅安时便商量去另外的公社。第二天晚上他们决定抢占先锋公社。车到泸沽镇时，四表叔就把车拦停了，和学校工宣队反复交涉，最终工宣队同意他们改变分配，去与沙坝公社一山之隔、相距二十多公里的泸沽镇先锋公社。

先锋公社各生产队的知青名单早已确定，除四表叔和他的同学外，其他知青已由各生产队接到了队上。工宣队说四表叔等人是学校的"造反派"，各生产队都拒绝接收。工宣队与县知青安置办公室、公社、生产大队反复交涉，打算把他们分散安置插到各队，他们坚决不同意，说本来印象就不好了，如果人少更吃亏。坚持了几天后，最后四表叔一行十八个人被分到先锋公社白坝大队下属的一个生产队。

四表叔这次带来了他们种的海椒，还有一些其他的菜。

四表叔说："农民种菜的品种太少了。他们只有青菜，我们的人回成都后带来了菜脑壳[2]，还有红叶子莴笋。红叶子莴笋在自留地里长得比所有绿叶子莴笋都好呢，你说怪不怪？"

我妈说："还真就好久都没有吃过红叶子莴笋了。"

后来，先锋公社没有摆出一副不要四表叔他们那帮知青的架势，在每个生产队都可以推选一名知青当副队长的时候，四表叔被推选成了

---

1 即四川省革命委员会。
2 四川方言称抱子芥为"菜脑壳"。

副队长,这个九品芝麻官,管的事还真不少。

四表叔当了生产队副队长后,带领他的同学把二十四节气倒背如流,哪个节气应当平整秧母田、撒谷种、扯小秧、犁大田、搭埂子、点黄豆、插秧、薅秧、打谷子、晒谷子、送公粮,都弄得一清二楚;哪个节气应当撒粪、点菜子、点麦子、收菜子、收麦子,他们也从公社社员那里全套学会。他在分配活路时,对知青社员一视同仁,深得社员好评,当然送公粮这种可以到镇上走一趟的活路,知青要优先一点。

每一个知青到农村插队,国家都要拨付给生产队两百元安家费,两百元在当时可不是一笔小数目。也有知青说根本不知道有这笔安家费。自从四表叔当了副队长后,知青的安家费全部交给他们自行支配。他们修房子需要砍木料、砌墙、做木工、烧瓦、做背架子等的时候,就用安家费让生产队派工来解决了,剩下的安家费他们用作其他生活方面的支出。

"我们修的那房子,队里人都叫'知青点',你们啥时过去要要看?"

四表叔向我们发出了邀请,这真是令人兴奋。我有些迫不及待地想要去四表叔口中的知青点看看。

之后四表叔和爸爸他们在说些啥,我完全听不明白,我感到大人聊天真是太无聊了,我一下又一下地扯四表叔的衣袖,显出一副不开心的样子。

四表叔唤我:"来,朵朵,表叔教你唱歌哇。"

我想我应当在四表叔面前现一现我的本事,我就说:"我会唱一种歌。"

四表叔推我:"那你唱,朵朵来给表叔唱首歌。"

我一高兴,就扭了起来,扭呀扭呀比来比去,嘴里唱着:"我家的表哎哎叔,数嗯嗯嗯不清,没有嗯嗯大事,不登门,虽说嗯嗯是,虽说嗯嗯是亲人嗯嗯又不相认,可他比亲眷哎哎还要哎哎亲……"

我还没有唱完呢,表叔就笑出了眼泪,我也笑起来了。

我妈见状就说:"朵朵这孩子,成天瞎唱瞎说瞎玩。"

一连几天,我就缠着四表叔要他教唱歌:"四表叔,你说你教我唱歌,唱啥子歌?"

"你听了就知道了。"

四表叔就教我唱:"铁路修到了凉山下,炸开了高山架起了桥,一条铁路通到了我们家……卡沙沙,卡沙沙,卡沙沙,卡沙沙,修路的大哥卡沙沙……"

"四表叔,啥叫'卡沙沙'?"

"'卡沙沙',就是'谢谢你!'"

"知青发配到凉山下,想回成都看爹妈,爬上了汽车乐开了花,一路顺风回到我的家,卡沙沙,卡沙沙,开车的大哥啊,卡沙沙,卡沙沙,卡沙沙,卡沙沙,开车的大哥卡沙沙。

"知青回成都,就是没办法,五大公司的汽车,不搭不搭,就是不搭。不是它不搭,不是它不搭,省革委的文件,把我们知青卡。

"一定要回成都,回去见爹妈,五大公司的汽车,不敢搭,不敢不搭。鼓捣到它要搭,鼓捣到它要搭,天高皇帝远,谁敢把知青卡……要回家,要回家,要回家,要回家,西昌的知青要回家……"

"哈哈,不搭不搭,就是不搭……"

我妈说:"四老表,朵朵她懂个啥。"

仗着四表叔在场,我气恼地冲我妈叫:"就要听就要听,就好听就好听。"

我终究没有去过四表叔所在的先锋公社。四表叔偶尔进城,就会来我家里，有几次四表叔还带了其他知青来家里耍。我总是不作声地听四表叔他们聊天，他们挤在两张床和周围的凳子上，挤挤团团地嗑着瓜子，讲恐怖的山间鬼魂，或者讲知青谈恋爱，或者讲亲历的奇闻怪事，有时候全屋子里的人哄笑，有时候又唏嘘一片。

四表叔讲的故事

　　四表叔所在的白坭大队下属的三队中有个绰号叫"俄呆"的知青，他每年能挣三百多个劳动日。"俄呆"比较定时赶河边场，找河边公社的老知青理发。他有一部半导体收音机，能收到许多电台，他得知新闻消息比通过《参考消息》读到的还早。有人从他带下乡的《1964—1965年成都市中学数学竞赛习题解》中发现，有的题目后面印有"四中秦冰痕解"字样，才发现他是四中的高才生，马上对他刮目相看。

　　有一次四表叔队的知青到三队去玩，见"俄呆"床上有本书翻开着，看看封面——《美学》，作者黑格尔，再看看他翻开的那一页，读了几句，根本读不懂在说些什么。当时，学生们看的所谓名著也不过是小说而已，人们也不知道美学是什么，值得用如此厚的一本书来写。在美只剩下一种颜色、美只剩下面条的年代，"俄呆"在白坭三队看黑格尔。

　　有一次三队的2105柴油发动机发飙停不住了，吓得社员们躲得远远的，几个社员满堡子喊："俄呆！俄呆！"听到声响的"俄呆"跑到晒坝，脱了衣服把进气口一堵，柴油发动机熄火了。社员们特别佩服有技术的人，每每说起这件事，都要绘声绘色地宣传"俄呆"大无畏的革命精神。

　　这件事也使得知青们对他肃然起敬，知青中学过物理的人多，而真正摆弄过柴油发动机的人少。据说"俄呆"在新华农场时就和柴油发动机、拖拉机打过交道。后来招工时县农机厂来招他，他提的条件是不当学徒，直接拿三级工的工资，因为他可以和厂里的任何一个三级钳工比手艺。对于这种"无理又狂妄"的要求，县农机厂自然拒绝了。

　　"俄呆"恢复高考后直接考上了研究生，学的既不是机械也不是艺术，而是外语，后来出国了。听说"俄呆"现在英国牛津大学工作，一九九二年还获得了英国爱丁堡大学遗传学与分子生物学博士学位。

　　向炜是白坭三队的老知青，岁数不大，爱好象棋。有一次他去县城，看见路边有人下象棋就不走不动了。其中一方是个老者，口中不停地教训对手。

　　"这一步你不能跳马，只有上士还有点救。

　　"你简直枉自，平车嘛。

　　"在冕宁枉自下，不好耍，西昌还有几个对手。"

　　那时好像还没有"观棋不语真君子"的规矩，围观的人都在帮忙，另一方却还是输棋。

　　向炜看了一会儿以后，老者说："你不能攻兵，攻兵输得快。"

　　向炜说："不见得，试一下。"老者见是陌生人帮忙，就让周炜试了几步，棋势渐变。

　　老者居然输了。

　　老者马上邀向炜来一盘，结果老者连输两盘。围观者看得出来，老者棋力不如向炜。有人开始争论如果向炜让棋，是让一个车合适还是让一个炮合适。因为要赶回生产队，向炜告辞，老者一定要问向炜是什么人,哪个地方的,向炜答:"先锋公社的知青。"老者愕然。

向炜这个回答真给先锋公社的知青长脸。

大队修水库,休息时有社员拿出棋盘下棋。那一天向炜让社员见识了什么是盲棋。

一个社员坐在棋盘边,周围围着十几个人,向炜躺在几米远的旁边晒太阳,看不见棋盘。对手走棋后有人报知向炜,向炜报棋后有人替他走棋。

"炮二平五。

"马七进六。

"开始了!"

好听的不是走棋的步伐,是向炜的噱话[1]。

"你娃想吃马? 不得给你吃,马五退四。

"车四平五,将军,不能上士,车来垫起,我是不得对车的,车五平一,这个兵没得了。

"想照王抽相? 如意算盘不要打,退马不就解啦? 这下你咋办?

"你以为我忘了这里还有个兵哇? 不得让你吃,这个兵要留下来你老王推磨的,有用,兵三进一。"

围观的人从头笑到尾。当时四表叔第一次见识到盲棋,一盘棋居然全在向炜心里,简直是奇了。

也许是太想听他说噱话,知青专门请他同中和大队的另一个知青来"知青院"下了一盘盲棋的对局,两人噱话连篇,互相取笑,有趣极了。

向炜后来喜欢上了围棋,也是高手。

---

1 四川方言称玩笑话为"噱话"。

公安局背后的县革委

县革委是我童年时代最感辽阔的地方。顺着东街往东河方向走，再往北穿过一个路口，里面有公安局、武装部、县革委，还有县革委大礼堂以及无数幢白色的房子。清代的时候，这里是县署，中华民国时是县政府。去往这里的路两旁有高大的桉树，路中间有一棵高大的皂角树，已有上百年的历史。它旁边有灯光球场，万人大会、誓师大会、宣判大会都在那里召开，召开时人声鼎沸，锣鼓喧天，高声喇叭嗡嗡地响着，从安宁河这岸响到对岸，从灯光球场响到解放桥。

县革委路旁的桉树为我们提供了取之不尽，用之不竭的玩具。桉树身上有股浓重的刺激性的清凉气味，它们灰蓝色的叶片上有一层薄薄的蜡质。大约在秋季或者早冬，树上会掉下无数的酷似外星飞行器状的果实，果实落在地面上裂成两半，一半里面有许多黄色毛茸茸疑似种子的东西，另一半长着尖尖的柄，圆锥的针尖，上粗下细，我们叫它"地转转儿"。如果两只手指拧住它圆锥般的针，轻轻一搓，它便会从两指间飞出去，在半空画一道弧形，然后稳稳地落在平整的地面上，像陀螺一样转起圈来。如果在地转转儿的内壁涂上彩色线条，它们便会甩

34

出彩虹。地转转儿取之不尽，拥有它们简直是轻而易举。

桉树是冬天黑夜里大风的来处。县联社在北街，县革委在东街，北街与东街在某一个地方交汇。我们家的后院隔一堵土基墙就是公安局的后院，两家后院都种着菜和果树，果树以苹果树和梨树为主。去东街的县革委要走出汗才能走到。可是夜晚，风不需要走那么远的路，它从东街转眼就到了北街，冷凛的风从桉树的树梢刮过来，发出可怕的呜呜声，伴随着尖锐的口哨一样的声音。风使夜晚空旷，使黑夜神秘，我缩在温暖的被窝里瑟瑟发抖。

瞿小桃的爸爸在副食品公司工作，他的工作就是批条子给别人买糖、买酒、买烟。求他办事的人常会排起队。瞿小桃家里的常客——彭葵的爸爸就是县革委的人。我们两家虽然是邻居，但大人之间往来得不多，孩子们却不一样。孩子们甚至分不清哪里才是各自的家，孩子们对彼此家的熟悉程度不亚于对自己家的熟悉程度，哪里有桌子，哪里有几把椅子，哪里有几本书，还有哪里收藏着好吃的，孩子们在心里都一清二楚。

对我来说，县革委就是那些高大的桉树，还有几个孩子的父母工作的地方。穿过桉树林，再穿过灯光球场，就是我童年的幼儿园所在的地方。

幼儿园在城的东门，穿过县革委的桉树林，拐上一条小路，这是一条很长的泥巴路，几乎要走到郊外了。好在路通常是干的。幼儿园大门口有生产队种的蔬菜。有一天我在幼儿园门口生产队的菜地里发现了几棵莴苣秆子，莴苣被砍去头后，秆子还是青色的，于是我的嘴里唾液顿生。我将其中一棵扳掉一小截，用牙啃掉它的皮，再把青色的肉含在嘴里大嚼，将它吃光了，再走进教室。它在嘴里有一股清苦的味道，它是多么的美味。我的嘴里，几乎没有过别的味道，我馋极了。

几天后，那几根泛着青色的莴苣头也不见了。

这座幼儿园，教室外面有大木马，还有水泥做的滑梯。到处是绿色的草坪，我们在这里疯跑、尖叫、玩过家家，你当我的孩子，我当你的妈妈，妈妈做饭给她的孩子吃。我们在草坪上做游戏，最爱做的游戏就是"丢手绢"。而我们的老师，就站在我们身后。她们总是笑眯眯的，仿佛幼儿园是蜜糖做的。郑三娃、李海洋、孔红花、夏小雨都是蜜糖做的。

县联社就在离钟鼓楼不远的地方，钟鼓楼是冕宁四条街的交界处。我们在北街。大多数时候都是我自己去上幼儿园。有一次我和郑三娃一起去幼儿园。他的爸爸在县革委工作，生活水平要比我们好得多，他们家经常有炒鸡蛋吃，而我们只有到生日的时候，妈妈才给煮两个。平时我们爱收集糖纸，而收集的糖纸就数他的花色最多，数量也最多，还有收集烟盒什么的，都是他的最多最好。玩打仗游戏的时候，他扮演李向阳的时候最多，除非他自己想当松田了。

一路上郑三娃在吃一只香蕉。冕宁是不产香蕉的，他吃香蕉很让人眼馋。他自个儿一路吃着，吃了好久，他一边吃着，一边和我一起不停地回过头去看扔在路上的香蕉皮。路上几乎没别人，我们可以一直看得见香蕉皮躺在那儿，一块小小的黑乎乎的影子。

一直走看不见香蕉皮为止。

我的幼儿园的老师，一个姓张，一个姓卓。张老师长得清秀，卓老师长得憨愚，按现在的话来说就是有点土。可我更喜欢卓老师，她对我十分亲切。我在幼儿园读书的时候要自己带被子。枕头是绿色的，被子是大红色的，上面有延安城、延河，还有大桥和宝塔山。很多时候我睡不着觉，就睁着眼睛看旁边的小朋友。有一天午睡起来后，妈妈来把我接走了，让我回家带妹妹，从那以后我就再也没有回到幼儿园。

县革委大礼堂像黑暗中一块方形的盒子，在冕宁县冬天巨大的空旷中闪闪发光。它闪闪发光，雪山和草地也在闪闪发光。一群藏族妇女给解放军洗衣服。"哎，是谁帮我们翻了身哎，是谁让我们得解放哎……是亲人解放军，是亲人共产党……"

火车开进大凉山。一个扮演彝族同胞的姐姐把头帕跳掉了，露出两根辫子。她很不好意思地跑进了幕布后面。

舞台的布景就是我爸爸放的幻灯。他是幻灯师，也是魔法师。爸爸在川剧团工作，但爸爸也在文化馆工作。我分不清川剧团和文化馆的区别。

川剧何时开始传入冕宁，无考。多年后我查证地方史料，大致梳理出一条脉络。

清末，沙坝有资姓领班"大顺班"，行当、服装、道具一应俱全，阵容宏大，颇有名气。中华民国初年，每年到了"二月八"会期，县城和一些场镇都要请外地戏班来唱戏，地方上爱好川剧者，自己出钱请戏班老师来教唱，川剧玩友会由此产生。玩友会打围鼓，不化妆，不卖票，不需要戏台，一般在茶馆就可以吹拉弹唱，极为简便，不分阶层，谁都可以来茶馆坐下来欣赏，玩友会深受当地百姓欢迎。中华民国二十六年（1937），县城地方袍哥邱瑶山成立"声永乐社"玩友会，会中鼓师、琴师、生旦净末丑齐全。县长吴梦佛为"声永乐社"题写吊牌，吊牌挂在南街邱家茶馆。"声永乐社"玩友会经常在邱家茶馆打围鼓、唱川剧，逢节日就在禹王宫戏台化妆公演。"声永乐社"玩友会还曾义演募捐支援抗日救国，集资维修城厢小学校舍。冕宁有著名鼓师冯敬樵坐统子打围鼓，一度振兴沙坝玩友会和皇坛洞经会；有乐山川剧行家高云光慕名拜访，冯口授大幕戏《风云会》；也有著名须生邱瑶山，他曾到成都戏园演出，挂出巨幅广告"川康名票邱君瑶山来蓉献演"。他在《杀惜》中扮演宋江，《三尽忠》中扮演陆秀夫，他唱做并美，声情动人，一演出就博得观众热烈不断的掌声。

新中国成立后，冕宁县文化馆成立了川剧业余演出队，且有外地川剧艺人鼓师祝万成等前来献艺落户，曾在大礼堂为第一届人民代表大会演出《金将台》《御河桥》《卖余粮》等剧目。冕宁县文工团成立后，将川剧业余演出队纳入其中，并更名为冕宁县文工川剧团，后川剧团独立出来并升格为冕宁县川剧团，基本队伍有四十人左右。

冕宁县文工团演出歌舞剧和话剧。导演谢烦，早年间在成都"剧人之家"当演员，学习了苏联的斯坦尼拉夫斯基的戏剧表演体系。现在，他在文工团当导演、演员、琴师，执导大中型话剧、歌剧。

二十世纪三十年代，冕宁县内就开始有歌舞剧和话剧。当时叫文明戏、新戏，中华民国二十四年（1935），国民党中央别动队政训处在县城首演文明戏。中华民国二十八年（1939），第三区教育委员会张海帆组织巡回演出团，宣传演出抗日文艺节目，同时上演歌舞剧《黛玉葬花》《天鹅歌剧》。中华民国三十一年（1942），城厢小学中国童子军四二六七团成立"童锋剧团"，为宣传抗日救国，公演街头剧《放下你的鞭子》《一封信》、话剧《三江好》、歌剧《送郎参军》。1950年，中国人民解放军雪山部队在县城宣传演出《白毛女》《兄妹开荒》《血泪仇》等。

文艺队没有演出的时候，舞台上也唱川剧、现代样板戏。

傍晚的时候，吴爸会来到我的家里，吴爸是川剧团的鼓师，演戏的时候，台上的演员唱一段，他就带着乐师们在一旁一边击鼓一边帮腔。吴爸大概是帮腔中的领腔。

我看过爸爸的川剧团表演的川剧。戏台上，放着一桌、两椅、一幕布、两汽灯，台旁端坐着鼓师、琴师等。看着看着，突然从后台冒出一大股杂音，一唱众合，"哦豁"连天，高一声低一声的，特别诡异。诡异妖艳，这就是川剧的帮腔。

吴爸帮腔的时候，先不用伴奏，只用一副拍板和鼓板击打，然后他一开口，唱腔高昂响亮，宛转悠扬，铿锵有力，每一个腔句锣鼓相随。你能从他的声音中听出他的情绪。我至今还记得一些吴爸帮腔的唱段。

现在，灯暗了，舞台中间的一圈又亮了。紧锣密鼓后，胡琴一拉，帮腔完毕，女旦着青衣青裤碎步而出。她双膝并拢，步子小巧，腰随脚扭，头则自然地跟随腰摆动，磋步、花梆步风姿别具，满场骤然亮堂起来，似洒了如雪一般皎洁的月华。接着琴声陡然一沉一顿，女旦便搭口唱将起来："梨花落，杏花开，梦绕长安十二街。夜间和露立窗台，到晓来辗转书斋外。纸儿、笔儿、墨儿、砚儿，件件般般都似郎君在，泪洒空斋，只落得望穿秋水，不见一书来……"

我最爱看《梵王宫》这出戏。戏中，耶律含嫣和花云一见钟情，两人久久注视，目不稍瞬。这个时候，耶律含嫣的妹妹把他们两人的视线拉在一起，在空中拴了个扣儿，还用手指在这根"线"上"嘣嘣嘣"弹三下。这位小妹妹捏着这根"线"向前推一推，耶律含嫣和花云的身子就随着向前倾，把"线"向后拖一拖，两人就朝后仰。孩子们看这样的戏，往往被剧情感染，前俯后仰，乐不可支。

吴爸见了我，往往会给我一分钱或者两分钱，或者给我一包糖果。糖果用牛皮纸包着，很小的一包，里面是几颗糖，绿色的，红色的，上面黏着一层细细的白砂糖。那可是了不起的糖果，里面有一股像蔷薇一样的可爱的香甜味道。我总是小心翼翼地取出来一块，用舌头将外面裹着的那层白砂糖舔一下，再舔一下，将白砂糖统统舔完后，再将它们包好。

吴爸来后，爸爸就同他一道走了。他们消失在冕宁冬天冰冷的黑暗中。黑暗对我来说是巨大的恐惧，黑暗有时候会被白月光照亮，地面积着厚厚的一层霜，白天看得见的所有事物在白月光中变得陌生起来，仿佛它们布下了迷魂阵，它们在地面投下各种怪异的张牙舞爪的影子，怪物就躲藏在某一个长长的影子中，某个拐角处，或者某一扇关着的门背后。

当爸爸和吴爸从县联社的大院里消失后，我才恍然，怅然若失起来。

这两天他们正紧锣密鼓地进行大幕戏《清风亭》的排练。

舞台上，一桌二凳。舞台后的布景，是一幅田园山水画，墨笔的勾勒，烘托出浓浓的乡野气息。锣鼓响起，灯光渐起，一段"善善恶恶果与因，爱爱恨恨世间情。一曲悲歌唱不尽，见证唯有清风亭"的唱词拉开川剧《清风亭》的序幕。

《清风亭》是我看的川剧中最感人的一出戏。我坐在最前排，同台上的演员一起哭得一塌糊涂。台上演员的脸上像是抹了清油，张老夫妻那眼泪油亮亮的，流到脸上泛着亮光，台下便哭成一片。

这出戏讲的是：古时候，有一家妻妾不和，妾周氏生下一子，被迫抛在荒郊，被以卖豆腐为生的老人张元秀夫妻拾得，取名张继保，抚育成人。十三年后，张继保在清风亭被生母周氏带走。张元秀夫妻思儿成疾，每日到清风亭盼子归来。张继保得中状元，路过清风亭小憩。张元秀夫妻前往相认，但张继保忘恩负义，不肯相认，把老夫妻当成乞丐，只给他们二百文钱。老婆婆悲愤至极，把铜钱扔在他脸上，夫妻相继撞死在清风亭前。

演老生的嗓音响亮,身段优美,唱道:"张继保!你黑了心,黑了肝,有何颜面配做官。你这不仁不义不孝的娃娃必遭天惩!"

就在此时,只闻一阵天雷,从空中滚滚而下,又见台上方才还很得意的张继保,大叫一声,去冠,甩发,倒地,被天雷生生劈死了。

一想到县革委大礼堂,我的心里就像猫抓一样,猫的爪子上站着全身着红的吴清华[1]。她纵身一跃,闪电般掠过黑沉沉的椰树林,她的足尖无与伦比,她的衣襟像一阵风。

我多么希望能够再次走进灯火辉煌的大礼堂。好多次,我尾随在爸爸身后,看着他们走进去。铁门在他们身后关上了,铁门被人把守着,把守铁门的人面容严肃,令人望而生畏。当音乐声从礼堂传出,我只能在铁门外倾听着,或者同外边高高矮矮的许多人一起挤在门口,眼泪也快要掉下来了。

灯暗了,舞台的中间又亮起来,音乐响起:"北风那个吹,雪花那个飘,雪花那个飘,年来到……"

---

1 现代芭蕾舞剧《红色娘子军》的主人公。

伙食团

　　黄五孃在食堂摘菜。我们的父母在早上九点钟之前来单位上班，然后在九点钟去食堂吃饭，中午不休息，下午五点钟又去吃饭，晚上七点钟在单位开会学习。黄五孃是这个伙食团的炊事员，她手脚利索，为人和蔼，有着泼辣的性格和勤恳的、坚持不懈的善意。

　　她摘的菜叫藤藤菜。藤藤菜中间是空心的。它长着青绿的细叶，身段娇美。黄五孃不用刀割，而是用手摘。藤藤菜在黄五孃的手里发出了悦耳的折断声，然后，它们在清水里晃一晃，被放到锅里炒。

　　甘二七的老婆也在那里摘菜。甘二七原名甘永运，因为他每月的工资是二十七元，因此得了个绰号叫甘二七。他们家有五个娃，老婆是农转非家属。

　　黄五孃同甘二七老婆同病相怜，他们的家庭都有五个娃，难拉扯。

　　这会儿，只听甘二七老婆说："我家里那老头原来脚下有六个弟弟，他是老大，父母生下来后面的六个，前三个一个都没有养活。说他是铁脚板，踩着他们了。为了软化他的铁脚板，就请了道士，在冕宁县附近的石桥上比着他的脚，让道士念了几句经文后，石匠就开始打，把他的脚印子落在石桥上面,让众人踩,说这样,他的脚板就软了。"

黄五孃问:"后来呢?"

"后来,生下来三个,也没有养得活,又换另一种办法,'翻刀山,下火海'。道士在东岳庙的山门前的坝子上竖起一根木杆,木杆的两侧钉着牛耳刀,道士背着他,从这面爬上去,又从那面翻下来,这就是'翻刀山'。然后道士把很多很多的纸钱铺在地上,把火点燃,又背着他在火上跑一圈,这就是'下火海'。"

黄五孃说:"我妈生了我们好几个,我们家也没有经历过这种事情,听人摆起过'翻刀山,下火海',还不知道是咋个样子的呢。"

甑子里的饭做好了,黄五孃滤出来一大盆米汤,甘二七的老婆去家里拿盆来盛米汤,黄五孃也叫陈永强来打米汤。

陈永强正带着一帮男孩子在院子里打豆腐块儿,豆腐块儿是一种叠成四方形的纸块。上学的时候,男孩子的书包里都装着这个,下课几个人就一起挥臂开战,有时候回家路上也打,到家吃完饭接着找小伙伴打,打完回家清理战果,把好看的留在家里,其余的再带出去找人打。

男孩玩的时候很容易赖皮,因为他们故意解开衣服扣子.可以有很大的风带过去。

陈永强惦记着他的豆腐块儿,心神不定地去端米汤,刚端着热气腾腾的米汤出了门,迎头撞上李海洋的妹妹李籽蒙,一盆米汤倒在李籽蒙的身上,李籽蒙号啕大哭起来。

"你这个白火石,做不得一点事!"

黄五孃一边骂陈永强,一边六神无主地朝李籽蒙喊:"幺儿,快来我看看!烫着哪里了?烫着哪里了?"一边手忙脚乱地将李籽蒙的衣服袖子撸下来。这一撸不要紧,只见到籽蒙的胳膊绯红一片,然后,胳膊上的皮肉掉了下来。

后来，李籽蒙在我们中间失踪了很长一段时间，她离开了这个伤心之地，回到雅安她的外婆家，直到上小学才回来。

然而，还有许多事件在等着我们的爸爸妈妈——那些忙碌不停以至无暇顾及我们的大人们。

陈永革在我们当中是年龄比较小的，这个小男孩愿意在恶作剧中充当我们的同谋。

我们先在地上挖个很深的坑，然后轮番在里面撒尿，或者填上一些自认为很脏的东西，当然如果有人能在里面拉出屎来更好。为此我们分头去找人来完成这项"艰巨的任务"。拉屎的人看到我们一脸的坏笑，表情自然是兴奋的，因为他已预感到了一件并不寻常的事情就要发生，因此表现得十分卖力。事实确实如此，他的努力使我和陈永革雀跃欢呼，接着我们将事先准备的小木棍一根又一根细心地搭上，先是横排，后是竖排，如此交叉。再将废弃的纸张盖在上面，然后小心翼翼地撒上细沙或泥巴，装饰得与周围毫无二致。

一个陷阱就这样诞生了。

为了引诱别人，我和陈永革就在那个危险地带跳来跑去，当然我们的步伐很准确，既会踩着陷阱的边沿，又绝不会落入其中。这跟传说中的"天才"有关，否则陈永革长大后不会去当兵，而且当的是侦察兵。

我们要的就是那样的结果：一个不知情的人，一个倒霉蛋，踩了一脚的屎。一个接一个的人以身"殉难"，而这些"殉难者"，不但没有气恼，反而以饱满的热情参加下一轮的阴谋，结果我们的队伍越来越庞大，围观的人越来越多，谜底被一次又一次地揭开，终于没有一个人肯从这里经过了。

陈永革一拍脑门："去，去叫陈永红过来。"

一阵鸡飞狗跳后，陈永红几乎是被一群人押过来的。

陈永红是陈永革的哥哥，患有先天性心脏病，他常年戴一顶灰色的帽檐软软的帽子，胖乎乎的脸蛋像挂了两只红苹果。那个时候我们当然不知道陈永红的脸蛋为什么那样红，只是觉得陈永红的脸上有别人少见的两坨红晕，因此他往往在一个事件的关键时刻比别人更果断，也更加勇敢。

陈永红迎着期待的目光，用涂抹得发亮的棉衣衣袖擦了擦鼻涕，义无反顾地向那个令人生疑的地方走去。他当然知道那个目标在什么地方，而且也隐约地预感到了我们想要的结果。

陈永红的一只脚沾满了屎，我们很快大笑起来，陈永红也随着我们一起笑起来。但很快，我们听到一声刺耳的嚎哭声，那是从陈永红的胸中发出来的。

听到这样的声音，许多人很快四处逃窜，不见了踪影，而陈永革自然被赶来的黄五孃一阵暴打。

"我叫你欺负陈永红！我叫你欺负陈永红！"黄五孃气急败坏，暴跳如雷，恨铁不成钢。

在陈永红有限的生命里，许多事件往往以他被欺负开始，也在他的哭声中结束。但有一次，他没有哭出来，他无法申诉，于是他便从我们的视线中永远地消失了。

陈永红是在一次高烧中死去的，而导致他发高烧的原因似乎又有些蹊跷。有一天他在县联社那个阴暗的厕所里拉大便的时候，被一个叫高钉耙的男人从头到脚地浇了一身的尿。事后解高钉耙解释说，他进去后根本没有看到陈永红蹲在那里。他只是站在他习惯去的那一格完成了一个非常普通的动作而已。

　　但对于陈永红来说，这从天而降的不是什么细雨，也不是什么甘露，而是突如其来的惊吓。

　　陈永红是什么时候从我们的生活中消失的呢？我们快乐的日子那么多，我们的生命是如此的灿烂，每天迎接我们的新鲜事物又是那么多，生活让我们目不暇接，流连忘返。我们根本就忘记了陈永红的存在，我们没心没肺，根本就忽略他已经不在我们身边了。

　　我们举着白色的气球在院子里玩耍。气球被抛向空中，在每个人的手中转来转去。它有着两截身子，像一只没有长均匀的大白萝卜，中间的部分细下来，然后再鼓胀起来，它的头顶顶着一只奶嘴。是谁发明了这样的气球，它长相怪异，但又符合气球的标准，它身体轻盈，完全能够满足我们对天空的想象，它像一只蝴蝶，它又完全不是蝴蝶。它飞越过我们头顶，我们的身体同气球一起飘浮起来，那是多么美妙的自由的时刻。

　　但是，这样美妙的时刻很快被大人们打断，他们站在远处，不知所措地开怀大笑，然后，他们其中的一个人突然间收起了笑脸，对着我们一阵吼："小杂种，还不赶紧收起来！"

　　为什么要收起来，这太奇怪了。

　　我们轻快的身子可以轻易地远离那些整天讨厌我们的大人，然后，举着我们的白气球，像收获了又一件骄傲的玩具一般，朝西街口子跑去。

雷红旗、雷红霞、瞿小白和瞿小桃

县联社大院里的女孩子们大致分成两派，一派是以雷红旗、雷红霞为首，另一派以瞿小桃的姐姐瞿小白为首，她们分别来自不同的家庭。

雷红旗梳着两条长辫子，别在耳朵两侧，她漂亮、明媚，散发着革命的气息，像电影里的春苗，也像巨幅宣传画上的知识女青年。雷红霞有着一张圆圆的脸蛋，圆脸上布满了红晕，两坨红晕薄薄的，像是要将一张脸胀破。

县联社进门第一个大院里的那排平房，跳荡着雷红旗和雷红霞的花衣服，豆蔻年华，美丽、丰盈，她俩拿着一根绳子走出来，跨过门前的水沟，落在院坝中。她们跳绳，绳子一闪一闪，扬起又落下，繁茂的车前草在她们的脚下。美丽的雷氏姐妹，她们的身体在散发光芒。

姐妹俩最喜欢，也最擅长踢毽子。你要知道，只有那些最灵活的女孩，才能把一只鸡毛毽子踢得上下翻飞。脚背，脚腕，膝盖，似乎身上随便什么地方都能让那毽子在空中飞个不停。她们可以一口气踢上一百次毽子保持不落地，也可以将毽子踢出许多花样。

雷红旗和雷红霞两姐妹出现在院坝，院坝就生动起来。一群小姑娘围在一起踢毽子，通常分成两拨人，各自划拳，石头、剪子、布，然后各自点名想要的人。正踢十个，进一阶，反拐十个，再进一阶，两腿并用，叫一正一拐，两腿左右开弓向内踢，叫对对儿，单腿向内踢再接上向外拐，也叫一正一反。完成这些进阶后，手腿配合，双手握着让踢出的毽子朝前绕，朝后绕，双手合成一个桃形的洞，让毽子从桃形的洞中飞出来，或者落进去。

当对方要踢到一百的时候，大家一起唱："一个毽儿，踢两半儿，打花鼓，绕花线儿，里踢外拐，八仙过海，九十九，一百……"

我爱她们踢毽子的模样。

毽子大多是用鸡毛加上两个铜板做底盘。因此，鸡毛、铜板，还有鹅毛管子便成了孩子们的稀罕之物。院子里有人家杀鸡的日子便成了孩子们的节日。院子里的公鸡是杀来吃肉的，母鸡是养来下蛋的，公鸡比母鸡长得好看，它们身上的羽毛花团锦簇，黑得发翠、红得斑斓，这些公鸡的毛统统做成了孩子们的毽子。杀鸡的日子毕竟是少数，每当我在公共食堂门前的鸡窝里拾到一根漂亮的鸡毛，都会举着鸡毛飞快地跑去找雷红旗，将手里拾到的鸡毛送给她。

雷红旗总是摸着我的头说："朵朵就是乖。"

瞿小桃的脸尖尖的，眼睛出奇的大，使她看起来好像脸上只长了一双眼睛。她身材瘦削，面容圣洁。她身边一个朋友都没有，她总是一个人玩耍，她的身上有一种寂静空旷的气质。

她住在我家隔壁。我刚搬来的时候，我就在我家厨房门口远远地注视过她。

那时她蹲在她家门口的房沿边上独自洗头。她的妈妈给她端来了一盆水，然后将一把带把儿的搪瓷盅扔进水盆里，便走开了。

只见她独自蹲着，伸手摸到搪瓷盅，将它往水里一舀，伸到头顶上，将头发打湿，再抬起头来摸到一块香皂，抹得头发上满是泡泡。她再次摸索着舀上清水，将搪瓷盅中的水倒扣过来，让头发过了两遍，然后，将脑袋插进小半盆清水中晃荡了两下就捞出来，用毛巾用力擦干。我被她一气呵成的动作吸引住了。

洗头是如此复杂、漫长，她却可以自己洗！这太令人难以置信。我对她刮目相看。

有一次，我在隔壁听见了她的哭声，她不依不饶地哭，没完没了地哭。她的姐姐从厨房里出来倒水，看了她一眼，问她："你累不累？"

她说："不累。"又接着哭。

她有一只漂亮的鸭子，但是她的妈妈将它杀掉做成了餐桌上的美味。在我们这样的院子里，喂鸡是常见的，但是喂鸭子却是奇观。于是她就那么愁肠百结地哭，泪水汹涌，浑身发抖，哭得肝肠寸断，孤苦无望。她的哭声是那么纯粹，没有目的，没有策略。

我对她充满了好奇，我第一次知道一个小孩子可以因为伤心哭上一整天。

直到有一天，我在东面公共厕所前的南瓜架下遇到她。她带着轻蔑的神情招呼我："你，你会做耳坠吗？"

我对她的态度有些犹豫不决。我说："我不会。"

她摘下南瓜藤上面细细的长长的须子，然后小心翼翼地折断。然后她说："这样一拧，再这样一拧。"她有些骄傲的神情，像是显摆，又像是友好的邀请。

我说："噢。"

她灵巧地将南瓜须子捏在手指中间，正面折一下，然后反过来折一下，折一下再撕一下，折断的地方连着细细的筋，一串晶莹透亮的绿色耳坠便做成了。她一连做了几根，有两根别在她的耳朵上，在微风里荡荡的。她把剩下的两根递给我，说："看，像我这样。"

我说："噢。"

我把她递给我的两根耳坠学她的样子别在耳朵上。

我说："你得和我玩。"

她说："随便。"

我说："你想同我一起抓子儿吗？"

她使劲地点头。

我有一副白石头的抓子儿，虽然院里几乎每个女孩子都有一副，但是要找到样子和手感好的，可要花些工夫，尤其是找到大小一样、得心应手的一副石子，往往会被伙伴们当作珍品收藏起来。我的这副，是爸爸和我在大东河的河坝里找的，模样当然是院子里最好的。

你永远都无法想象我有多少"财富"。我有几根漂亮的公鸡毛，还有两根鹅毛管、三块铜板，另外还有几张漂亮的糖纸。这些漂亮的糖纸平整地夹在一本书里，是四表叔托人给我带来的。这些糖纸中有两张分别是上海、北京的糖纸，尤其珍贵，还有几张与郑三娃交换来的。他的爸爸在县里重要的单位工作，有经常出差的便利，郑家三姐妹便特意嘱咐他们的爸爸带糖回来，一是吃糖，二是糖纸。院子里，只有我有糖纸可以与郑三娃交换。郑三娃家境的优越是明显的，他有一个身材高大的父亲，留着短短的胡子，平时总是板着脸，从侧面看，他的胡茬有些发白，像白色的短针扎在下巴上，显出一副威严的模样。因为郑三娃有这样的父亲，郑三娃家里经常吃鸡蛋，而且一炒就是金黄色的一大碗。

我还有一大笔"财富"在公共食堂旁边那条小路的拐角处，那里有一间长满蛛网的小房子，里面堆满了杂物。因为这间小屋子的存在，从县联社外边的大院到里边的小院之间的那条并不长的过道就从直道变成了弯道，每一个路过的人，都要从它身边绕过去；每个人打水、洗菜，每家每户买来柴火，背来刨花，带着沉重或轻盈的生活用品都得经过它，接受它的检阅。

可是它的外表和模样只能用两个词语来形容，那就是破旧加上乱七八糟。为什么县联社会允许它存在呢？它古老得发霉，古老得像是二十世纪就存在的遗物，靠外的木头柱子因为雨水的冲刷而变成了一段朽木，上面有虫咬过的斑驳的痕迹。它们看起来并不光滑，当我伸手去揭它们腐烂的皮的时候，很快有一小块落在我的手指上，被我的手指捏成黄金色的粉末。这些粉末令我惊讶，这应该是我见到过的最纯正的金色，不，它们是令人难以置信的金粉，这个发现令我十分激动。我将它们小心地带回家，用万紫千红牌雪花膏的盒子将它们装起来。有太阳的时候，我会迎着太阳光将它们从手中抖落，它们纷纷扬扬地飘落下来，在空中飞舞，像一粒粒金色的蝴蝶散落在空气中，空气中全是它们的身影。

我发现并没有人去揭开那些木柱的伤疤，只有我一个人发现了这个惊人的秘密，它们是我的金粉，是我的金色蝴蝶，全县联社，不，全世界，只有我一个人拥有它们。它们取之不竭，每当我想起它们的时候，它们便将我的世界变成了金色。

当然，我还有一本小人书，名叫《雁鸿岭下》。这本书快被我翻烂了，也快被院子里的小朋友们翻烂了。有一次，我在夏小雨家里看到这本书，我不知道它是怎么跑到夏小雨家的，我趁夏小雨没有注意，将它偷偷地拿回家了。可是第二天，它又出现在夏小雨家的饭桌上，好像它在我家里的矮凳上放了一夜，又自己长腿跑回了夏小雨家。

小人书总是神奇地出现在县联社的各个地方，一会儿是打谷机里面，一会儿是泡菜坛子中间的罅隙里，一会儿又在孔红花家出现，总之，它永远不会丢失。它总是在孩子们中间，像长了脚，它愿意待在哪里，就待在哪里。

瞿小桃的姐姐瞿小白是县联社最用功的学生，因为她，我十分期待能够去上学。她十三四岁，耳朵旁边扎着两只刷子一样的发辫，每天放学回来，她都在自己的屋子里的独凳上做作业，她的书包里有许多花花绿绿的书。瞿小桃姐姐告诉我，这是地理书，那是历史书，令我十分羡慕。

学校来县联社招学生的时候，我已经能够用左手绕过脖子摸到自己右手边的耳朵了，可是招学生的老师摇摇头说，还摸不到，还摸不到。我摸不到，瞿小桃也摸不到，我们都六岁半了，还不能去上学。

我告诉瞿小桃厕所背后有鬼，院里背后的公安局也有鬼，我有时候能够听到鬼走路的脚步声。

我说我听过宋定伯抓鬼的故事。宋定伯在看到鬼后不但不害怕，还骗了鬼，说自己是鬼。

瞿小桃说，世界上哪有鬼，她姐姐瞿小白说，要讲科学，要破除迷信。瞿小桃的姐姐瞿小白知道的事情特别多。

我们就问，那大海有多深？瞿小白说，有从我们这儿走到回坪比回坪还要远那么深。我们又问，月亮上面有什么呢？瞿小白说，有很多沙子，还有很多环形山。

我十分担心月亮上面的沙子全掉下来，还有环形山，它们不会砸下来，砸到我们吗？

这跟我妈跟我说的完全不一样。月亮上有玉兔,它们白白的身子奔跑在银色的沙滩上,太阳落山的时候,它们就回到环形山的洞穴里面,里面像大礼堂一样灯火辉煌,有桌子、椅子,也有床。桂花树就长在环形山的旁边,开满了桂花,弄得月亮上面全是香味儿。

我和瞿小桃坐在屋沿边的小马架上,啃着一只烧苞谷。

我跟瞿小桃说,我们长大以后,要去看大海,还要去看月亮。她继续啃她的苞谷,一声没吭。夜风有些凉,我说,月亮出来的时候,天都很冷很冷,月亮上面一定很冷,我们要是去,一定要多带些衣服。

瞿小桃一直在认真地对付她的烧苞谷,等她啃完了,她才不屑一顾地侧过脸来,对我说:"我姐姐说了,大海到处都是,我们中国很大很大,有很多大海,但是月亮,我们一辈子都休想去。我们永远都到不了月亮那儿。而且,月亮上面什么都没有,没有桂花树,也没有小白兔。只有沙子。"

我十分气恼。月亮上面怎么可以没有桂花树,怎么可以没有小白兔。

我说有,她说没有。我说就有,她说就没有。

我们俩的声音越来越大,最后吵翻了。各自气恼得端了小板凳回家。几天没说话。但是,没有过几天,我们俩又和好了。

雷红旗、雷红霞充满了活力,她们几乎带着我们玩遍了所有的游戏。我十分喜欢踢毽子,我已经积攒了很多鸡毛,并且,上次四表叔来,答应了要送给我两块铜板。就连最难找的鹅毛管子,郑三娃都答应要帮我找她姐姐要。她姐姐要是不给,他就要告诉妈妈姐姐偷过一毛钱来买万紫千红牌雪花膏。

我们的游戏如同县联社里名目繁多的生产用品和日杂用品,它们实在、实用，俯拾皆是，令人目不暇接，它们像每年春天县城四周的田埂子上盛开的刺梨花，繁花似锦，生长朴素，永不褪色。

踢毽子、打沙包、跳格子、跳绳，这是女孩子们玩的；弹弹子、打撬棒、弹杏胡、跳拱，这是男孩子们玩的。当然还有两军对垒的"接电"，这是大型游戏，对垒的一方派人"送死"，接着再去营救，接上"电"后，四散而逃，一方抓捕，一方潜逃，直逃得四条街上都是"散兵游勇"……

可是后来，雷红旗、雷红霞和瞿小白、瞿小桃成了敌人。她们之间到了相互仇视的程度，有厕所墙壁上刻的标语为证。厕所上面写有："坚决打倒瞿含山、阮人美！永世不得翻身！"他们分别是瞿小白、瞿小桃的父母。

阮人美，一个让人浮想联翩的名字，成为一幅神秘的织锦，飘扬在我们的脑海里，五迷六道。它像神秘的旗帜，又像旗袍上的梅花，隐秘的梅花，同时又化身为无数个妖精，像秘密，不可告人。

阮人美，一个忧郁的大眼睛的女人，神情淡漠，是什么原因要被打倒呢？谁叫她叫一个妖精的名字，叫什么别的不好呢？这中间是不是有什么不可告人的秘密？

在标语不远的位置以牙还牙地刻有："坚决打倒邢家春！呸呸呸！"在那一两年的时光中，这些令人不安的标语几乎覆盖了整个公共厕所的墙壁，以至于我长大后对院子里许多成人的名字有着惊人的准确的记忆。

这些歪歪斜斜的标语出自雷红旗、雷红霞、瞿小白、瞿小桃之手，也一定是她们上厕所的时候顺手而为。她们的仇恨好像天长日久，永无止境，公共厕所里所有刷了石灰浆、脱了墙皮的墙面上都写满了她们之间的仇恨，直到再也写不下新的内容。它们就那样对每一个上公共厕所的大人小孩展览着,直到瞿小白、瞿小桃搬走,她们的仇恨才烟消云散;直到二十世纪九十年代县联社改造,旧的房屋被拆除,这些痕迹才消失。

瞿小白、瞿小桃家搬离了县联社,搬到了北街的糖酒公司。搬家,意味着我们将不在一个院子里生活。瞿小桃,瞿小白那样美好,那样不可思议。她们搬走了,去了全县城最好的单位,在那样一个年代所有的家庭都要去找关系,能获得紧俏物资、看脸色说好话的单位。

瞿含山、阮人美并没有被谁打倒,他们家反而过得比谁家都好。

糖酒公司在二十世纪九十年代就不复存在了,全国所有的糖酒公司都不复存在了。而瞿含山在糖酒公司倒闭后,直接去了县委,在一个重要的部门工作。

坛坛背后

县联社办公楼背后就叫"坛坛背后"，充当着县联社农资公司、日杂公司的库房，堆放着大大小小的坛坛罐罐以及化肥、农药。一些农药盛装在一只只巨大的坛子里，坛子周围渗透出一些结晶的液体，散发着难以形容的味道，它们的身子用宽宽的竹篾编成，并用桐油刷得油亮油亮的。地上散落着一枚枚铁片做成的小调羹（当地人将勺状的东西称为调羹）。调羹的柄是薄薄的铁片，勺状部分的边沿像肉包子的褶皱，像高尔基的外婆头上戴的那顶帽子。它们埋在坛坛背后的地下，被孩子翻出来成了过家家的玩具。一架打谷机怕被雨淋着，放在办公楼一楼的左侧，后来成为我和夏小雨、夏小冬玩乐的地方。当我们发现打谷机的漏斗可以容纳两个人的时候，我们就攀爬上去，仰面躺下，并想方设法让我们的身体躺得舒服一些。我们不在乎能躺多久，重要的是躺下去这个动作，完成这个动作已令我们心满意足。

那一次，我躺在打谷机的漏斗中，夏小雨的弟弟夏小冬举着一只大红薯攀爬上来，他躺在我脚头的方向，然后，我不小心一脚将他手里举着的大红薯蹬了个稀烂。夏小冬咧开嘴大哭起来，哭得撕心裂肺，哭声很快就穿过办公大楼，穿过通往伙食团那条小路，然后，钻进邓婆婆的耳朵里。不一会儿，邓婆婆就会扭着她肥胖的屁股和笨重的身体来保护她的孙子。

在她来之前，我早在她孙子的哭声中望风而逃了。

我们猫腰越过了走廊、楼梯、厨房。后门轻轻一碰就开了，我们像侦察兵，机警敏捷，侧身闪过，来到了坛坛背后。县联社大院的另外一个世界，哗啦一声来到我们面前。这里才是我们的天堂。

这里面有块空地，我们准备在库房的围墙边栽上蓖麻。蓖麻长着端庄宽阔的叶子，结着麻麻花花的种子，将种子掐下来，一颗一颗扁扁的，用手捧一把，有细滑的感觉。将它们的皮剥掉，露出雪白的胖胖的身子，莹白得令人疼爱，它们像花生一样令人垂涎欲滴，怎么就用来榨油了呢？这是我们的想象力无法达到的边际，对于一棵可以榨出油的蓖麻，我们怀有无限的爱慕，至于其榨油的未来，我们从来没去想过。

当然，我们选择在这里种上蓖麻，是因为家家户户种花的地盘实在是有限，可利用的有限的地儿都被大人们种上他们各自喜欢的花花草草了，要想从堆满蜂窝煤、刨花、木柴、钢炭、鸡窝的屋檐下得到大人的应允种上一棵蓖麻，实在是比登天还难。

可是，大人们种的花，在孩子们眼里，实在都是些平常的花。我妈最爱种石竹，还有太阳花。这些花可以摆放在我家院子外面靠公安局菜地的那截土基墙上。它们不占地方。

天阴阴的，要下雨，我们围拢在一起，看瞿小白用洋锹挖出一个土坑。这是瞿小白放下她的作业，第一次愿意同我们栽下一棵蓖麻，我们的蓖麻。

土坑挖好了，瞿小白又从井边拎来一桶水，"哗"地一下子倒进去，再把一尺多高的蓖麻放进去，将挖出来的土填回蓖麻周围。最后，她让瞿小桃把外面的土轻轻踩一圈，让蓖麻立得端正。我也想去踩，可是瞿小白说可以了，再踩就踩死了。这样，一棵蓖麻就种好了。

还有指甲花，大人把它们叫凤仙花。我们幻想过用指甲花将手指甲染红的美好，但是每一次，将它们柔嫩的花瓣揉烂了压在手指甲上，也只是将手指甲染上淡淡的红色，而且很快红色就消失了。后来，我们终于知道了原因，那就是这些花泥要配上明矾，指甲才能染成不会掉的红色。我们畅想了好久染指甲的计划，认定将来有了明矾，我们就会有一手漂亮的指甲了。我们不想去偷掐眼镜妈家的指甲花了，于是需要栽下自己的指甲花，它们能够让我们染足够多的红指甲。眼镜妈好种花儿，当院围着垒了四排矮砖墙，上面都摆着大大小小的花盆，还有木箱子、瓮底子，种着各种各样的花。我妈总说，别掐穆伯伯家的花儿。我说噢。我妈还说，不准管穆伯伯叫眼镜妈，小孩子叫眼镜妈没礼貌。

我们发现了草地上开着的小黄花，它长着三角形的叶子，贴着地面结出鲜红色的水汁饱满的果子。多么奇异。这是全县联社，不，全世界我们最喜欢的花。这是秘密，这是奇花异草，全县联社都不知道，只有瞿小桃和我两人知道。

我不会忘记我们栽种的蓖麻，还有指甲花。蓖麻已经长出瘦弱的枝条。但是，关于成片成片的指甲花的美梦，却烟消云散了，它们的种子在泥土中没有了踪影，它们原本应该生长的地方，被几只巨大的坛子占据。

我当然不会忘记我们俩最喜欢的花，那是我和瞿小桃的花，除了我，没有人知道它们藏在那儿，它们仍然开着黄色的小花，静静地长在角落里，安静地等待着我们。

坛坛背后有一棵樱桃树。春天樱桃树开满了白花，花开过后，在它们的果实还没有来得及泛起淡淡红晕的时候，就在不知不觉中被人摘来吃光了。没有人看见过樱桃成熟后的模样。

那些樱桃就像这个小县城所有的杏一个样，还没有成熟，人们就迫不及待地开始吃起来了。农民在春天看见杏树开花，在它们开出花来不久后的半个月便迫不及待地摘来卖钱了。酸杏吃起来是需要办法的，就是将海椒面、花椒面加上盐拌在一起，拿酸杏蘸着吃，辣辣的，酸酸的，春天凛冽的空气中散发着甘酸与微苦的味道。

我站在坛坛背后那棵樱桃树下，仰酸了脖子。晴朗的阳光笼罩着我。那时的我，越发清晰地看见自己所能看见的事物，比如樱桃花。我站在树下，坛坛背后是孩子玩耍的天堂，当然也是神秘的天堂，这个天堂常常被大孩子们所占据，他们在坛坛背后玩些什么呢，大孩子们的世界小孩子们参与不了，只能远远地望着，或者偷偷地、好奇地窥视他们。

我看见了不远处的佟尔涛，他始终是一个温文尔雅的少年，然后看见了树上的樱桃花。樱桃花是如此的耀眼，樱桃花不可思议地在我眼前跳跃，它们像清晨的霜，或者是雾，它们浓密地遮盖住了我头顶的天空。以至于后来我为樱桃花的白所迷醉，我一生只爱像樱桃一样开出白花的树，因为樱桃花，也爱上了梨花，它们开出的花是白色的。

佟尔涛敏捷地跳起来，给我摘了一枝樱桃花。我知道，我那么小，而他那么高，我不可能成为他的朋友。我很少见到他，但每次见到他，他总是尝试着向我借家里的画报。我家里有一份画报名叫《阿尔巴尼亚》，彩色的，名字十分拗口。画报上有阿尔巴尼亚的小朋友，占了画报满满的两页。这是我反复观看的一册画报。家里还有一些画报，我都记不清它们的名字了，印象深刻的是一个小朋友去寻找她的妈妈，他一路去了好多的地方，有工厂师傅在机器旁劳动，也有农民伯伯在收割庄稼。图画下面有说明文字，其中有一句话令我印象深刻，我开始认不得，妈妈教我，我便会了。这句话是："到处是莺歌燕舞。"

他埋下头来，将嘴凑近我的耳边，小声说："朵朵，能不能把你们家的画报借来看看？"

我说了声"噢"，便飞快地从他的身边跑开了。

我一口气跑到我妈面前，喘着气，用有些事过重大的口气对我妈说："尔涛哥哥想向我借画报。"

我妈披着一件泛旧的薄棉袄在办公室那盏昏黄的灯下打着算盘，在账本上写着什么，很久她才从那些一道一道满是格子的账本上抬起头，她回头看了看我，说："你借给他看吧，如果他还回来的时候还是新的，下次就可以再借给他。"

我说："噢。"

明朗的阳光仿佛照亮了我，我踉跄着脚步，再一次钻进了坛坛背后。这一次，我听到了从未听到过的热闹的声音，它们像是窃窃私语，又像是热烈的讨论，还有一阵压抑的惊呼声。坛坛背后是孩子们的父母办公的地方，所以坛坛背后是一个热闹而静谧的地方，它的白天被父母的威严所压抑，欢乐也是隐秘的。

我听到了一阵惊讶的感叹声。

佟尔涛出现了，身边还有陈永强、刘江南、陈铜板，我惊讶地看见樱桃树上挂着长长的色彩斑斓的东西，那是一条蛇。那条蛇已被一群男孩子开膛剖肚，它的身体中悬挂着几只金黄耀眼的蛇卵。我听见我的呼吸从空气中滑落的全过程。

我对世界的理解从那个时候开始，坛坛背后让我目睹了死亡。一条蛇的死亡。我看见了它死亡之后留下的金黄色的卵,那是它还未长出壳的孩子们。

每年春天樱桃树就绽开白花,经过春天的几场细雨,它们便很快凋谢,之后樱桃树就会长出青涩的果实。樱桃花让我看见了世界。坛坛背后是大孩子们的乐园,坛坛背后有秘密的快乐,有秘密的忧伤,也有秘密的邪恶。

就在那个春天,我决定不再去坛坛背后,这是一个孤独的、令人伤感的决定,仿佛那如雾如霜的白花已经让我预测到那棵树会出现在我未来所有的记忆深处,在一个小女孩的成长史中长出枝叶。

爸爸的画册

妹妹出生之前，我们家还不太挤，她出生以后，外婆便来到冕宁带妹妹。妹妹出生的那天，我正在大院里同小伙伴一起打沙包，我玩得脸颊绯红。那是一个早晨。黄五孃喊我："小朵朵哎，你妈妈给你生了个妹妹，还不回去看看。"我欢喜得不得了，飞快地跑回家。妹妹此时裹在红彤彤的被子里，头上戴着一顶红彤彤的帽子，帽子上有两道白色的条条花。

妹妹生下来，被一个助产医生拍打了屁股后才开始第一次呼吸，脸色由白转红，然后发出一声尖叫。妹妹长着一双圆圆的大眼睛，头发稀少，头顶上的头发像黄毛一样，可能是妈妈怀她的时候营养没跟上的原因吧。当她长到一岁多的时候，有了一个特别的本事，就是喜欢将药瓶顶在头上四处走动，她一只手扶着那只小瓶子，瓶子并不会随着身体的摆动而掉落下来。

对于外婆的到来，可以说应该是我们全家值得纪念的日子，自从我外婆离开冕宁后，我就再也没有见到我的外婆了。可是为什么在外婆来冕宁带妹妹的那段说来不短的时间里，我对外婆同我们在一起的生活并没有太多的印象呢？这的确令我百思不得其解。我的外婆是如何来到冕宁的呢？她是怎么离开崇庆的，像我们当初去邛崃那样拦去渡口的大卡车吗？像我们一样在大山中穿过漫长的冬天才到来的吗？然后，她又是怎样走掉的呢？对于我的外婆是如何跨越千山万水来去自如的，我拼命地想都没有想明白。

我的外婆同我们在冕宁拍了一张全家福。照片上外婆抱着妹妹，我则站在外婆的身旁。妈妈生了妹妹以后就把那两条美丽的长辫子剪掉了，把头发在耳朵旁扎成两只小刷子的形状，如果不是同外婆坐在一起，人们还会以为她还是个姑娘呢。

爸爸是世界上最了不起的人——至少在冕宁是。他是一个画家，他画下了我们曾经拥有过的生活。那些平凡的细节都被他留下的速写画册详细地记录下来了。

在爸爸的画册上，我的外婆正埋头在给我们补衣服，她全神贯注，根本没有注意到身旁的爸爸为她画画。她的身旁有一个竹编的烘炉，烘炉下面是火盆。烘炉上面挂着几张妹妹的尿片。这张画应该是夜晚的灯光下我家生活的一部分。在这个夜晚，风一定在房子的四角呼呼直叫，而房间里却因为有外婆而显得十分温暖。我几乎闻到了房间里散发着一股新鲜的绘画颜料的气味，还有妹妹的尿片散发出来的热烘烘的水蒸气的味道，这些对于我家来说，都是非常熟悉和亲切的味道。这是我最喜欢的一张画，上面有我从那以后就再也没见到的外婆。

还有一张画，画的是妹妹刚刚洗好澡，坐在外婆的膝盖上的，她的脸粉扑扑的，头发支棱着。她把一只袜子脱在地上，手抓着脚趾头，盯着我们笑。她知道睡觉的时候到了，活泼得像只麦蚱[1]！

当然还有妹妹张着嘴大哭的时候，这是她闹别扭的样子——这个世界上画孩子闹别扭的画想必不多。

妹妹顶着一只瓶子的有趣样子也被画了下来，她站在一张有靠背的长条椅子上，在她背后有一扇窗户，淡淡的阳光从中洒进来，从妹妹的头顶上延伸到妹妹的脸颊和下巴上。爸爸应该很喜欢这些画吧，在它们的旁边都写上了作画的日期。我想象着爸爸一定是看到家人享受着宁静的生活，赶紧找来他的笔，迅速地将他看到的画下来。

你还可以看到我妈妈也在画册中。她围着一条围裙，闭着眼睛，手搁在膝盖上休息。旁边带孔的竹椅上放着她正在织的东西，是给妹妹织的一双冬天穿的厚毛袜。

这些画面可以看到妈妈、外婆成天忙碌的模样。她们挤在一间杂乱的屋子里。在爸爸的画中，我家小得还比不上一个碗柜大。

外婆走后，爸爸干起了外婆在冕宁时同妈妈一起干的活儿。

那一年快过年了，我还没有新衣服穿。年三十那天晚上，妈妈扯了布，一块淡淡的绿颜色的布，爸爸在上面画了一只熊猫。我不知道爸爸为什么会在绿颜色的布上画熊猫，尤其熊猫双手抱着一只黑白分明的皮球，在我看来这是爸爸比较失败的一次创作。当然，我还小，没有权力提出我的意见。然后爸爸妈妈两个人在灯下绣呀绣，缝呀缝，大概绣了一个通宵吧，天快亮的时候，我的新围裙绣好了，围裙套在旧衣服的外面，成了一件漂亮的新衣服。第二天，这张新围裙别上了一张崭新的手帕，手帕上面印着小猫钓鱼。小猫钓鱼，这可是一个无比美丽的故事

---

1 四川方言称蝗虫为"麦蚱"。

啊,上面的小猫,哪个小朋友不认识呢?我快乐得穿上新围裙就跑到院子里。

或许我显摆的心情过于强烈,这时还没有一个小朋友从家里出来,我只好跑到外院去,那时,早晨的阳光刚好照到日杂公司靠街的门市上。门市靠里的那面木板墙下,雷红旗的外婆已坐在那里烤太阳,一层稀薄的阳光洒在她的身上,光线稍微带来些暖意。她穿着斜襟的黑色棉布外套,一只铁勺子拴着一根细线,一头拴在衣服的内襟上。她一只手握着铁勺子,另一只手举着半只白萝卜,白萝卜已被这只铁勺子掏了个洞。她就用铁勺子沙沙沙地刮着白萝卜,喂进她已经没有几颗牙的嘴里。

我碰到一个大人,就扯起我的手帕对他说:"你看,小猫钓鱼。"

我相信我盯着他的眼神令他无法拒绝我的邀请,于是,他摸了摸我的头说:"真漂亮啊,小猫钓鱼。"是啊,院子里还有谁的新年手帕有我的漂亮呢。

再后来,爸爸画了一张正在严肃思索的我。我那时大概已经有了自我意识,在我要爸爸画我的时候,穿上了自己最好的衣服。不过,要我在那里一动不动,真是很烦。爸爸画完后夸我表现出色。

爸爸还给院子里的每个孩子都画了肖像。每个被画的孩子都希望从画面中看到自己的模样,但他们没有办法带回去做纪念,他们不能扯开装订在一起的画册。他们心里有些失落,对画册中的自己有些恋恋不舍,于是,他们希望爸爸单独用纸给他们画,爸爸十分乐意地满足了他们的要求。每当爸爸从乡下回来的时候,院里的孩子便要跑到我家里央求爸爸画像。

他向孩子们展示他画画所需要的东西:颜料板、刮刀、松鼠毛做的笔刷,甚至还有更好的一些用貂的尾巴毛做的笔刷。孩子走近他的身边,闻到了颜料、松脂油和画布上散发出来的令人兴奋的味道。

有段时间爸爸常常要外出几个星期,在别的村镇出差、工作,再后来,他住在阿普落的回坪公社,我们非常想念他。当他回到家里和我们待在一起的时候,他会受到孩子们的欢迎,他会画他周围的人和物,主要是日常事物,特别是我们这些孩子。当然,有时候,他也会请来大人给他当模特儿。

他也会给自己当模特。有一幅画上,他穿着蓝土布的衣裳,左手举着一只大烟斗,戴着一副深黑色的眼镜,眉头紧锁。这幅画挂在我们家靠墙边的床上,谁来要他都不送。

端午节对院子里的孩子们来说是一个特别的日子,这一天来临的时候,院子里的孩子们会得到爸爸的一份礼物。他用硬纸壳给孩子们做一副眼镜。爸爸将镜框和镜架分别画好后,将它们剪下来,然后用订书机装订成一个整体。接下来,他会让孩子们挑选自己心仪的动物图案。无论是狐狸、老虎还是猫头鹰,孩子们跟他要什么,他便在宽宽的眼镜边框上画什么。孩子们从未见过双手具有如此魔力的人,他们的惊讶和快乐简直难以形容,他们戴着无比珍爱的眼镜在院子里乱跑,四处招摇。爸爸给予了孩子们快乐,孩子们的快乐也使他十分快乐。

那是多么兴高采烈的一天,我多么希望那一天永远都不要结束。

孩子们在端午节除了在脸上涂抹上大人酒杯里的雄黄酒外,没有别的新鲜玩意,他们早已经对这个不稀奇了。从前,他们涂抹上雄黄酒便四处乱跑,希望能够碰到蛇,但一次也没有碰到过,这多少有些令人失望。再后来,雄黄酒便不再吸引孩子们了。

有一天,我从爸爸在阿普落的乡下寄住的房子里面跑出来的时候,爸爸正支着画夹在那里画画。他发现了我,告诉我像刚才一样站着。一动不动地站着可不是一件容易的事情,可是我还是满足了他的要求。他用铅笔为我画了一幅速写,然后,我就可以自由行动了。爸爸再在这幅画上添加了墙壁,墙上面有许多破洞,甚至还画上了墙边的那些石块。

关于奶奶

竹布旗袍，盘扣上吊了一朵白玉兰。乍一看像周璇，是个十足的美人。这是奶奶给我们留下的唯一一张照片。

关于奶奶，爸爸很少在我们的面前提到，然而，奶奶却时时活在我们中间，她离我们并不遥远。每年的中元节，爸爸妈妈会想尽办法准备最好的东西供奉在奶奶的面前。她在照片上端详着我们，注视着我们的一举一动，看着我们清贫、忙碌、琐碎、简单的生活。她是那样美丽，从我在照片上见到她的那天起，她就以她无与伦比的美震慑了我。直到今天，我才发现我之所以如此地亲近、喜欢我的奶奶，绝大部分的原因是她那无人企及的美丽。我的奶奶的美丽背后显露出的是她的身世和教养，她宁静、含蓄，甚至妩媚的眼睛弥漫出来的贵族气质，使我为之着迷。

奶奶生于一个旧军人家庭，有一些薄田雇短工耕种，收获一些口粮。关于这个家庭的很多细节，至今我仍一无所知。我父亲是在他的外婆家长大的，他童年生活在成都府河边一个叫刘家巷子的地方，隔壁是大中中学，抗战时期有好些从东北流亡来的知识分子在那里教书。

据说现在那里还是一所学校,只不过那棵几个人牵起手才能围起的大榆树没有了。

那一年的夏天,一个风和日丽的早晨。我年轻的奶奶盘着发髻,梳着齐眉的刘海,穿一件白底碎花的旗袍跨出了刘家大院的门槛,这一去就再也回不来了。

我的奶奶是随我的爷爷离开家的。也就是说,不是因为我的爷爷,我的奶奶就不会死。我的奶奶要去的地方正在闹霍乱。她事先并不知道这一切,或许她知道,但她在一路颠簸后抑制不住一阵阵难以忍受的反胃,就喊了家人弄了几个地瓜来吃。就这样,奶奶不幸也染上了霍乱。

年幼的爸爸在奶奶离开他们很长一段时间内都不知道发生的这一切。我的曾外婆也不知道。每天黄昏,曾外婆就会带着我的爸爸和患小儿麻痹症的跛腿的二爸端一条长凳坐在刘家大院的门口,他们祖孙三人朝着我奶奶回家要经过的那条大路望呀,望呀,却始终见不到她风姿绰约的身影。

终于,我的曾外婆在她的女儿离家两个月后的一个黄昏盼来了我的舅姥爷,却没盼回她心爱的女儿,连我爷爷的影子都未见到。我那至今让我没多大好感的爷爷当时连回来的勇气都没有了——他害怕我的曾外公一枪毙了他。我的舅姥爷见到了我的曾外婆,迎着她空洞的目光,失去了开口的勇气。我的曾外婆在见到我的舅老爷的那一瞬间就预感了某种不幸的降临,但她没有料到这不幸是毁灭性的。她听到我奶奶的消息后便当场昏了过去,几天以后便去世了,我的爸爸同时失去了妈妈和外婆……

我的爸爸在那个夏天的早晨亲吻了他妈妈的面颊,回味着他妈妈身体散发出来的淡淡的体香,目送她走出家门。那天早晨他妈妈亲吻了他，并对他说："乖，听外婆的话！"他立即就长大了。他乖巧得令人心疼地点了点头，亲吻了他妈妈，默默地目送他妈妈离去。其实，他的一生都在痛悔着那天早晨他突然间的成熟，要是他拗她、拽着她，她或许就不会离他而去。事实上，这种推理是可以成立的。因为他的妈妈随他的爸爸而去，仅仅是为了奔丧。

奶奶去世后，我的爷爷不敢把这一噩耗告诉奶奶的娘家，同时也没立即将奶奶埋葬，恰逢连天大雨，一场大水将奶奶的尸骨冲得无影无踪。就这样，我的奶奶死后竟连葬身之地都没有。

奶奶那年得霍乱的时候我爷爷是没有给她医治的，她抱着她的第三个孩子，正在吃奶的孩子——我的三爸，被隔离在一间小屋子里。她娘俩躺在床上又吐又屙，身体完全失水。当时中医西医都没有办法治疗，所以爷爷竟连医生都没找，奶奶娘俩只在那间空屋里的板床上等死。这时我的爷爷在哪里呢？他去某个地方喝酒了。他喝得醉醺醺地回来，打开门走到奶奶的床边，看我的奶奶死了没有。

我的奶奶没有死，她在弥留之际多想再见一眼我的爷爷啊，她是违背父命强求嫁给他的。当年我的爷爷参加共产党地下组织被敌人追杀的时候几年不归，奶奶眼巴巴地等呀等，等到他悄悄潜回。如今死别之时，她多想握着爷爷的手多看他一眼。她一伸手便握住了爷爷的手，眼泪一下子就流了出来。这时爷爷的反应是立刻把手缩回，他怕传染病，他不要情，不要义，他要命啊。可是奶奶死死地拽住他，他急了，在奶奶的手上狠狠地咬了一口。奶奶的手缓缓地松开，松开……

从此，她离开了人世，离开了我们。奶奶去世的时候不到三十岁。为此，爸爸常常流泪。有一年，爸爸同妈妈说，他在一个夜里，梦见了奶奶，早晨醒来，发现整个枕头都被泪水打湿了。

"叛徒"的百无聊赖

我们住的房屋是一溜平房,最早我家分有两间房,有一间在平房的当头上,当头边上有一堵土基围墙,围墙和平房之间有一块坝子,这为我日后在那里坚持不懈地用黄泥巴建造煮饭的灶台提供了一个非常理想的场所。从此以后我就拥有了自己的密室,掌握着通向秘密快乐的暗道,使这项艰苦的工作具有令人乐此不疲的神奇魔力。

建造这些灶台基于我在过家家游戏中总是在关键时刻担当起买菜做饭的重任。在过家家中"生孩子"这一环节,扮演妈妈的小朋友会躲在一块用布或者其他简陋的东西遮起来的角落里,让这个环节充满了神秘和刺激。

生孩子是一件神秘的事情。我们从哪里来,又到哪里去?谁也说不清我们究竟是如何生出来的。当我们一遍又一遍地问自己的父母我们是怎么生出来的时候,我们的父母总会告诉我们:某某是从河坝子里拾回来的,或者某某是从街上捡回来的,当然有的孩子是在医院里生出来的。于是我们便用有限的想象力去探寻我们出生的秘密,也有对于彼此身体的好奇。

此时，满脸绯红的大姐姐从角落里钻出来，她朝我叫："快，快，妈妈要生孩子了，你快去买些鸡蛋回来！"我得到命令后便提着竹篮，卖力地在院子里找上一篮子的石头，当然也有树叶和花朵之类的东西。有时候我会在找石子的过程中神秘失踪，因为我的注意力已被其他事物吸引，比如一场正在进行的猜烟盒游戏或者打豆腐块儿游戏……更多的时候，我的注意力已转移到了烧火煮饭这样的事情上。我会挖来泥巴靠着围墙建造一个又一个U字形的灶台，当然这项工程需要两至三天的时间，修好后的灶台不久后表皮都会开裂，然后得不停地用清水浇在上面，在灶台的表面重新涂上一层稀泥。

我们已成功地在灶台上烧过一次开水，孔红花贡献出她小舅从外地给她买回来的一套灶具，那是我见过的最精致的过家家的炊具。有带双耳的小炒锅，还有锅铲，以及一些小碗、小盘子。我们点燃一团纸的功夫，那口带双耳的小炒锅的锅底便冒出一颗又一颗小小的透明泡泡，我为我修建的灶台感到十分自豪，而此后孔红花则为她的那套炊具而变得骄横无比。

我妈发现我修在围墙后面那大小不一的几十个灶台后，在去北街打一只白铁皮桶的时候，央求罗铁匠顺带为我做了一套过家家的炊具，因此，我在年长几岁后便学会了去井里打水洗菜，不到小学毕业便会锯柴、劈柴和烧火做饭。

当然也有百无聊赖的时候。因为不管你有多少个供小伙伴们玩过家家的灶台，被孤立的事件还是常常发生。

百无聊赖的日子与阳光灿烂的日子是会重叠在一起的。我有时分不清幻觉和真实。太阳总是有足够的时间陪伴我，阳光充足，太亮了，我的眼前一阵阵发黑……我被孤立了！这令人惊讶，让我完全不知所措。被孤立的罪状是"当叛徒"。"叛徒"是可耻的,是任何一个孩子都不愿意充当的角色。可是总是有那么一天,你冷不丁就会成为"叛徒"。

成为"叛徒"后最难过的事情是两派都会对你不理不睬。当我独自一个人的时候,总会遭到一派的蔑视,她们会一个人高喊"踏脚踏"的口令,集体踏脚表示对我的不满,而另一派则靠在办公大楼门口那两扇大木门前报以幸灾乐祸的嘲笑。小孩子都是扛不住被孤立的,没几天"叛徒"就又被某一派接纳了,而新的"叛徒"总是会不断出现,今天是你,或许明天就会变成她了,这大概就是两派"斗争"的趣味所在。

被孤立的时候,我曾经幻想过很多可以和解的办法。比如,幻想自己正拿着两根"狗啃棍"(当地的一种香木,春天的时候撕皮食之,口感微甜,回味清香)正美滋滋地食之,自然有一两个人挡不住诱惑,眼巴巴地围了过来,于是我则将小脑袋向上一昂。

"猜猜多少钱买的?"

"两分钱一根……"

"再猜!"

"一分钱一根!顶天了!"

"猜你猜不出来!一分钱两根!"

看到对方惊愕的目光,我马上说:"钟鼓楼有哦,我带你们去!"

于是乎,一队人马杀将出去,买"狗啃棍"去咯!买"狗啃棍"去咯!皆大欢喜。

当然这是我在阳光下的幻想,因为那个时候,明晃晃的太阳正晒着我的小脑袋,而头发里面,正在一点点升温,四周空无一人。

我站在姜豆儿家窗前观看那个用玻璃粘贴出来的鱼缸。鱼缸里并没有养鱼。那些亮眼睛的鱼只会游动在浅浅的脏水塘里，或者河沟边的水草里，要捉住它们并不容易。县联社院坝里的人家没有养过一条鱼。对于拥有一条美丽的安宁河的冕宁人来说，鱼是神仙一样的存在，它们远离我们的生活，却并没有游动在我们的梦中。我们常常忘记了它们的存在。但是这里却有一只鱼缸，它的水中养着一只巨大的河蚌，这只狡猾的河蚌通常关着它的壳，就连旁边静悄悄地站着一个人，它都能感觉到周围空气中的危险。因此，它通常是睡着的，或者是关着它的"门"在里边思量着是否伸出它那浅浅的、薄薄的"舌头"。

　　我可以在它的身旁站一个下午，观看它一点点地从水的光影中一丝又一丝地伸出它的白白的"舌头"。"舌头"的移动，仿佛是光线在慢慢扩大。它伸出来的动作缓慢如亘古洪荒，仿佛是时间停止。当缓慢地伸出来一小截以后，"舌头"便不动了，随着"舌头"慢慢翻卷，它会吐出来一些不易察觉的有些脏的东西到微微波动着的水中，有时候这些东西会连在一起，而它的"门"则是紧关着的。当这些脏东西出现在水中央，我就知道，它那根狡猾的"舌头"悄悄地伸出来过。每当那只我等待已久的讨厌的"舌头"伸出来一截后，我便愤怒地敲打玻璃，那只"舌头"便很快收回去了，直到好久之后，才又悄悄地伸出来。

　　很多个时候，我会走到一丛金银花架前闻它们散发出来的香气。这里原先一家人的厨房被拆掉了，在别处再盖起一个新的来。原先那块空地上便栽上了金银花，很快就搭起了花架。风很好，太阳照着金银花的叶子，风把叶子上的光吹得四面翻飞。金银花在阳光下显得明净而耀眼，蜜蜂嘤嘤飞来，杂乱的叶间是白色的花、金色的花，我伸手将一朵金色的花摘下凑到鼻子跟前闻，真是香气动人哩，空气中有着隐隐

74

约约的丝丝甜味。两只麻雀结伴，扑地一下飞到地上，左右跳动，四顾茫然，然后又扑地一下飞走了。蜜蜂和麻雀自顾自地旁若无人，完全无视在花架下的我，只听得花叶被风吹得窸窣作响，我忽然间便感到非常难过和孤单了。

种花这样的事情

种花这样的事情，多少是有些审美追求的，但是县联社的居民从来不缺少生活情趣。各家各户都会把边边角角利用起来，种下些花草。但都是些常见的花草，少有闲逸的花木。鸡冠花、凤仙花、胭脂花、蜀葵、指甲花、胭脂花、大丽花、菊花，后来又有了灯笼花和十三太保[1]、晚香玉……其中以金银花为最多，金银花摘下来可以泡水解渴，爬满门前一篷的繁花像五月的暮雨，色彩中有着朴素的调和，提醒人们注意到夏日的美好时光。大丽花色彩鲜明，花瓣排列得十分整齐，它们散落在各个院子的角落，花色丰富，优雅动人，最常见的是大红和紫红，它们盛开得热烈奔放、繁复且沉重，让人百看不厌。大丽花盛开在那里，却并没有引起我去摘下它们的欲望。大概它们长得太高，开在我够不着的地方，大概它们在我的心里留下了深刻的爱慕，我只能在花开时远远地看上几眼。

蜀葵是院子里最常见的品种之一，它朴素亲切，一纵花茎中抽出许

---

1 唐菖蒲的别名。

多的枝子，每个枝子上面生长着圆鼓鼓的花苞。它的花瓣像粉红色的皱纹纸，有着清晰的纹路，花朵看起来像粉红色的鸡冠子。我们常常摘下一瓣，细心地将它圆胖的底端轻轻撕开，完整地一分为二，撕到花瓣的顶端便不再撕了，这个时候，要趁着花瓣底端湿滑的时候，将其粘在鼻子上，于是，一只漂亮的鸡冠子就贴好了。我们戴着这样一只鸡冠子四处招摇，实在是美妙极了。

还有一种贴地生长的红艳艳的花朵，实在是不招我喜欢，它们生长得同串串红一样，开得非常喜气，大人们十分喜欢种植它们。那种贴地生长的大红色的花朵，散发出一种难闻的浓重异味，被大人们叫作臭牡丹。为什么要将这样难闻的花叫作牡丹，实在是令人百思不得其解。它不应该有这么美丽的名字，然后再在这么美丽的名字前面加上一个"臭"字。

牡丹在我们这样的小县城中是稀有之物，我从来没有见到过，但是对于它的样子并不陌生。我家的饭碗上就印着牡丹，长大后我才明白或许碗上也画着芍药，总之使人心爱。另外，在我的家里还有一张缎面的头帕，金丝裹边的牡丹赫然绣在头帕正中，这张头帕后来也随着一张精致的木桌子搬到别人家里去了。五月的黄昏中，盛开的胭脂花和院里的房舍十分相配，它有其他花少有的紫色，盛开在砖房瓦角，这儿一丛，那儿一丛，或许是风和鸟带来了种子，或许是大人或小孩随手播撒下来的。它们遮住了斑驳的墙角，在向晚的光影里有奇异的荒凉之美。它们长着细长的花管和公主蓬蓬裙子似的花瓣，有着甜蜜的令人爱慕的少女的气息，孩子们常常将它们细长的花管摘下来穿成一串，系成一个花圈戴在手腕上，可是用不了多久，它们就会失去光泽，再也不好看了。

晚香玉在黑夜中散发出孤独的芳香时，胭脂花这时已经将它们的花裙朝着一个方向收拢来，到清晨的时候，它们已经收拢得十分整齐，像是重新长出来一支支花管的样子。

晚香玉开放的时候，其背景往往是通透的黑暗。从几片长叶中冉冉升起的花柱上，一瓣又一瓣洁白的花朵像一只只白色的小鸟停在花枝上，它纯洁得使白天所有的花朵失去风致，它安静高贵得像一场白日梦。它是专门为诗歌而生长的花朵，天生带着隐秘的气息。当我成年后读到清代李楣写的《晚香玉》诗："香风吹到卷帘时，玉蕊亭亭放几枝。摘向妆台伴朝夕，清吟端为写幽姿。""幽姿"这个词是如此的高妙，正是对晚香玉的外形最具风致的写照。在盛夏的日光消失的夜晚，晚香玉显得格外沉静。当白天所有的不安与伤心、隐在暗处的不满与龌龊都静下来之后，借着窗格透过来的黑暗中的天光，生长在朴素的瓦罐中的晚香玉，长久地摆在黑暗中的桌子上：这是动人的场景，这是我童年时代的家里享有晚香玉的时刻。因为有过切身的体验，好像分得了诗人的一个秘密。再后来又读到帕斯捷尔纳克的诗歌："我饮下晚香玉的苦酒，秋日天庭的苦酒，其中有你的背离酿出的急切的水流，我饮下黄昏、夜晚和熙攘的人群的苦酒，号啕诗行中那粗劣的苦酒我也饮一个够。"用简单的几句，帕斯捷尔纳克就写出了内心以及人事的变化，使人恍惚。

我终于明白，像晚香玉这样的花，只适合开在夜色中，而且只能开在夜色中，开在诗人的笔下和心中。

在宁静的夜里，晚香玉如悦耳的乐曲啊，像是一汪清水般凉爽宜人，仿佛晚香玉是开在一个深不可测的花瓶里，在它的背后，繁星满天际。

我爱过许多花,但是我曾将神奇的想象留给了无垠的白色,留给了晚香玉无垠的白色,那是多么纯洁而漫长的创伤。

其实我们也爱田野中的野花。春天,刺梨花盛开在城外的田野中。顺着四条街向任何一个方向走,不到半小时,便可以走到农田中。在田野里、在田埂子上、在河边的乱石中、在小河沟的沟渠边,都能见到刺梨花蓬勃地绽放,仿佛它们才是田野的主人,那些被人们开垦出来的良田,其实是它们被占领的领土。它们虽然失去了大部分的土地,但是它们也在田地边上顽强地生长着。

春天是刺梨开花的季节,这些野蛮生长的灌木带刺的枝子颜色深翠,不断生发出来的嫩枝子上开出了蝴蝶模样的花来,玫红、粉白。它们紧贴着带刺的枝子,花托短小,下面生长着果实,里边结满了硬硬的种子。或许是生长在这样的环境中,它们早已经知道如何保护好自己,如何传宗接代。如果你摘下刺梨花,花朵便会零落在手心碎掉,只剩下黄色的花蕊零乱着它的凋谢。除非你连枝摘下,可是,又何必呢?春天去田埂捉金龟子,顺便也就看过了春天的丰盛,春天那急管繁弦下绵绵不尽的繁华。

在这些蓬勃的灌木中间,生长着另一种小灌木,蓬蓬一丛,黄花飞溅,田野中的野风和清新的空气使它们有着娟丽清远的模样。它们的出现,使春天的景致更加新鲜动人。人们叫它"打破碗花花"。看惯了满山遍野刺梨花的我们,也要不禁为对面那一丛繁花惊叹一阵。但是,我们小孩子都深信折一朵打破碗花花,晚上吃饭的时候就要打破一个碗。

但是我们仍然怀着无法完全熄灭掉的好奇心,将它们摘回家。晚上吃饭的时候,便抓紧手中的饭碗,生怕它们跌落摔破。与攀折打破碗花花有着相同禁忌的事情还有不能捉小鸟，大人跟我们说，如果用手捉过小鸟，那么将来写字的时候手会抖不停，写不出好看的字，只能写丑字。对于读书人来讲，写不好字是令人羞耻的事。这则禁忌孩子们不会犯，当然并非克制，而是我们没有真正地捉到过一只小鸟。

刺梨、葛根与香棍

刺梨是安宁河坝子带给人间最丰盛、最让人感到有口福的食物。刺梨变得金黄，就意味着秋天的到来。夏天田野里的稻子收割规整了，整个县城都弥漫着一股果香味，那是刺梨的果实在田野中散发出来的气息。农民会在田坎坝、乱石堆、沟边采摘刺梨，用背篼背进城里，用碗盛着卖。一般是一分钱一碗，或者两分钱一碗。大人们在刺梨成熟的季节不会对其置若罔闻，看到隔壁人家买了，自家的孩子自然会百爪挠心，家里的大人都贴着孩子的心，不等孩子在眼皮子底下这儿晃晃，那儿晃晃，对着正在忙碌的大人转过身来递上一个意味深长的凝目一望，大人自然就晓得孩子的心事，忙不迭地掏出三五分钱，叫孩子去外边买上一堆刺梨回家。

孩子们则一溜烟跑到钟鼓楼前，将衣裳的一角扯起，让小贩们将刺梨倒在衣角上，然后牵着衣角将它们拥在怀抱中一路跑回家来，与大人一起分着吃。

刺梨是翠绿色的果子，身上长满了小尖刺。即使不用刀，只用手，我们也能顺利地得到它们的果肉。其要诀是将它们身上的刺顺着一个方向用手抹掉，或者用帕子将它们的身体抹光，再用牙将它们咬成两半，然后将它们果实中间那些硬硬的种子给抠出来，再丢进嘴里吃掉，酸酸甜甜之中有着果香混合着苦涩的味道。

刺梨吃久了，便也吃出一些心得，吃出一些经验来。那些已经完全呈金黄色的果子，它们身上的刺也慢慢地褪去，呈现出十分成熟的状态。这样的果子自然最先被挑来吃掉。好吃的果子内的种子是不会有太多的，它们似乎也懂得一个道理——少而精，这样的果子往后繁衍出来的刺梨，果实也一定是个头大，果肉丰厚的。还有一种在生长过程中被其他的果子挤在花托一边的，它们一边长得圆润，另一边则长得成了"歪屁股"。也不知道上天是如何安排的，这些长得难看的果子，往往比其他果子要甜美得多，果肉的香味要浓郁得多。而那些长得周正的家伙，却没有想象中那么美味，于是那些长得难看的"歪屁股"被最先吃掉了。

这些风吹雨打过的刺梨，因生长的外部环境中的光照、水土等各方面的差异，个头、模样都长得不大一样，虽说总体颜色呈惹人喜爱的黄绿色、金黄色，但其果肉的甜度和成熟后的香度有差异，再加上采摘标准的不一致，而非具有统一的甜味和酸度。因此混合在一起的果子需要通过经验来判断它们味道的好坏，当然这也让吃刺梨产生了不少的乐趣。有条件的人家会放一些糖在碟子里，以果肉蘸上佐之，而没有条件的则放一些辣椒、花椒以及盐综合在一起，再将刺梨蘸上作料一起吃，一种奇异的令人欲罢不能的复杂味道吸引着大人和孩子将它们吃光。

刺梨是我十分有感情的零食，一则它总是能够让我们吃个饱、吃个够，二则我能够准确找出它们中哪个好吃，哪个不好吃，简直就是得心应手。再有就是它的果香味中有着其他的野果子所没有的奇异的酸甜，令我怀想至今。

葛根是常吃的零食。它是一种野生植物的根茎，其叶青面密，一柄分三结三片，形如手掌，夏天时开成穗如豌豆花般的紫花，挖掘者的辛劳和根茎的长势决定了它的长短粗细。吃的时候需要用刀片成薄薄的片，一片一片地放入口中，浆水于唇齿间流布，一股股黑黑的、浓浓的苦中带甜的汁液会随着缓慢用力咀嚼带来满口清香，吃完后，舌苔和嘴唇会变成黑褐色。乡间野食，大多有这样未经驯服的青莽之气，或苦后回甘，或甜中带酸，却正是其好处所在。大人们看见小孩子黑黑的嘴，不但不会呵斥，反而会加以赞赏："吃葛根好，吃了清热！"小孩子拿零钱去切葛根吃，大人看见了，也会取一两片来送到嘴里。

葛根是我们吃得最多的零食，它有小孩子们希望得到的那一丝丝甜味。甜味对于孩子们来说总是十分珍贵的。每一片葛根，都是甜中带苦，苦中带甜的，没有绝对甜味儿的葛根，也没有绝对苦味儿的葛根。淀粉含量高一些的葛根，味道相对要甜一点，小孩子叫它"面葛"；淀粉含量低一些的，孩子们便叫它"鱼葛"。就是这种时苦时甜，苦甜参半的植物，教会了孩子们选择、辨别、舍弃，甚至等待，等待一阵辛苦咀嚼过后的那一丝淡淡的回甘。

像葛根这样的吃食是进不得大雅之堂的，它不会在商店里卖，也不会在菜市场里出售。卖葛根的人一定是早就约好了地方。他们必定在四条街的交界处——钟鼓楼或是小学校的门口摆摊。葛根这样的东西卖起来也挺复杂的，卖葛根的人往往需要一个背篼，把它放倒在地上，葛根的一头就躺在里面，而另一头则贴上一块木板。卖葛根的人坐在小凳上，手持一把锋利的菜刀。我们走近，蹲在地上边打量边说："尝一口！"卖葛根的人便用菜刀轻轻一抹，只一下，一片薄薄的葛根便粘在菜刀上，用手轻轻一揭，给到我们，我们会放在嘴里尝一尝，然后决定买还是不买。如果要买，卖葛根的人便会问："买零的，还是整的？"我们必定会思忖一下：是切薄的好呢，还是切整块的划算？然后终于下了决心："一分钱，切零的吧！"那人便喳喳喳喳地切个七八下或十几下，这要凭葛根的粗细而论。待菜板上叠起那么小小的一堆后，那人便不再切了，而我们小孩子却不甘心，每每会央求道："再添一点吧！再添一点吧！"那人便又切下一两片，然后买的人才心满意足地将葛根拢到掌心，拿去一片一片地吃。有时候觉得卖的人大方，片得厚，便说，要整的，那人便痛快地切下拇指厚那么大的一块，当然最后总是要添一两片的。

但是，像这样的日子也不会长久的。葛有它生长和成熟的季节，这样幸福的日子一晃而过，再次吃到，要等到明年的秋天。

长大后我读《诗经》才发现关于葛的诗句还真不少。最有名的是《周南·葛覃》："葛之覃兮，施于中谷，维叶萋萋。"一派其乐融融的景象。再如《王风·采葛》："彼采葛兮，一日不见，如三月兮！"初读时我感到分外亲切。至于"为绤为绤"，以诸如葛布、葛衣、葛纱、葛巾，是上古之时先人们传下来的民风，时至今日，除了用于滋补的葛粉、入药的葛根，人们却对葛越发生疏，甚至毫不了解了。大概是，真正的野葛，必长在人迹罕至之所，恰如"只在此山中，云深不知处"。

春天里还有一种小孩子们的食物，叫啃木根，也叫香棍，应当是生长在高山上的植物的枝子，在相对平坦的坝子中间的田野里，或者周边的山上，很少能够见到它们的踪影。这种名叫香棍的植物，直到今天我都不知道它的学名。香棍，只是当地人给予它的美称。

一般在学校门口或者是在钟鼓楼才有香棍卖。卖香棍的人将它们背进城来，靠在一截墙上，或者在一个合适的地方停下来，高声叫卖。放学的孩子们围拢成一堆，从粗绳绑着的枝子堆中一只又一只地抽出来，乱哄哄的声音此起彼伏："这根多少钱？""这根多少钱？"卖香棍的人目不暇接，急忙应付。其实每一枝都不会超过五分钱，但是五分钱对于孩子们来说就是一笔巨款。有一次一个财大气粗的孩子举着一角钱，在众目睽睽之下走到香棍前，挑选到令人羡慕的粗枝，我们暗暗在心里发下宏愿，长大后也要有一角钱买到这么粗的枝子。其他的孩子们反复挑选的不过是他们仅有的一两分钱换来的香棍。总之，孩子们个个举着香棍撕啃起来。

刚砍下来的香棍最好撕，它们的枝子与柳枝相似，从棍子截断的地方可以很轻易地找到树皮的开口，开口有多大，撕出来的口子宽度便有多大，枝子的新鲜度可以决定能撕到多深。将外表的老皮撕掉，与最里层的那层树枝分开，吃最里边那层薄薄的皮。香棍还没有撕开，便可以远远地闻到它身上散发出来的清甜的香气，令人口舌生津。含在嘴里，香棍的清香令人回味无穷。新鲜的香棍可以在不到几分钟内被撕光，成为一根没有皮的光秃秃的青白色的枝子。可是假如香棍被砍下来，没有及时拿进城来卖，木棍身上的水分挥发掉，那就只能将最外表的那层皮耐心地剥掉，再将里边那青色的皮，用牙齿一点点啃光。就这么一层薄薄的清甜的带着草木香的树皮，它带着大自然最本真的气息，被孩子们抱在怀里啃上半天，啃出些难忘的滋味来。小孩子们啃着这样的香棍，留下了斑驳的齿印，因此香棍也叫啃木棍，或者叫狗啃棍。其实同刺梨相比，香棍有堪称全世界最有想象力的滋味。

读高中快毕业的那一年春天，作为班委，我组织班上的同学去彝海子春游，那一次春游我们玩得酣畅淋漓。我们模仿红军攻占山头，从彝海子周边向山顶攀登,这个时候,我们不仅置身于高山杜鹃丛中,而且置身于一片香棍丛中,这样的奇遇令我惊呼,原来它们生长在这里! 我的童年的香棍,我的童年的啃木棍、狗啃棍!

它们的树干细小,像通常我们在县城看到的一般粗细,粗不过小手臂,细不过小手指,也没有我们想象的那么高大,仅有一人多高。笔直的树干,直到树冠才分出伞状的枝干来,枝干上长着凤凰一般的羽状复叶,像顶着一把把小伞。但是,我们手里没有砍刀,不能将它们带回家,也尝不到它们清甜的香味了。

我们就站在这一片我们如此依恋的香棍身边,好像是有一阵风从心头拂过去,似有若无地夹杂着花香,夹杂着春天的气息。

麦穗辫儿和白月亮

姜豆儿的家在我们家对面,中间有一株葡萄,有葡萄藤搭出来的架子,姜豆儿的妈妈和爸爸就在葡萄架下摆上一个大铁盆,里面装着泡好的麦秸莛。院子里一群人便抬了小凳子围坐在一起,在葡萄架和屋檐交错的荫凉下编麦辫子。

但是在编麦辫子之前,县联社大院的妈妈们会在吃过晚饭后带孩子成群结队地去北山坝的田里捒[1]麦秸莛。这并不是一个劳动项目,而是晚饭后散步活动中的一项。去北山坝散步,顺便去捒麦秸莛。捒来的麦秸莛,或多或少,都送给了姜豆儿的妈妈。在县联社大院,数姜豆儿的妈妈最会编麦穗辫儿,姜豆儿的妈妈编的麦穗辫儿是拿来换钱的,而院里的妈妈们则只是编着打发时间而已。妈妈们去北山坝,不全是为了捒麦秸莛,妈妈们去北山坝更重要的事情,是带孩子们捉金龟子和麦蚱回家喂鸡。

在麦子成熟之前,北山坝还有广阔的田野种着洋芋,洋芋地开满了

---

1 音同"第",意为撷取。

紫花和白花的时候,它们厚实且沉甸甸的叶子背后藏着数不清的金龟子。金龟子大多披着神秘的绿色,闪着耀眼的金属光芒,也有些个子小的金龟子,身上有彩虹的颜色,像闪电一样耀眼。

麦子成熟后,农民们收割庄稼的方式是捋麦子,也就是只把沉甸甸的麦子的脑袋从麦秆上捋下来,留下麦秆在地里,待它们在田里慢慢干透,然后燃一把火烧掉。山地的农民不缺柴火烧,大多数时候会把麦秆烧成灰留在地里沤肥。

桀麦秸莛,须赶在农民刚刚把麦子捋完后,这时会留下新鲜的麦秸莛。麦子成熟的时候,正是麦蚱长得肥硕的时候,孩子们奔跑在收割后的麦田里,将捉住的麦蚱用稗草穿住,一串串地拎回家。有时候孩子们也用瓶子装,一种装鱼肝油的瓶子。回家的时候,麦蚱还没有死,要抓住它们使劲地往地上摔,鸡们看到地上的一团影子,很配合地飞奔过去,在它们还没有来得及振振翅膀,再次飞走的时候,就将它们啄进嘴里。

北山坝是如此阔大,却又近在咫尺,沿山坡杂生的草木和乱石将它与田野分开。乱石丛中生长着满怀敌意又繁花盛开的刺梨、酸叽果、羊奶子,它们身上尖锐的刺总是令人望而生畏,但是它们的果实却是孩子们在秋天饱腹的美味。从县城走过坝子,再走进一望无际的田野,干燥少雨的田野里生长着荞子、洋芋、烟叶,它们的颜色与周边的乱石坝严丝合缝地衔接在一起,整个大地显得暗沉、阴郁,散发着忧伤的荒芜气息。春天的时候,田埂上开出了美丽的细小的黄花来,是这样的近人易得。这些不起眼的草,妈妈叫它棉草,好像整个县城,也只有妈妈才识得这种野草。妈妈尤喜欢棉草,觉得它香气清远,做出来的米粉粑粑特别好吃。妈妈怀念的,大概是她的故乡给予她的清明吃青团粑粑这样的恩情所在，其味可亲吧。这些盘根错节地生长在田埂周围的棉草，头顶上毛茸茸的花苞开出黄绿色的花来，其花黄如米曲，在它们的花苞将开未开之时，采撷它们带苞的嫩芽，做成青团粑粑来吃，模样鲜碧可爱，是我们在春天里最盼望的一道美味。吃过它，仿佛身体中便有了春天的气息，植物和草的气息。我喜欢挑没开花的来掐，沉迷于用一种微妙的力道拉断它们的茎叶，看它们抽出柔软绵长的白毛，藕断丝连时或许也有这种欢喜吧。

更多的野草叫茅根，它抽出的嫩芽像一根又一根绿色的细针，抽离它们的时候，芽尖的下部呈绿白色，有些微微的小肚子，里面藏着即将开出的小小的白白黄黄的毛茸茸的花穗子，这是我们口中的美食。茅花洁白柔软，有淡淡的清甜的味道。为这么一点儿味道，有时候，我们会从这些草尖上抽出来一大把握在手中，但还没有完全吃掉，就全无兴致了。秋天的时候，我们试图扯出它们经过一个季节后长粗的结实的根，它们像一节一节埋在地下的竹鞭一样，那些带节的根部在嘴里有一丝甜味，这些微弱的甜味也不会被我们放过。

去北山坝之前，当然要先看看天空是否有火烧云，和尚冲是否是朗开的。

和尚冲是牦牛山系的一部分，它是县城周边连绵起伏的山脉的最高山峰，它是县城居民大多数的窗子和院坝都可以看见的山顶，县城的居民们知道，假如和尚冲的头顶被一块深色的云遮住，那块又厚又重的云层很快就会朝县城方向压过来——和尚冲的雨多数时候是意料不到的，明明是晴朗的傍晚，可是不一会儿雨就像被天公挥着鞭子赶来，跑是来不及了。面对和尚冲说来说来的雨，我们中十个有八个都是被淋过的。有一年我们去看电影《大浪淘沙》，那天出奇闷热，当电影里大雨倾盆的时候，伴随着巨大的雷声，银幕中的瓢泼大雨很快便浇到了我们头上。那天我们在大雨中无法看清回家的路，便绝望地拍打着日杂公司设在西门的库房，门内的人根本听不见外边一群人绝望的叫声，我们全部被淋成了落汤鸡。

每当大人看见和尚冲有深灰色的云聚拢来的时候，就会一边催促身边的人，一边收回晾晒的衣物或者挂在铁丝上的青菜干、萝卜条。

夏天的傍晚，三五个邻居聚集在一起，两手空闲的时间都用来帮姜豆儿的妈妈编麦穗辫儿。她们或坐或站，每个人胳肢窝里都夹一束金黄的麦秸莛，她们有说有笑，并不影响麦秸莛在她们手上飞舞。手指弹跳，疾徐自如，说笑间，麦穗辫儿从手下延伸出来。

编麦穗辫儿是一件闲散的事情，将它作为正经事来干的，只有姜豆儿一家。麦穗辫儿好的每拐可卖一角七八，次的卖八分。姜豆儿的爸爸妈妈虽然将它们当作一项正事，一个夏天，也是编不了多少拐的。邻居们也只是去摆会儿龙门阵，帮着编编而已，她们还有更多的事情要做，每一个家庭都是孩子成群，没完没了的家务事已经让她们十分疲惫。

编麦穗辫儿要分几个步骤。首先要捋麦秸莛。捋麦秸莛选用的是麦穗到第一个骨节的那一段，用左手的拇指与食指死死地掐住麦秆骨节的上端，再用右手使劲一拽，一节白里透黄的麦秸莛就出来了。编麦穗辫儿前，姜豆儿的妈妈先要泡好麦秸莛。大致步骤是取麦秸莛适量放入清水中浸泡，等麦秸莛吃足水变得柔软时捞出，把水甩掉，再把泡好的麦秸莛用湿巾包好夹在左腋下，两端要露着泡好的麦秸莛，便于抽拿。编的时候，当一根快要完时就从胳肢窝里抽一根续上。就这样，麦秸莛一根接一根地续，麦穗辫儿就源源不断地被编出来。

麦穗辫儿要用双手拇指的指甲掐掐,也叫"掐辫儿"。编掐采用"七根续秆法"。一边三根,一边四根,一压二别,周而复始。即每根麦秆莛的头口,须在麦穗辫儿正面的左或右两个人字衔接的腿下。既要保持麦穗辫儿正背两面不露接茬,又要使麦穗辫儿平整坚实,不易脱开。麦穗辫儿编好后要晒干,一手扯着麦穗辫儿,一手逆向用力捋,把翘着的接头捋掉。然后扎拐。麦穗辫儿的成品以拐为单位。每拐十圈,每圈一米,用麦秸扎住一头挂起来。

　　我也想学编麦穗辫儿,姜豆儿妈妈给我起了个头,教我编掐,我手指力气小,掐不好,压不好,掐出来的麦穗辫儿扭扭歪歪的,但还是能掐出好长的一截了。

　　掐辫儿往往要持续到晚上,我们去姜豆儿家掐辫儿,其实是想听姜豆儿的爸爸讲故事。姜豆儿的爸爸有好多故事在那儿等着我们,既奇怪又神秘。他讲,从前,有一个长得十分漂亮的男孩,被人弄去学绣花,学女人走步,后来就变成了女人,成为特务。这个故事既令人难为情,又让我们的心里乱糟糟的,我们个个低着头,既困惑,又惶恐,好像到了一个陌生又危险的地方,不知怎么办才好。

　　故事中的特务像一道寒光,一下子就劈开了我们平庸的生活,它经由姜豆儿爸爸那镶着金属牙齿的嘴里说出来,带着他的外省话的神秘感,一下子就降临在我们眼前。故事中有一扇窗,窗帘紧闭,罅隙处有一双紧张而神秘的眼睛。窗内霍地出现了一团光亮,周围因为这团巨大的光亮扩大了四周的黑暗。然后窗内出现了人的剪影,或者是男人,或者是女人,又或者是一男一女相对鬼鬼祟祟、窸窸窣窣。之后便是无声的没有了光的窗户以及窗户外巨大的黑暗。

电影里的坏女人既迷人又袭人[1]，就像《林海雪原》里的蝴蝶迷，但这个变成女人的男人，肯定比蝴蝶迷还要袭人。这真是一个可怕又让人欲罢不能的故事，我们便不再叽叽喳喳，而是安静地仰着脸，热切专注地盯着姜豆儿爸爸的嘴，嘴唇微微地张开，准备随时响应姜豆儿爸爸的每句话，姜豆儿的爸爸每每讲到精彩处，嘴便闭上了。

孩子们在经过了一阵心跳以及短暂的沉默后，心里既空旷又拥塞，一阵百感交集后，就会一再追问："然后呢？然后呢？"

姜豆儿的爸爸并不介意我们的追问，他一边帮姜豆儿妈妈捆起麦拐，一边驱赶我们："咳咳，娃娃们，家去吧，家去吧，明天再来。"我们只好一哄而散，一路踢踢踏踏地走回家去，有一种兴奋过头后微微落空的轻快混合着沉重，这种重是安静的重，重得坚硬，还有重量，这种重量我一踏进家门就感觉到了。

姜豆儿爸爸讲过这么一个故事。他讲，有一天晚上，月亮很大很圆，照得地上像落了一层银霜，有小偷去豆瓣厂偷东西，出来时背了一个麻袋，他翻墙从窗口跳了出来，但是呢，这个小偷并没有背着麻袋直接离开，而是沿着豆瓣厂的库房转了一圈……

这是一个别样的夜晚，一个影子从一座房子的窗户跳将出来，四周空旷无垠，万籁俱寂。白月光让世界消失了，只剩下一个神秘的影子，这个影子让月光下的世界充满了寒冷，也充满了悲伤。我的背脊一阵发冷，赶紧把脚丫子缩上来，不知不觉地把小板凳往墙边靠。身后是一片月光的海洋，它们无遮无挡，一望无际，冕宁县城四条街道就笼罩在白月光下，白月光让四周的事物都蒙上了一层黑色的影子，从那一刻

---

1 四川方言中形容人或事物漂亮、好看的表达。

92

起，我在小小的身体中孕育了月光，它们不再是沙子、环形山；不再是玉兔、桂花树。月光笼罩着我，我看见了月光照亮世界的全过程。

姜豆儿的爸爸把我们带进了一个严肃而又可怕的鬼怪世界，那些神秘的鬼怪故事越恐怖，我们就越怕听，也越想听。就这样，这些故事给了我们的童年的夜晚布下了重重叠叠的暗影。我喜欢夜晚的天空中有密密麻麻的星星，星星可以将恐惧全部赶走，有月光的夜晚才是恐怖事件发生的夜晚，这让平凡的事件变得神秘，让月光下的嬉耍变得魂不守舍。归家的孩子们一路喊着"冲呀"，向院子里那个黑暗中的厕所冲过去，没有一个孩子愿意落单。

大孩子们跑得快，她们占据厕所最前面的位置，第一格、第二格、第三格，越到后头，灯光越晕暗，一堵墙背后最里面的几个位置，是没有灯光的。没有灯光的格子离大粪池最近，从大粪池绕过去，可以绕到同样黑暗的男厕所，它使整个厕所的黑暗空间变得庞大而且充满了未知。

厕所前几格正对着一扇黑暗的木头窗子，窗子背后是东街居民房子背后的菜地，它们在夜晚变得狰狞起来，跑在前面的孩子当然完事得快，跑在后面的孩子刚壮着胆子硬着头皮蹲了下去，只听得前面的大孩子喊："只听得啪、啪、啪三声，从窗子外面伸进来一只黑手……"孩子们被自己编织起来的恐惧情绪吓得一阵啊呜啊呜地怪叫，慌不择路地一阵乱跑，回到各自的家中。

妈妈们

黄五嬢是县联社里的大能人,今天被请去揉酸菜,明天被请去拌萝卜条。冬天来了,家家户户的厨房中都会摆着一坛又一坛形形色色的咸菜。东家的饭,西家的菜,都是主妇们表现才情的重要活动。

其中,酸菜几乎就是冬天火盆边的零食。谁家的酸菜揉得好吃,谁家冬天火盆旁边就最热闹。彝民们从山上背下柴来,也背来了火炭。高山上盛产青岗木,烧制的炭成形好,烟少,出火好,是县城居民冬天必不可少的生活用品。

冬天家家都要烤炭火过日子。烤火,是冬天县联社院子里的社交活动,在妈妈们去各家各户串门的活动中。

寒冷的冬天人们围着一盆炭火,火盆上放着一只搪瓷缸,里面装着水,用来增加一些湿气,以免二氧化碳中毒。先民们的生活智慧,蕴藏在波澜不惊的日常生活中。人们烤得前身热、后背冷,尽管这样,也是心满意足。红红的炭火也烤得人热气腾腾,口干舌燥,这个时候,酸菜就要隆重出场了。这家的主妇被客人不客气地嚷嚷:"你家的酸菜咋样了? 快去取出来我们尝尝。"于是,这家的主妇才会在假装被提醒的当儿乐颠颠地去坛里取了一大盆酸菜来，大家用手去拈了放嘴里吃，好一通酸辣凉爽，真是快意。一些人家的酸菜是切碎了揉的，取出来便成了散状，一些人家的酸菜原本做出来就是让大家拎在手上撕着吃的。

入冬之前，主妇们上街买白菜几乎能将农民一车的白菜一网打尽，她们会叫卖菜的农民将运菜车推到家门前，然后将白菜挂在院坝里的铁丝上晾上几天，院子里冬天的盛景便是一挂挂的白菜晾在房檐上。不久，酸菜便经过主妇们的手揉进坛子里。做酸菜，辣椒粉、花椒粉必不可少。于是还要炒辣椒，并借来推子做辣椒粉。推子是一块凹铁槽上面挂上一个圆形的铁，中间用木棒穿过去，使用时将炒辣椒放在凹铁槽上用脚踩住来回地碾压成辣椒粉。花椒粉也是如此这般准备。

白菜晾晒时已经切成了两半，晒干后，将它们从中间一层又一层地抹上拌好的调料，卷一卷放进坛子里，如此这般一层又一层地装上，再盖上盖子，并在坛子边上存一汪水，每过几天去加一次，不让水完全挥发掉。

白菜在家家户户的缸中耐心地变色，慢慢地发酵，马不停蹄地进入生活中。

但是，就是这样一套标准的工序，每个家庭做出来的酸菜味道却各不相同，往往不是味淡了，就是味重了；不是辣味不够，吃着寡淡，就是咸味不够，酸得要命，吃得人直掉眼泪。最标准的味道应该是这样的：白菜又脆又酸，麻辣可口，吃完了一碗，还想再吃一碗。

酸菜是冬天各家各户必不可少的零嘴儿，此外，还有白萝卜。冕宁县安宁河四周是萝卜的天堂，尤其石板桥的萝卜是出了名的好吃。石板桥在安宁河对岸，那里有大片大片的萝卜地，河边充足的水分，让每个萝卜都能长到最大，且汁液饱满，水分在萝卜的身体里越积越多，最后萝卜裂开。到冬天上了霜，裂开的萝卜简直是萝卜中的极品，又甜又脆。

萝卜大多数时候被每个家庭当水果吃，它们有一股清洌的甘甜，尤其是萝卜头，青色的部分越多越清甜。青萝卜把头部切成几瓣当水果吃了，剩下的部分才煮着吃。萝卜五厘钱一斤，往往也是一车一车地往家里拉，或做成咸萝卜条下饭吃，或堆在厨房里，孩子取了当水果吃。老婆婆没牙，便将萝卜切成两半，拿一只调羹慢慢刮了取水喝。

县城的萝卜大概就是这样被人们吃掉了。

当然冬天也有奢侈的时候，就是喝上一碗甜米酒。甜米酒非常珍贵，不可能每天烤火的时候都能够尝到。客人尝到的甜米酒，是这家的主妇花了很大的心血为这个冬天辛勤准备的。

也有有心的人家，将秋天最后的后山梨买来埋在松针里，一直放到冬天才吃，这个时候，后山梨散发出一种奇异的熟透的果香，果香味中又有一种奇妙的酒味，这个时候的梨才是果中珍品。在冕宁，苹果是稀缺的水果，如果得到一只从外地弄来的大红苹果，这家人是不会把它吃掉的，往往放在床头闻它的香味，直放得失去水分，才有些不舍地将它分来吃掉。

那个时候酸菜和萝卜实在是主角，它们随时可以上场，它们无时不在，以解决我们饥渴的肠胃对食物的渴望。

白萝卜还有一个功效，就是医治冻疮。冬天里，孩子们的双手和耳朵都生了冻疮，妈妈们就将萝卜切成条，在炭火上烤了，煨在长冻疮的部位。那些生长着冻疮的红红的手指头会变得越来越红，冻疮并不会马上就好，而会在春天来临的时候，在孩子们没有留意到的情况下，自然而然地不见了。当然，从前长冻疮的地方，来年的冬天往往会再次长上。于是，用烤热的萝卜条敷冻疮又开始了。

我妈大概是没有做过酸菜,可能我家里人口并不多,也可能她实在是工作太忙,没有时间去市场上买那么多的白菜,况且酸菜的制作工序很烦琐。可是妈妈会用松针给我们焐后山梨,放在桌子下面的泡菜缸里放到冬天来吃。有一年冬天下雪了,屋檐上积上了薄薄的一层雪,妈妈用扫把将它们小心地扫下来,用脸盆接了,回去化在泡菜坛里,然后泡上鸭蛋做成一缸咸蛋。

当然,这是家里唯一一次泡咸蛋。我们没有那么多的鸭蛋用来泡咸蛋。况且,冕宁城里也不是年年都会下雪。即便这样,妈妈仍然被别的孩子的妈妈所需要,她除了拥有县城里少见的美貌和温柔的性情外,同样有一副热心肠。她会帮助那些进城买日用品的农民留下蒸饭用的甑子,各种尺寸的甑子是人们生活的必需品。住在遥远地方的人们一次又一次进城购买日杂用品,每天吃饭用的甑子,是每个家庭最重要的生活物资,因为稀缺,所以每次到货的时候,人们都会围在日杂公司的大门外争抢。

没有买到甑子的人家,便很不甘心地跟我妈说:"何会计,记着给我留一个呀。""两升的,两升的甑子。""我家是一升的,别忘了。"

我妈有着令人佩服的记忆力,她从不会辜负每个空手而归的人对她寄予的厚望,她也不会弄错人家需要的尺寸。那些进城的农民也给过我妈妈几根长得歪歪扭扭的红苕作为回报。

入冬前的每个夜晚,妈妈们总是不停地一边忙着手中的活儿,一边不停地说这说那。旧布一层又一层用灰面糯糊糊起来,贴在木板上打成布壳做鞋子、纳鞋底、缝鞋垫、织毛衣,给孩子们的衣服上打补丁,手中的活计仿佛永远也做不完,好像她们一边劳动,一边享受这样的乐趣。

我妈的好朋友是叶嬢嬢，她会一种裁连袖衣的方法。有些时候她们会约在一起去扯上一截花布，给自己做身棉袄的外套。扯来花布，自是要端详、欣赏好半天，然后讨论如何裁剪。妈妈们的花布外衣没有请过裁缝，都是她们自己裁剪，用手一针一针缝制出来的。妈妈们缝新衣服会相互传染，没几个星期的工夫，几乎每个人都有了一件新衣服，而且花色各不相同，简直可以说是五彩斑斓，妈妈们像一只只活泼的花蝴蝶，县联社里一派喜气洋洋，就像过年。

　　妈妈们得到一件新衣服的喜悦会传染很久，不久以后，一场规模不小的家庭聚餐便安排在去北山坝不远处的解放桥。那里有山，有解放桥水库，是一个野炊的好地方。一群人拖家带口，浩浩荡荡地沿北门出发去春游，最要紧的是孩子们吃到了久违的凉粉，大人们得到了一起出游的合影。后来大人会去相馆把合影洗出来，于是家家的相册中都有同一张照片。有人来家耍的时候，大人便把相册拿出来温习，指指点点给来人看。

　　准备野餐正是妈妈们大显身手的时候。前天晚上推米面，熬凉粉，做凉面，准备辣椒、葱、姜、蒜等调料，背篼、饭盆、水壶一应俱全。孩子们的草帽、红缨枪，一样都不能少。

　　我永远也不能够触及我的童年所经历的生活内部。它的核心部分深埋在一个人一生的全部成长的细节之中。当那些美好的食物悲悯地进入我的胃，成为我身体的一部分，它们成为延续生命的力量，同时又隐藏着我永远不可能知道的一些事物的关键。

刘江北的鹞子

刘江北的身上有一种"妖氛"。

刘江北养着一只奇怪的鹞子。他的胳膊上随时都架着他的鹞子，像图画书上旧社会里的人。那只鹞子长着钩子一样尖利的嘴，有一双明锐的眼睛。刘江北走到哪儿，他的鹞子便跟他到哪儿，哪儿人多就往哪儿遛。刘江北的鹞子并不怕生人，就像刘江北一样，仿佛它了解一切，也习惯了一切。

刘江北耍鹞子的时候，县城里的鹞子其实已经不多了，耍鹞子的人也就那么几个。听说，从前南街的茶馆就是鹞子交易市场。中午一过，大家胳膊上就架着鹞子去茶馆喝茶，远远看去，黑压压的一片，全是放鹞子的把式。

刘江北耍鹞子并不去茶馆，他十五岁不上学，架着鹞子在钟鼓楼一耍就是一整天，一副无所事事的样子。拿院子里大人的话说他，就是白火石，枉志，没出息。"你要是不好好学习，以后想做二流子，那你就去学刘江北。"母亲们就是这样吓唬我们的。

谁都不明白刘江北，这个十五岁的男孩子为什么要养一只鹞子，养

99

了又能有什么用。刘江北注定是一个被忽略的人，但同时，又是一个另类的耀眼存在。一个面无表情的孩子，爱上了一个象征野性的动物。刘江北看似黯淡的人生就是这样从做一个坏孩子开始的。

但是刘江北出现在冕宁的街上，会让所有的人惊艳。

当刘江北带鸟出去的时候有人说："快看啊，刘江北和他的鹞子。"

"刘江北，你为什么要养一只鹞子？"刘江北的屁股后头跟着一群好奇的孩子。

刘江北回答："嘿，当你看到鹞子的时候，你就明白它和其他的鸟类都不一样。"

"刘江北，它为什么不飞走呢，老停在你手上？"

刘江北仰着头，抬着下巴："鹞子训好了才能让它飞，你知道，它是最最棒的飞行家。"

刘江北瞧着围绕他的孩子们，又说："想看它飞吗？燕子、田凫都能在空中飞出特别漂亮的姿势，但只有鹞子，它飞起来的时候悄无声息，有一种神秘的感觉。这可是它让我着迷的原因。"

有孩子说："噢，那是当然。有的人可以驯服八哥，教八哥说话，但是我猜鹞子是不能被真正驯服的，它们只不过是被人操纵而已。"

刘江北说："你们也看到了，只有像我这样的少数人才能操纵它们。但是你说对了，像八哥那样的笨鸟，跟鹞子是不可以比的，鹞子不可能完全被人驯服，它从心里才不会把人当一回事的。"

"刘江北，你放给我们看看吧。"

刘江北便挥舞着手里的细绳，细绳的另一端拴着雀肉。当那雀肉高高飞起，鹞子便从天空急速飞下抢夺。刘江北的神情和动作都无比认真，仿佛他生命的所有活力都集中于此。

鹞子是刘江北最大的精神寄托。

刘江北同样也在寻找着属于自己的蓝天。鹞子的一次次翱翔、俯冲，无不是其生命力的张扬。鹞子在天上飞，刘江北在地上跑。刘江北让孩子们想起自己心中曾经有一只鹞子在滑翔的日子。

刘江北的头上有一个哥哥叫刘江南。刘江南，多么别致的名字。哥哥刘江南下放当知青了，他们的妈妈在县汽车运输公司跑长途，几乎就顾不上照顾自己的孩子。他们的爸爸是日杂公司的采购员。有一年，县供销社派他们的爸爸去漫水湾松林一带的沙坝公社组织分销站，一天晚上，分销站被一帮土匪抢劫，刘江北的爸爸被土匪用火枪打穿了肚皮，牺牲了。

刘江北母亲的娘家在越西，他的外公在旧社会放鹞子按亩抽取保护费，以此维持生计。农业集体化时，刘江北的舅舅给生产队放鹞子，一天挣到的工分相当于壮劳力。

刘江北十岁左右就开始喂鹞子。他的爱好就是打鸟、放鹞子、钓鱼和游泳。刘江北的枪法不错，他耳尖、眼尖、手脚快，飞着的鸟，只要在他的有效射程内，他都要把它们打下来。有一次，他约高兰兰的哥哥高豁豁儿一起去吊藤子打野鸡。野鸡长长的尾巴拖在地上会发出"唰唰"的响声，它们听见响声，一抬头，刘江北的枪就响了。那一天，他们一共打了三只野鸡。

十三岁那年，刘江北扛着火药枪去打鸟，后面跟着几个小伙伴。到了龙王庙，见一座坟上站着一只啄木冠，红黄色，长嘴，头上有凤冠，外号叫"屎蚌蚌"。啄木冠被刘江北打死了，但刘江北也受了重伤。刘江北扛的那杆枪的火门太大，喷出的火焰引燃了刘江北包里的火药，导致刘江北的半边头和左胸几乎都被烧烂了。刘江北在水塘里泡了一下，就往医院跑，医生说，肋骨已经伤了，如果再深一点伤到心肺，人就要死了。

那几天刘江北痛得在院里到处跑，可能跑着迎面有风吹着好受一点。他跑累了就坐下，"哎哟哎哟"地喊，那时刘江北的奶奶还在，他奶奶又气又急，拿着个扇子追着他不停地朝他扇，嘴里也在骂："叫你不听话，让你疼死！"

刘江北买鹞子的钱大部分是他打野鸡挣的，有时候也偷家里的东西去换钱。刘江北为此没少挨黄荆条子，屁股上少不了一道又一道彩虹条子。

其实，开始的时候，刘江北是在城关一小上学的，但是他成天架着一只鹞子去读书，被老师家访了好多次。再后来，他没了父亲，母亲更是一天到晚在外奔波，他自然而然就辍学了。

冕宁地处青藏高原东缘，安宁河谷北端，气候温和，食物丰富，它的蓝天白云下有一条南北候鸟迁徙的空中廊道。新中国成立前，"放鹞子"在冕宁县是一种谋生的手段，甚至是一种职业。相传，越西县的山场多因麻雀成灾，每年从谷子灌浆到打谷子都离不得鹞子。否则，谷子就没有收成。越西人到冕宁买鹞子，鹞子（雀鹰）须两石米，约合三百公斤一只，青鹞（苍鹰）须四石，约合一千二百公斤一只。

不过最让刘江北引以为荣的是他随舅舅去洪雅县放过鹞子，风光一时。离冕宁很远的洪雅县种了两块杂交稻试验田，因为麻雀太多没有办法管理。一次省里开劳模会，洪雅县农业局问哪里有放鹞子的，有人说西昌专区有，问到西昌专区，专区负责同志说只有冕宁县有人放鹞子。所以县上安排下来，推荐刘江北的舅舅去洪雅县放鹞子，看护杂交稻试验田。刘江北自然也跟了去，一个没书读、没人管的孩子，不放鹞子找饭吃，又能干些什么呢？刘江北和他的舅舅在洪雅放鹞子期间，洪雅农业局给他们每个月发放四十三元的工资，相当于现在的四五千元，要知道，那时一只卤鸭子才两毛多钱。

有一段日子，刘江北同他的"鹞友"离开县联社，远走他乡去放鹞子，到冬天了仍然没有回来，到底发生了什么事情，我们不知道。总之刘江北再也没有回来过县联社。听说鹞子的家乡在青藏高原，那里有许多雪山，比牦牛山上的积雪多几百倍，实在是太遥远了，远到难以想象，远到所有的鸟儿都藏在那里，刘江北和他的鸟儿也藏在那里，鸟儿们飞起来密密麻麻，遮天蔽日，像乌云一样。刘江北所在的地方一定壮阔而寂寞，沉默而热烈，犹如闪电、月光和流水的风云际会，不是我们凡人能够看得见的，所以，我觉得刘江北原本就不是属于我们这个世界的人，他和他的鸟儿是另一个世界里的闪电和森林。

我无法从心底抹去对刘江北的回忆。对于我来说，这是萦绕心际的往事，是无法抹去的对天空那只鹞子的回忆。对他来说，鹞子是他的一部分，是他粗犷的生命的一部分，也是冕宁传奇的一部分，它使这个地方充满古老的色彩和野性的光辉。

开满梨花的院子

那时候我大概已经六七岁的样子。我整天看不到爸爸,爸爸很可能在钟鼓楼画画,他们给他搭了一个巨大的架子,让他站在上面画画。画战天斗地、慷慨激昂的那种画。我为爸爸是个画家而感到很骄傲,那么大的画是爸爸画的,全县城的人都能看到。而我也不知道妈妈整天在忙碌些什么。我们家的住房已发生了很大的变化,不再是前后两间套间,而是并排的两间,这样就得从县联社大院中的无数个小院子的另一侧进进出出。两间房的前面是一截土基墙,将县联社与公安局的后院隔离开来。后院栽了许多果树,还有蔬菜,劳改犯在那里劳动。

借助土基围墙,妈妈搭建了一个偏棚作为厨房,在房屋的另一侧,则有一道篱笆门将外界隔开来。于是我们便有了一个属于自己的真正的小院子。土基围墙并不算太高,上面已经爬满了一串又一串的土三七,还有粉嘟嘟的太阳花。当围墙背后的那棵长得分外繁茂的梨树开出白莹莹的梨花的时候,我越发感到,那些游戏正在远离我,而我在院子里的独处时光也因为一个人的到来而变得分外令人期待。

几乎在那个时候,我迷上了画画,我梦想着有一天也像爸爸那样站在四条街交界的钟鼓楼画那种令人仰望的巨大无比的油画。

我曾经画过这样一幅画：一个小女孩子坐在桌前写作业，她的旁边有一棵柳树，柳树下有一个水池，水池里有几条金鱼在那里游来游去。再画一张，仍然是一个小女孩在做作业，她的背后有大柜子，上面有一只水瓶、一只杯子，杯子大概是平常喝水的搪瓷杯。她写字的桌子下面有一只小鸡在吃粮食。但是再画下一张就是一个小女孩梳着两只羊角辫，傻傻地举着两只手，我不知道她的手该放在什么地方。我在她身后画了天安门。我给这张画配了一段文字——我爱北京天安门。

我爸有一个朋友在丝厂工作，姓徐，他有一张瘦长的脸，戴一副金丝眼镜，他才华横溢又举止文雅。我给他当过模特儿。他无数次地画我的手。大概半个世纪以后，我才知道，他就是当代最有影响的川剧作家徐棻的弟弟。

徐叔叔的女朋友是省城某所大学教授的女儿，姓孙，在县城一家丝厂工作。他们结婚的那天，我爸将院里的灯套了一层红纸，挂在梨树上，家里像过节一样。我爸烧了好几道菜，那天晚上他们就围在那红灯下，喝了好一会儿的酒。我第一次知道结婚像节日一样重大。这个工人艺术家来的时候常带给我一些作废的铅笔头，我便开始画画。那些铅笔头似乎确定了一件事，我也要当一个艺术家，而且，我得到了我爸的鼓励。

我爸拿来一本连环画的小人书，要我照着上面画，还教了我人体各部位的比例以及五官的比例，等等。我第一张画画的是一个跳台运动员。他有一张国字脸，浓眉大眼，只穿游泳裤，露出结实的身体。他将一只手高高地举过头顶。他在笑，身后不远的地方是跳台。爸爸看到我的画后高兴得合不拢嘴。我临摹的第二张画是一个矿工。他戴着矿工帽子。这是一幅人物肖像。这张画应该是我小时候画得最好的一张了。这张画画好后，爸爸又兴奋地叫徐叔叔来看。他们连声惊叹。长大后我才知道，当时我临摹的范本，是人家考美院用的素描练习范本。

我还画过一张画，一个女青年一只手握着一把锥子，另一只手握着一把榔头在敲击着什么，我临摹的这幅画名叫"师徒俩"，于是我也在这幅画上依样写上"师徒俩"。

我的画册，有时候会拿出来给客人观赏打发时间，他们每来一次，我们便要将画册拿来给人家看一次，看过的客人，也会再次要求拿来给他们看。每当他们翻到"师徒俩"这页的时候，便乐不可支，笑得合不拢嘴。我不知道他们在笑什么，他们总是笑："哈哈，师徒俩。哈哈，师徒俩。"于是我也跟着傻笑起来。

在爸爸去沙坝出差的日子里，我成天在外边打豆腐块儿，玩疯了，忘记了爸爸布置的作业，当我预感到爸爸出去很久了，快回家的时候，就赶出几幅画来。其中一幅是照着连环画《沙家浜》的封面画的阿庆嫂。

当然，我很快就感到，通向一个艺术家的道路实在是太难了。我上学后，爸爸要我每天画完画再做作业，每当我做完作业时，就已经很晚了，我的眼皮重得抬不起来，妈妈便同爸爸吵起来了。他们为了我画画的事情天天吵个不休，爸爸又经常出差，不在家，我当艺术家的梦想，就这样随着爸爸下乡去农村生活而宣告结束。以后再画画，我也只是停留在原先的水平，没有太大的长进，再后来，随着年龄的增长，我对画画失去了最初的激情，也便没有再画出什么像样的画来了。

我扯得太远了。

在他到来之前，我早已事先画好一幅属于自己的作品。我画的是我妈的办公大楼，有一扇大门和许多窗户，其中有一个窗口挂了两串红红的辣椒。这个窗口是甘二七家的窗口。画好这幅画后，我把它卷成一个小小的圆筒，用橡皮筋捆起来，和爸爸画的那些画堆在一起。

他的气质结合了须眉男子的阳刚和深幽俊美的阴柔。他穿着体面，举止斯文，表情温和而肃静，眼底有股倦意。

现在，他来了。

他第一次出现在篱笆门前的时候，就站在外边看了我好久，我也站在院子里看了他一会儿，确认是一个不认识的人。我妈和我爸的朋友大概我都认识。我爸有一个朋友，我们叫他陈爷爷，他是一个老中医，我爸跟他学中医已经有一阵子了。我曾经跟着他们去田坝里采草药。他们也在一起喝酒，但不是在我家里，是在陈爷爷南街的家里。

因此，我家里很少会来我不认识的客人。但此时我家里没有人，我又不认识他，便犹豫着要不要单独招待他。

我从来没有看见过我们生活的县城里还有皮肤如此苍白的人，像白纸那样的白，他的脸极其瘦削，有着高高的鼻子、深邃和善的眼睛，他穿着黑衣服，衣领和袖口都磨破了，却并未因此而失去他高雅的风度。

后来我终于鼓足勇气说："你找我爸爸吗？"

他在那里站了一会儿，似乎也在思量着该和我说些什么好。过了一小会儿，他开口了。

他说话的时候，胸腔里像装有一只巨大的风箱，发出了哐啦哐啦的声音，他的胸腔中发出的声音让我担忧他出了这口气后还能不能接上下一口气。

他是一个病人，一个得了很重的病的病人。

他说："你爸爸画画没有？"他好像知道我爸和我妈不在家一样。他接着说："我想看看你爸爸画的画。"

我想了想说："爸爸画了好多的画。"

我忘记了他还站在门外,转身抬了一张小凳子放到我家的高柜旁边,然后站在凳子上踮起脚尖够着了爸爸卷起来的几张画。我跳下来,跑到他面前,将画递到他的手中。

他一边呲啦呲啦地喘着气,一边将我爸画的几张画一张张展开来端详,脸上露出陶醉的神情。

这是一张安宁河的风景画。

我爸隔三岔五就会带一卷画回家,这些画漫不经心地堆在我家的高柜上,我爸并不在乎它们的存在。我妈也并不在乎它们的存在。

我面前的这个大人大概是我在县城中见过的长得最英俊的男人。但是,他吃力得像拉风箱一样的喘息声令我十分难过。

我似乎一下子就喜欢这个人了。他似乎得了一种很重的病,他生病的样子令人同情。而且,他喜欢爸爸的画。我在考虑是不是要将我的画也拿来给他看。

他又专注地将画看了一遍。然后将它们还给我。

他呲啦呲啦地喘着气说:"你爸不在家,我下次再来吧。"

他告别的时候,笑起来的样子十分温和。

我将他的到来说给我妈听,我妈说,他叫林浅秋,住在高家院子深处临近北街的那片房子里。好多年以后,我在灯光球场见到过他的女儿,那是一个身材修长,浑身散发着光彩的女孩。我记得她的名字叫林晓凤,她们在那儿有过一场精彩的排球比赛,她们打排球的水平简直令人难以置信。

他来过好几回,可是,每一次,我的爸妈都不在家。

我急忙起身给他打开我家的篱笆门。我说:"爸爸不在家,但是他又画了好几张画呢。"

于是，我又一次转身抬了一张小凳子放到我家的高柜旁边，然后站在凳子上踮起脚尖够着了爸爸卷起来的几张画。我跳下来，将画一起递到他的手中。

他的脸上显出高兴的神情。我满意地盯着他手里的几张画。为他没有空手而归感到高兴。

过了一会儿，他挑出其中的一张，用十分肯定的口吻对我说："这张画送给我好吗？"仿佛他早就知道我不会反对，我爸也不会反对。是的，我并不讨厌他来我家里要我爸画的画，相反，我为我爸有这样欣赏他的画的人而感到格外高兴。

我摆出一副豁达大度的慷慨神情回答他："当然了。"仿佛送给他的是一件价值连城的珠宝。

他选好画后，就心满意足地离开了。他的步伐有时候显得轻飘飘的，有时候，又显得十分疲惫，像是走了很远的路，摇摇晃晃地往他住的那个院子走去，那个院子在县联社的北面。他离开好一阵子，我仍沉浸在一种说不清道不明的情绪中，这种情绪，与薄暮时分逐渐笼上来的青灰色格外相宜，我幼小的心里仿佛也知道怅惘。

在这个开满梨花的院子里，这个患严重哮喘病的男人就这样收走了爸爸在几年间画过的许多画，一个不谙世事的小女孩慷慨地赠送了她爸爸的许多值得他们在后来岁月里回忆的时光，它们都凝固在这些画中，与跟它们没有任何生活交集的人在一起，成为他生活的一部分。这些画后来去了哪里，它们又有什么样的命运，已经不重要了，因为它们已也与这家人再没有任何关系了。小女孩的爸爸，在一生中从来没有因此责备过她，仿佛他画过它们，画过他心中的风景，就足够了。

爸爸去了阿普落

爸爸被派到阿普落乡下工作去了。他去的地方要路过喜家河坝，那实在是太远了，远到难以想象。

妈妈总是不在家，没完没了地在办公室开会。

大人们在办公室开会开些什么，小孩子们一般是不知道的，但也有知道的时候。比如，单位要涨工资了，有些人涨一级，有些人涨半级，涨工资的时候，需要给每个人打分，给自己投票，也给对方投票。但是对于投票的结果，却有一千种不同的意见，因此每一次开会都难以收场。于是就没完没了地开会。一开会大人们就会大吵大闹，在关着的办公室里吵得外边玩耍的小孩子们都听得见。只要听见里边不可开交的争吵声，孩子们就知道大人们又要涨工资了。在孩子们心里，工资好像是需要通过争吵才能涨上去的。

我的妈妈，总是在涨工资的时候得到许多投票，当然，对此也有不服气的人。是呀，谁家不想涨点工资呢？大人都为了孩子能够有吃有穿，不拼命吵，就要失去这次机会，吵来吵去才能有个结果。在单位里，总有一些人比我妈妈厉害，嗓门大，骂人凶，她一个人骂，总引来几个人和她吵。有时，别人看我妈不作声，看不下去了，都去帮她吵。

大概那一年我妈吵架吵赢了吧，总之我妈涨了工资，但是老家却传来消息，说我的外婆去世了。于是妈妈哭哭啼啼地回崇庆看外婆去了，而且没有带我们中任何一个人回去。

晚上，我学会给蜂窝煤炉添煤，学会了使用煤油炉子烧水。

煤油炉子有两层套子，下面是一个装煤油的盆子，点燃炉子需要将两层套子取下来，将里边的棉芯用火柴点燃，然后再将两层套子戴上去，最后一层铁皮，是用来放锅、盆的。

那天，煤油炉子燃了一会就灭了，我只好将它们一层一层取下来，取掉第一层，再取第二层，可是我忘记了炉子刚刚烧过，一双手被煤油炉子烙得起了一层淡黄色的"锅巴"，十只手指头烙得扁扁的，我一声惊叫，眼冒金星。

晚上，我疼得睡不着，碰见我爸回城，他说："那当然疼了，十指连心。"他取来藏在墙角的一个小瓶子，瓶里装着橘皮酱，爸爸用小棍抹了酱涂在我的手指上，然后用纱布包了，说："很快就不疼了。"

是的，那层皮其实已被烙成了"锅巴"，不久之后真的不太疼了。

我的十只手指头被纱布一层又一层裹上了，像举着十只胖胖的白萝卜。纱布还没有拆，没几天我便忍不住坐在日杂公司办公室门前那片空空的水泥地上抓石子。白纱布自然挡不住我抓石子的发挥。第一关，扔一颗，抓一颗，接一颗；第二关，抓一接一，抓二接一，抓三接一；第三关，两个抓三接一；第四关，抓二接一，抓四接一；第五关，抓一接一，抓五接一；第六关，品：手心七颗子，抛出去，手背翻过来接住，接多少算多少，再抛出去，手心朝下抓住。抛出去多少要抓住多少，漏掉一颗，全盘皆输，重新再来。

但是在厨房里发生的事情真是太奇怪了。前一段时间妈妈拆了一只竹筐用来引火，拆着拆着，它的边沿便不见了，变成了一只巨大的蜘蛛横在厨房的门边。它是什么时候横在那里的呢？我想跨出门去，但它长长的足像随时要伸过来抓住我。

　　漫长的午后，整排房子空无一人，别人去了哪里呢？不知道，我总是不知道别人去了哪里，总之没有人，大人、小孩统统不见踪影，整个世界都在远处，没有人可以将我从厨房门口解救出来。我的面前横卧着一只巨大无比的蜘蛛，它随时都要弹弹它的腿，然后向我爬过来。

　　不，它不是蜘蛛。不，它是一只蜘蛛。

　　我开始犹豫，愣了好一会儿。我忽然怕死，又突然不怕。忽然胆大，又忽然胆小。我既恐惧，又想要向着恐惧一脚跨过去。

　　我跨过去了，惊魂未定。我向后面回过头去，那只蜘蛛无所察觉，它一动未动。

　　我就这样带着我年幼的妹妹。院子里的孩子们谁家不是这样的呢？大一点的带小一点的弟弟妹妹，滚的滚，爬的爬，跳的跳，跑的跑，一年又一年，从牦牛山上吹过来的风又从县联社的大院吹过，坐在蜂窝煤炉前烧水的小孩子，也就自己长大了。

　　有时候我们也去马营巷背刨花回家引火，我家里门前有一个巨大的竹条编织的围栏，里面装满了刨花。马营巷以前是做什么的，无从知晓，听它的名字，感觉以前应该是关马的地方。

　　但是我出现在马营巷的时候，那里已经没有马了，有的是一家锯木厂，里面堆放着巨大的木料，一些木工在厂里用锯子改木头。那里的空气中充满了木屑的清香，满地都是锯末，还有一些推出来的刨花，刨花儿中夹杂着一些小块的木头，甚至还有引火的松明，冕宁人管它叫松光。松光中聚集着松脂，有着红铜的颜色和光泽，散发出浓烈的松香，它是柴中的诗人，一点就燃，冒着油，发出吱吱的声响。它在我们的眼里尤若珍宝。我们将它拾回去，劈成筷子般粗细，或者更细，另外堆放着。

在马营巷，我曾看到一只穿山甲，它有着细长的脖子。这只穿山甲好像是被大人逮住了，好多人都跑去看红火。当然我去的时候，已经是傍晚，看红火的人已经走了一拨又一拨。总之，我去的时候，穿山甲的周围没有围着太多的人。它的面前有一堆沙子，穿山甲很快地从这里沙子的一边钻进去，然后再从另一边钻出来。

妹妹生了一种怪病，晚上睡着的时候，她的胸口总要发出一种咝啦咝啦的声音，妈妈挨在床边着急地瞧着自己的小女儿，一筹莫展。妹妹睡觉的时候小脸蛋红红的，脸上粗糙的皮肤被风刮得裂开了小口子，结上了一层规则不一的黑疤，到了春天，它们就会自然脱落，脸又变得光光生生的。

冕宁县的孩子们，皮肤到了冬天差不多都皱过。刺人的风刮着皮肤，再加之我们会在泥土中滚来滚去，脏东西弄到皮肤上，皮肤自然也就皱了。皱过的皮肤会结上一片片黑黑的痂，到了春天，这些痂就会忽然消失不见。大概是我的皮肤随爸爸，是油性皮肤，所以我的脸上从来不长痂，而妹妹的皮肤随妈妈，皮肤干燥，才会长痂吧。妈妈买来蚌壳油擦在妹妹的脸上，也起不了多少作用。我们的小手倒是要在冬天长痂的，妈妈每天用蜂窝煤炉子烧上一锅热火，让我们将小手伸进水盆里泡上好半天，将白天弄进皮肤里的黑垢泡掉，再换一遍水，使劲打上肥皂，把盆里的水染得跟白浆一般，最后在泡得绯红的小手上涂上一层蚌壳油。第二天照常又弄脏了，如此往复。

妹妹又病了,医生说妹妹犯的是慢性支气管炎,妈妈瞧了妹妹一会儿,心疼地将她抱起来揽在怀中,妹妹还在那里睡得一塌糊涂,头靠在妈妈的手臂上没有醒过来。她漂亮的小嘴巴往上翻翘,不像我们的嘴巴睡觉的时候是闭得紧紧的。

妈妈不知道从哪里弄来了一些燕窝,泡在温热的水中。我从来没有看到过燕窝的样子,妈妈叫我帮忙的时候,她差不多已经将燕窝的本来面目破坏掉了,只能见到一碗清水里沉着一些胶状的半透明的东西。我用手指捏起其中一片,发现它们的边沿并不规则,有些是几片叠加在一起的,半透明的角质中夹杂着鸟儿纤细的羽毛,需要耐心地将它们一点一点地捻出来。妈妈忙前忙后,烧菜做饭,洗衣劈柴,这件事交给我做最合适。

当我仔细地将燕窝中的杂质一点一点地清除的时候,发现那些透明的胶状中还带着些淡粉红的血丝。我问我妈:"燕窝是什么?"我妈说:"是燕子飞累了,从嘴里淌出来的口水,淌得多了,就结成块块了。这些块块便是燕窝,可以用来医病,特别是妹妹这样的病。"

没有想到燕子的嘴里吐出来的口水还能治病,我的心里起了异样。

这个时候,会传过来令人喜悦的广播声:"嗒滴嗒、嗒滴嗒、嗒嘀嗒——嗒——滴——小朋友,小喇叭节目开始广播啦!""我是小木偶,名字就叫小——叮——当!我是小叮当,工作特别忙,小朋友来信我全管,我给小喇叭开信箱……"

有时候广播里也播马玉涛的歌《马儿啊,你慢些走》:"马儿啊你慢些走,喂,慢些走哎,我要把这迷人的景色看个够。肥沃的土地好像是浸透的油,良田万亩好像是用黄金铺就。没见过青山滴翠美如画,没见过人在画中闹丰收,没见过绿草茵茵如丝毯,没见过绿丝毯上跑放马牛，没见过万绿丛中有新村，没见过槟榔树下有竹楼……"

歌声雄壮有力，渗透进每一个毛孔，流到心里。我会支着耳朵听上一阵子。我喜爱马玉涛的歌，特别是起首的第一句，像是破云而来，又像是清涧出山，如同凤鸣玉佩，它健康、坚强、明朗，它描述的景色像仙景，又充满了勃勃生机，在我心头撞出了火花——我听见了歌声中的字眼间漾起的某种异彩。

妹妹也不是天天可以吃到燕窝，也就那么两三次吧。

第二辑

报名

　　学校来县联社招学生，报名已经过了许多日子，我却一直不知道哪一天真的可以去上学。看我着急的样子，妈妈说："朵朵淘气得不像个女娃儿样，学校不收你。"那一刻，我不但相信了，而且还被吓到了。院子里的孩子们已经纷纷上学了，大人们在上班，仿佛只剩我一个人守着一个偌大的院子。我信了妈妈的话，很害怕学校不要我，可是隔壁的夏小雨朝我眨眼睛，说学校张榜了，有我的名字。

　　我将信将疑，心里被疑团堵着，看着檐前沥沥的雨线，我把裤腿挽得很高，打着黄色的油纸伞走向学校。我在脚盆大的黄色的油纸伞下快速移动，大雨哗哗地下着，街道上的雨水哗哗地淌着，到学校的操场时，操场上也积满了雨水，大雨如注，积水上溅起一个又一个圆泡泡。

　　哗哗的雨水从油伞边缘焦躁地倾落。学校前坪右边教室的墙壁上贴着几张白纸，有一堆人在围观，我费力地挤到前边。白纸上是用毛笔写下的每一班同学的名字。我在一年级四班的一堆名字中寻到自己的名字时，雨停了，一抹夕阳从对面屋檐边斜射过来，映在密密麻麻的名单上，有那么一点熠熠生辉的幻觉。

我分在一年级四班，班主任是个女老师，姓聂，气质优雅、容貌甜美，圆圆的光洁的脸，嘴角两旁长着一对甜美的酒窝。这样光洁雪白的皮肤在这个风吹日晒、阳光强烈的山区实属罕见。她像一块磁石吸引了我。我们这个年级分普通班和"三算班"，"三算班"要学珠算。我在四班读了几天，我妈就把我转到二班去了，因为二班是"三算班"。二班的老师叫苏婷瑶，她没有聂老师漂亮，让我心里好一阵失落。苏老师梳着梭梭头（县城里的人把短发叫梭梭头），头发齐耳，还用两根夹针在耳边别一下，她一点都不像老师，像农村妇女。

我不想在二班，可我妈没理我。我就在二班一直读到小学毕业。

我背着书包，同时还要背上一把算盘，是我妈用大算盘改的小算盘，虽然没有她上班用的算盘那么长，却也够大。我的算盘如此，但一看同学们的算盘也五花八门，大的大，小的小，长的长，短的短，系上布条或者麻索，斜挎在肩上，我就没有再同我妈闹别扭。走在上学的路上，算盘拖拖沓沓地掉在屁股后面"唰唰唰"地响个不停的，就是"三算班"的学生。

大院里的孩子中夏小雨同我一个班，李籽蒙的哥哥李海洋在另一个班。第一次单元考试下来，李海洋考了个双百，大院里一下子就轰动了，好像县联社的孩子第一次读书，一下子给县联社争了气一样。我和夏小雨远远地望着在对面房子住着的李海洋，心里羡慕得不得了。

我们每天都要接受新的知识，背诵所读的课文。我记得有一段课文是这样的："小学生要兼学别样，既要学工，也要学农。"我背得很溜顺，尤其是"兼学别样"这几个字，理解起来挺不容易。我并没有能力去理解这样一句话，而是将一句话中的单词拆开了理解，它们无非就是：小学生、工人、农民。"兼学别样"既绕口，又别致。

一分钟等于六十秒，一小时等于六十分钟。

我和李海洋站在夏小雨家门口等夏小雨吃饭，晚上六点钟要去学校排练大合唱。这是多么令人兴奋的事情。我们已经迫不及待了。

"夏小雨，快点嘛，快点嘛。邓孃孃，你说还有几分钟？"

夏小雨妈妈邓开华看了看时间，说还有五分钟。我们心里咯噔了一下，然后开始数起来，一分钟等于六十秒，我们还有五个六十秒，时间还长着呢。是啊，我们根本不知道一秒钟有多久，以为我们是时间的富翁。

夏小雨在我和李海洋叽叽喳喳的数数声中慢吞吞地吃完了饭，我们又数着一秒、二秒、三秒向学校跑去。刚到学校大礼堂门前，范老师就远远地看到了我们。范老师声音洪亮，他喊："快快快！"并着急地将我们抓进大门，像老鹰捉小鸡。我们被范老师安插在队伍中。

我和一些人站在前面，我的一颗乳牙在此时掉了。

原来，我们早就迟到了。

这是我第一次在县委大礼堂参加文艺演出，也是最后一次在大礼堂看文艺演出。

但是，我却在学校的大操场表演了一场舞。这个叫苏婷瑶的女老师，是一个我开始读书并不喜欢的女老师，她穿一件洗得发白的浅灰色的外套，上课还背着一个孩子，她的最小的儿子，而她的大儿子，跟我同一个班，这个儿子被安排在教室第一排。在她的威严的目光下，他不敢像我们坐在后边可以随心所欲地动弹。有一次，我的同学，段海军，苏老师的儿子，被苏老师用手里的教鞭劈头盖脸打了一顿，段海军哭起来，往讲台前堆扫把畚箕的角落里钻。全教室的同学都惶恐地看着，他们肯定不明白苏老师为什么这样。

苏老师仍未解气,生硬地说:"上课再不听话,看我不打死你!"

段海军躲在角落里不敢出来。

苏老师背上背着孩子慢慢地走向讲台,在讲桌前坐下来。同时,她的眼泪"哗"地流下来。

苏老师哭了,没出声地流着泪。

看着苏老师静悄悄地擦泪的样子,我很同情她,觉得她很可怜。

因此,苏老师挑选我去代表二班参加全校儿童节表演,真是一个令人吃惊的决定。

表演只有两个同学。或许是苏老师根本没有时间让我们班的同学排练吧,她临时挑了我和另外一个同学上台去表演。

小燕飞,小燕飞。

你要飞到哪儿去?

我要飞到北京去。

妈妈给我个大苹果,

我要献给毛主席。

学校的操场比大礼堂的舞台要大得多。县革委大礼堂的演出以灯黑为落幕,灯亮为拉开大幕。但是这里却不黑灯,因为根本没有灯可以黑。高年级的同学演出的时候,就排着队上台去,或者双手握着拳头放在腰间一阵小跑,或者一边舞蹈着一边出台来:

"敬爱的毛主席,敬爱的毛主席,您是我们心中的红太阳,您是我们心中的红太阳。我们有多少贴心的话儿要对您讲,我们有多少热情的歌儿要对您唱,千万颗红心,向着北京,千万张笑脸迎着红太阳,敬祝领袖毛主席万寿无疆,敬祝领袖毛主席万寿无疆。"

大姐姐跳完了跑下舞台,跑得丢盔弃甲,就像有人在中间掷了一枚炸弹,跑慢了就要被炸到。

轮到我要表演的《小燕飞》了,我心里又高兴又害怕,这是我第一次登台表演。

我们头上扎着红色的细塑料绳,把头发缠成两只刷把,在后脑勺高高地举起。我们张开手臂,学小燕上下翻飞着翅膀,嘴里念念有词。我几乎听不到自己的声音,台下的人黑压压的,我们像是对着空气唱,好像一阵风吹过来,就要将我们的声音刮跑了,太令人紧张了,像做梦一样。我们快速唱完这段歌词,然后朝着各自相反的方向挥动翅膀。我们两个人,一个人朝着另一个方向,另一个人却站在原地不知所措,只听到台下老师和同学的哄堂大笑。太令人羞愧了,我们红着脸跑下舞台,脸上羞愧的红晕早已被两坨红红的凡士林遮盖了,没有人知道我们有多么沮丧。

我跑下舞台,跑进操场边的人群中,苏老师远远地看见我,她张开双臂给了我一个温暖的拥抱。

跟爸爸学念诗

爸爸从沙坝出差回来,看我上学了,他开心呢。在上学之前,他给我买过画册《我爱北京天安门》,那上面的字,我都会。四表叔也托进城的知青送给过我一个拼图玩具,拼出来的是一座山,爸爸说,这是娄山关。再后来,我又有一幅拼图,拼出来是"伟大的祖国"。在上学之前,我已经认识好多字。

爸爸招手让我去他身边,他拿出来一个红色的小本本。红色的小本本的塑料封面上印有"冕宁县工业学大庆先进集体先进个人代表大会纪念册——一九七七年元月"的字样。他给我翻开第一页,上书:"一九七七年始读。"

爸爸说:"朵朵,你现在是个读书的学生了,从今天起,爸爸教你学唐诗,背唐诗。朵朵,你可得一天给爸爸背一首。"

我说:"噢。"

爸爸翻开第一页,上书:

静夜思

李白

床前明月光, 疑是地上霜。

举头望明月, 低头思故乡。

爸爸写的字像是课本上的字, 一笔一画都是那么准确, 像是钉子排出来的, 像是他站在钟鼓楼高高的木架子上用大排笔扫出来的美术字, 又像是字自己生了脚长在上面的。

但是, 我认不得这些字。爸爸念一句, 我就念一句。

爸爸念: "床前明月光……"

我念: "床前明月光……"

可是为什么不是"窗"前明月光呢?

有一年中秋, 我发着高烧, 躺在床上, 全身疼得动弹不得。我呆呆地望着窗外那轮明月, 它银色的光芒从公安局那堵土基墙背后的梨树梢上洒下来, 照得我的小床有一层薄薄的霜, 也照亮了爸爸的小书柜, 还有床下边我穿的布鞋, 使它们的周围形成了一团团暗影。那天晚上我的胸口像是烧着一团火, 嘴唇周围起了好多小泡泡。妈妈不时推门进来, 她坐在床边, 用小刀削一块梨, 梨儿棕色的皮已经被她削掉了, 她举着一只洁白的梨, 将梨一小块一小块地喂到我的嘴里, 一股冰凉甜蜜的汁水顺着我焦渴的喉咙流向我正在烧灼发烫的胃, 将那里的火焰一点一点地浇熄了。

我喜欢那棵梨树结的梨, 尽管它名义上属于公安局, 但是它大半的枝头却是朝向我家的。公安局似乎也默许了它的偏心, 并不与它计较,于是每年我们会得到许多梨。那些结在高处的梨，爸爸在竹竿上绑上一把镰刀，再加一个网兜，就将它们完好无损地摘下来。

窗外那棵梨树疏阔的枝叶映着月色，显得越发的伟丽，令人有惝恍迷离之感。

我对那窗外那棵洒满月光的梨树充满了感情。

我对窗外的月亮充满了感情。

我自己发明了一句诗。我得意起来，高兴地大叫，把什么都忘了。

爸爸说，你这是在念诗吗？你完全是在吱哇乱叫。

哈哈哈，听爸爸这样一讲，我便笑起来，笑了一会儿，我又接着乱叫："床前明月光……"

爸爸接："疑是地上霜……"

我念："疑是地上霜……"

爸爸继续念："举头望明月……"

"举头望明月……"我又突然抬高了声音，大喊大叫起来，"举头望明月……"

我就这么大叫大嚷，差点把睡着的妹妹吵着了。我妈气得在一旁吼我："你就是个疯疯，再乱叫，我就要打你了！"

爸爸在每首诗的抬头写了个编号，第二天，我在念诗的时候，也将编号一起念，爸爸也没有说不对。但是，这一次，我不再扯着嗓子乱吼了，我忽然发现，念诗是一件严肃的事情，是一件庄重的事情。

我念："赠汪伦。"

赠汪伦

李白

李白乘舟将欲行，

忽闻岸上踏歌声。

桃花潭水深千尺，

不及汪伦送我情。

这首诗，一开头我就特别喜欢。我一念到第二句"踏歌声"，就高兴起来，觉得这首诗实在是好，真是好听。

但是"踏歌声"是什么意思呢？我根本弄不明白，但是接下来还有"桃花潭水深千尺"，这句更美。桃花潭水，一定是水面上漂满了桃花瓣儿吧。可是为什么不继续说桃花，却又说到什么汪伦。这简直有些莫名其妙，但是，因为有"踏歌声"，有"桃花潭水"，念起来音节朗朗，这首诗便深得我喜欢，并且有些秘密地喜欢那个桃花潭水，好像里面盛着整个春天似的。

第三首是《悯农》，很容易背下来，不到十分钟时间，我就会背了，到了第二天，爸爸抽背的时候，我也很快背完它们。大约在这个时候，我开始喜欢上背诗了，这里边有一些虚荣的、功利的、有一些成就感的复杂的东西在里边。

悯农

李绅

其一

春种一粒粟，
秋收万颗子。
四海无闲田，
农夫犹饿死。

其二

锄禾日当午，
汗滴禾下土。
谁知盘中餐，
粒粒皆辛苦。

　　就这样念了几十首，爸爸又出差去了。爸爸走之前叮嘱我，要我自己在红本本上抄上喜欢的诗，回来念给他听。之前每一次都是爸爸念完一首，再给我写一首的。可是他突然就下乡去了，没有办法再给我写。我就找来报纸，自己抄写。

　　我在爸爸写的《江雪》后面抄下了两首诗：

东方红

顾惠民

千村万户银线拉，

家家挂只金喇叭。

《东方红》乐曲四季唱，

毛主席天天进万家。

松树老人的话

顾惠民

清早起来上山坡，

田野铺满黄金果。

松柏老人告诉我，

周总理昨晚又来过。

　　我把抄下来的诗背下来，总觉得没有爸爸教我念的值得回味。爸爸这次是去哪儿了呢？去阿普落，还是去拖乌……爸爸去了那么远的地方，我是多么想念他。

　　原来爸爸这一次是去了阿普落公社，在那里长久住下来开展工作。一直过了好几个月，他才回家。这一次回来，他给我写的诗更加复杂了，我背的诗是越写越长了。

　　泰戈尔的《游思集》第二十八："我们的生命，在无人渡越的海上扬帆前进，相互追逐的波浪，在做着永恒的捉迷藏游戏……这是永无宁息的变幻之海,在哺育它那一再消失的泡沫的孩子,在拍手鼓掌那苍天的平静。爱,在这光明与黑暗的循环的战舞中央,你的爱是那葱绿的岛屿,在那儿,太阳吻着羞怯的林荫,群鸟的歌声在向静谧求爱。"

《飞鸟集》第九:"有一次,我们梦见大家都是不相识的。我们醒了,却知道我们原来是相亲相爱的。"

《飞鸟集》第六十五:"小草呀,你的脚步虽小,但是你拥有你脚下的土地。"

《飞鸟集》第七十五:"我们把世界看错了,反说他欺骗了我们。"

《飞鸟集》第八十二:"使生如夏花之绚烂,死如秋叶之静美。"

泰戈尔的诗,有些如绕口令似的,波浪起伏,音节变换,摇曳生姿,有一些又明白如话,十分好懂,实在是令我满意。

这中间又是朱德总司令的三首诗。

太行春感

朱德

远望春光镇日阴,

太行高耸气森森。

忠肝不洒中原泪,

壮志坚持北伐心。

百战新师惊贼胆,

三年苦斗献吾身。

从来燕赵多豪杰,

驱逐倭儿共一樽。

出太行

朱德

群峰壁立太行头，

天险黄河一望收。

两岸烽烟红似火，

此行当可慰同仇。

从化温泉

朱德

梅花开后桃花开，

绿竹青松夹岸排。

唯有荔枝园更好，

林空喷出温泉来。

　　我背这些诗，其实并不理解朱德诗中的寄托，只是因为要背，所以去背罢了。

　　朱德的诗后面，是英国诗人麦克迪尔米德的《空壶》："我走过石堆/看见一个蓬发的姑娘/她对她的孩子唱歌，而孩子却已夭亡/摇撼世界的风/唱不出这样甜蜜的歌声/照耀世界的光/也没有这样倾注的深情……"

　　这首诗，爸爸特别给我进行了讲解，爸爸说，夭亡就是死亡，孩子很小很小就死了，离开了他的妈妈，可是他的妈妈却将他抱在怀里，给他唱歌。

爸爸特别地强调了最后两句："摇撼世界的风/唱不出这样甜蜜的歌声/照耀世界的光/也没有这样倾注的深情……"这两句好像并不需要特别的解释，字面的意思也能明白三分。我喜欢这首诗里面的感情。

这样的抄写排列，可以看出是爸爸回家利用的时间间隔，这次他想起朱德的诗就抄写下来，再下一次，想起另外一个诗人的作品来了，就抄写另一个诗人的作品给我背，他的案头并没有什么诗歌版本，大概这些诗都出自他的记忆吧。

接下来，是两首外国诗人的诗：

《火焰诗》之五

[爱尔兰]柏伦克德

我何有？

有两手。

洪水可治之，

敌来斩其首。

投荒蹈海不辞艰，

欲喋我血我不走。

倚楼

[印度]奈都夫人

我所爱，我将何以饲汝？

132

以金红色之蜜与果。

我所爱，我将何以悦汝？

以铙与琵琶之声。

我将何以饰汝鬟？

以茉莉畦中之珠。

我将何以香汝指？

以基辣与玫瑰之魂。

在爸爸给我抄写的所有的诗中，我特别喜欢《倚楼》，这首诗感情热烈，有一种天然的焰火般的情绪在其中。诗仿佛被着了色，有着玫瑰一样的色彩。这里边的爱流丽圆转如琵琶声，其甜蜜如金红色的水果，这里边是红颜色的相思和爱像辣椒般火热，又有像玫瑰一样的香味。

爸爸没有回来的日子里，前边写的那些诗我都会背了，但是没有新的，爸爸要求我自己抄写诗，也因为报纸上的诗也就像顾惠民写的那样的，我实在是难以喜欢，所以也并无兴趣再自己抄写在后边，也就很珍惜地将前面的诗翻开来念。

爸爸收藏在家里的书差不多被我半明不白地看过了，像《踏平东海万顷浪》《欧阳海之歌》《金光大道》。其中有一本书，很厚，我常常翻来看，却想不起它的名字了，只记得内容是一首叙事诗，就是用诗歌来讲故事，讲的是生产队的羊被躲藏在生产队的阶级敌人毒害死了，后来羊找到了，阶级敌人也被民兵抓住了。

但是都没有爸爸写在红本子上的那些诗歌优美。

此后的日子如电光石火，爸爸回家的次数是越来越少，时间的间隔也越来越长，到后来，爸爸从冕宁县文化馆调到泸宁区去教书了，半年才回来一次，这样，我背诗的日子也便长久地停在那里了。

在上小学三年级之前，我大概已经会背一百多首诗。但是后来这些诗在我的记忆中烂成一团，只有早先背的诗到现在还记得。

住在地震棚

　　临近夏天的时候，学校举行拉练，去的地方是北山坝。在北山坝，我们年级举行了少先队入队仪式，同学们坐在草坡上围成了一个大圆圈。老师站在圆圈中央，老师叫一个名字，就跑进去一个同学，在圆圈中央一字排开，老师给他们戴上红领巾。我和夏小雨没有被选上，拉练结束后，我们俩光着白脖子回到了家里。

　　但是我没有看出夏小雨有什么不开心的样子，我也一样。我们在山坡上疯跑，摘了许多带刺的枝子回家，上面结着红红的酸叽果。酸叽果有绿豆大小，晶莹剔透，淡粉色的薄薄的皮，有饱满的汁液，头上顶着一粒芝麻大小的黑点点，实在是惹人喜欢，忍不住要贪爱。

　　不久，学校让每个同学带上自己的瓷盅去喝大锅汤，说是预防脑膜炎。妈妈给我去商店挑了一只小号的白瓷盅，上边印有"为人民服务"，夏小雨见了，也让邓嬢嬢照着买了同样的。下午上学，体育老师去学校食堂端了大盆药汤放在讲台上，同学们排着队上前去领药。

　　第一天喝药，同学们是欢天喜地的，很多同学并不害怕喝药，他们身经百战，见过世面，并且热爱这样的集体活动，哪怕是喝药。比如，夏小雨跟同学说"我不怕吃药",说着他就把手里接满药汤的瓷盅凑到嘴边,一仰脖子将药汤喝了个精光。

我知道夏小雨很少吃药,像我一样,而我的妹妹经常吃药,妈妈带她看病大多数时候是在小西街开中药,妹妹从小就喝中药,她不怕吃药,但是我却怕。

放学的时候,他有些得意地故意等我同他一起走。我俩结伴回家,一路上,坐第一排的同学刘得喜跟在我们屁股后头,给我们俩捏对儿,他不怀好意地唱道:"夏小雨、朵朵!夏小雨、朵朵……"夏小雨的脸一下子红到脖子根,他皮肤白净,容易脸红。

我俩站在那儿愣了一会儿,夏小雨抢先一步走开了。

我使劲地闭嘴瞪他。忽然我就想起了他的外号,一连地朝他喊起来:"刘得得儿,刘得得儿……"

同学们最怕被取外号,也最怕被人叫外号,这么一叫,刘德喜一扭身子跑在我的前头,边跑边跳回钟鼓楼边他的家了。

第二天,我和夏小雨就在同学中间被扭了对儿,我一走进教室,就有同学喊:"夏小雨、朵朵!夏小雨、朵朵……"这肯定是刘得喜干的坏事。

学校熬大锅汤后,听说高年级的同学被老师带着去了北山坝挖黄连回来熬大锅汤,这才知道,我同夏小雨从北山坝带回来的酸叽果的根就是黄连。难怪我们喝的药汤很苦,难以下口。

北山坝生长着数不清的刺黄连,别名又叫三颗针、钢针刺。它们生长在带刺的灌丛中,牵牵连连分不出各自的枝条来,老师们拿锄头去挖,许多同学带了碎玻璃片去帮着刮外皮,剥取深黄色的内皮来交给老师。

就这样，我们喝大锅汤喝了好些日子，县联社大院内也贴上了卫生防疫站的宣传标语："动员起来，讲究卫生，减少疾病，提高健康水平。"

这个秋天一开始就让我有两个最深刻的印象：一是悲痛，二是恐慌。悲痛不言而喻，邓婆婆站在院子里听到了广播声，她呆呆地站在那里，然后就第一个在院子里哭起来，我们不知道发生了什么，又像是知道发生了什么。几天的时间内，我妈她们的办公室成了扎花圈的场地。在那里，我学会了扎花。扎了许多小白花。还自己发明一种方法，就是将扎好的纸的一端细细地剪一层细绺子，翻出花来更加逼真。许多大人还学我的样儿扎花瓣。再后来，学校组织我们排队去大礼堂举行哀悼会。

这个秋天到处都在闹地震。好多单位的院子里都修了地震棚，棚顶是用一种黑乎乎叫作牛毛毡的材料盖的。当然，这也为后来孩子玩豆腐块儿提供了很好的材料。好的豆腐块儿里面，总是要加入一些撕小了的牛毛毡，这样打起来才有威力。

中学的操场上挖了几个大坑，里面放有测震仪，每天都有高中学生在老师的指导下专心致志地观察，并做好记录。姜豆儿时常在中午没人的时候，悄悄地溜到操场上，蹲在土坑的边沿，甚至伏耳在地，倾听测震仪的声音，然后回家宣布他的观察结果。

到处都贴上了预防地震的图画。我总是问我妈，地震来了，我们怎么办？桌子那么小……我对老师讲的钻桌子的办法深表怀疑。

地震要来了，可是我们家没有分到地震棚。幸亏我妈人缘好，在她为数众多的熟人朋友的帮助下寻得了一个住处，没过多久，我们便搬到了西街一户居民家住。居民们沿街的房子都是木结构的，不知道我妈是借人家的，还是租人家的。总之，我们在那里的李家大院里寻得了一间房。房间里面空荡荡的什么都没有，铺着木地板，我们就在地板上铺上被褥，在上面睡觉。我们家也有地震棚了。

相传冕宁在古代是一个充军的地方，被判罪的官员一律充军到这里。后来我长大了才知道，冕宁也是明朝洪武年间军屯的地方，来了一大批中原的兵，所以冕宁好多人家都留有古代官场的痕迹。街道周围的居民好多都是农家，家里的摆设却是按照古代大户人家的规矩来摆设的。堂屋里有两把太师椅，中间一张茶几，靠茶几的墙上贴有字画。

我去院子里的居民家玩过，参观过同学家里供孔夫子的地方。同学的大伯心灵手巧，会编各种各样的东西，有一次，大伯给他做了一间宫殿式的房子供奉孔夫子，没几天，四条街的同学都知道了，都去朝贺，更是神乎其神地四处宣传，孔夫子已经被供活了。有同学说，当初他们进去的时候，什么都看不见，大家磕头之后，就看见孔夫子了。

躲地震实在是太刺激了。每天我都兴致勃勃地回家，等待妈妈带我们睡地铺，躲地震。可是爸爸也不知道去了哪儿，他总是不在家，总是在外面出差。

地震要来了，他没有同我们在一起，怎么办呢？

不过，妈妈为我们备了一坛子的饼干。这实在是太奢侈，太吸引人了。地震还没有来，每天晚上，妈妈都要发两块饼干来吃。饼干是长方形的小方块，有齿轮状的边沿，上面沾了一层薄薄的白灰。地震还没有来，我们就快把饼干吃光了，妈妈的饼干像几滴毛毛雨，而我们像久旱的大地。

睡觉前，我妈将医院输液装药水的大玻璃瓶灌上热水，塞进被窝里，玻璃瓶很烫，我心满意足地用脚将它滚来滚去，听水在里边发出咕咕咕的声音，带给我一种令人欣喜的、舒适温暖的感觉。

我同我妈说："我的同桌郭一兵就住在这个大院里，他不会写作业，让我给他看作业，然后，他送我一大把铅笔。"我从床上爬起来，把铅笔从书包里取出来。我妈说："你还给人家，你哪里得了那么多铅笔。"

但是郭一兵很快就没有在我们班了，我们班上的孩子好像喜欢转班似的，总是转来转去的。一不注意，他们就不见了。

我的同桌很快换成了另一个男生。我对新同桌总是充满了好奇和热情。新同桌叫刘霞宁，他家住在北山坝，光是住在那么遥远的地方就决定了他的与众不同，要知道，北山坝是我去过的最遥远的地方。他的穿戴明显与县城的孩子不同，他戴着一顶笨重的雷锋帽，两边有护耳，他没事喜欢嘟着嘴朝外呵气。

他长得有些像女孩子，神情中常有一种不易察觉的腼腆。

刘霞宁的身上散发出一种天真和友善的气息，我们很快地就能友好相处了。有一天学校要开大会，要求每个学生回家带上一根小板凳去学校开会。他自然是回不了家，我便自告奋勇地带刘霞宁去我家抬板凳。当然还包括去我家吃午饭。

妈妈到下班时间都不在家。我妈这是去了哪里？如果这个时候我妈不在家，就一定去小西街了。

小西街有一家中医院，一走进中医院的大门，就见到我妈抱着妹妹坐在好长的一群人后面排着队焦急地等着看病。我妈大概是又累又饿吧。我妈远远地见到我，递给我一毛钱，我兴致勃勃地带刘霞宁去西街老婆婆那里一人要了一个白白胖胖的发糕。

发糕可真是好吃的食物，刘霞宁一定还没有吃过。我和刘霞宁一人举着一个发糕。我三下五除二就吃掉了手中的发糕，可是刘霞宁却将发糕在左手倒一下，又拿右手捏一下，这么倒去倒来，手上沾满了米末,他嫌弃地不停地甩手,嘴里嚷嚷着:"啊嘀嘀……"

这一弄好像搞得好像我的手上也沾满了米末,令我万分尴尬,脸面全无。我有些怨我妈不在家。

但这只是一次不愉快的小插曲,很快我们就忘记了这次不愉快。不久,我家就从西街搬回了县联社,因为公家给妈妈找了一个躲地震的房间,这个房间就在院子里的水井边。这眼水井的右边是公家的伙食团,中间便是分给我家住的房间,左边还有一个房间住的是雷红旗家,她家的门开在水井的背面,背面有一个好大的院子。

我们在这个房间里住下来,房间很小。虽然是木质结构的房子,但是我妈还是在房间里又安放了一张巨大的乒乓桌,我们就睡在乒乓桌下躲地震。

在桌子下面睡觉的新鲜感觉很快就过去了。那天晚上,睡在拥挤的乒乓桌下,我难受得一次又一次翻来覆去地睡不着,我妈从桌子那头爬过来,伸手朝我额头一摸,叫了一声:"呀!发烧了。"

我病了好几天,连门都不让出。我妈说这是在出痘子,不能出门以免传染其他小朋友。

我成天就趴在窗户上朝外面看。

县联社繁华着呢。一堆又一堆的小朋友在外面疯跑,尖锐的叫声刺激着我的耳朵。

一队男孩在跳拱。跳拱需要勇气,也需要胆量和技术,因此总会吸引许多孩子前来参加,每到玩这种游戏,整个县联社的小孩子几乎都在。

跳拱先需要一个人自告奋勇去做蹲桩。做蹲桩的人先是双手抱着脚,头向下,尽量地缩成一团,其他人从同一个方向挨个从他身上跨过去。个子高的孩子甚至可以不用接触他便轻松地跨过去，个子小或者年龄小的孩子则需要用双手撑着他的身子才能张开双腿从他身上跨过去，然后蹲桩节节升高，大概有几轮的变化，之后做蹲桩的人站起来，屁股朝天，双手以两只腿作为支撑将身子形成拱形，孩子远远地助跑，双手按着人的身子，然后再张开双腿从蹲桩上飞过。如此接二连三，跳不过的人则替换下来做蹲桩，如此往复。

跳拱最刺激还是蹲桩升到最高处的那一环节。做蹲桩的人基本上站直了身子，双手支撑在大腿上，头埋下来，仅有肩膀那边形成面积并不大的斜坡提供支撑。这个时候就更需要胆量和勇气了。跳最高一拱需要快速助跑，快到目标的时候需要果断，一鼓作气，丝毫不能犹豫地将双手按到蹲桩的肩膀处，然后借助支撑产生的力量腾空而起，越过人的头顶，然后在适当的时间找到落地的距离，轻巧落地。这个时候，由于双方的力量，做蹲桩的人会被起跳的人带着一股惯性往前摇晃，但他很快就稳住了阵脚，迎接下一个人的挑战。其实，这个游戏中需要彼此信任、彼此成就作为基础，假如蹲桩配合不好，站得不牢，那么跳拱的人是十分危险的，很容易摔倒受伤。事实上，这是一个比较危险的游戏，但县联社的孩子们没有出现过较严重的受伤情况，因为，孩子们预感到跳不过的，便早早地放弃了，没有人愿意拿摔个大跟头来冒险。只有对于像陈永强那样像风一样勇敢的少年，跳拱永远是他们热衷的游戏，他们乐此不疲。

一群女孩在跳橡皮筋：“小汽车，滴滴滴，马兰开花二十一；二五六，二五七，二八二九三十一；三五六，三五七，三八三九四十一；四五六，四五七，四八四九五十一；五五六，五五七，五八五九六十一；六五六，六五七，六八六九七十一；七五六，七五七，七八七九八十一；

八五六，八五七，八八八九九十一；九五六，九五七，九八九九一百一！"

在跳橡皮筋的游戏中，我是最灵巧的那一个。橡皮筋的人要分成两组，一组人绷着绳，另一组跳。跳的人一路从脚踝、小腿、膝盖、大腿、腰跳到胳肢窝。还有跳单绳的，可以再往上，绷绳的人就要将绳举到颈子、头，一直要将手举到头顶，最后到举手的高度。举手的高度很少有人能跳到，跳得最好的可以自己先跳下来，然后等她再跳一遍救下一个两个人的时候，她便再也跳不动了。如果是一组中有两个人跳，我还能将她救下来，再多了，就跳不动了。也有失手的时候，要站在一旁等着被救活。

刚去城关一小上学的那会儿，看同学带了橡皮筋，我也特别想跳，但是我没有，我爸就给我做了一根橡皮筋。他把家里的高压锅用的旧密封圈拿来剪成许多细条条，打了好多的结，做成了一根又秀气又短的橡皮筋。我兴高采烈地带去学校，几个小同学一起跳，可没有跳到两下，橡皮筋就断了。实在是令人失望。

就这样，在出水痘的那几天，我在地震棚里的窗户边，将小朋友们玩的游戏在心里过了一遍又一遍。

阿普落

这一年放暑假，我去了爸爸所在的阿普落。

阿普落在冕宁的西北方向，离县城有几十里路。过喜家河坝朝回坪方向走，一直走到一条靠山的土路，四周全是田野，远处是山，山坡是古老的冲积扇，村庄便在散落在这一小块一小块的冲积扇中。沿着朝山脚那条笔直的路往山脚走，走到山脚下就到爸爸工作的村子了。这个村叫鄢家村。村里就几个大姓，大部分村人都是亲戚，村人以姓鄢的为主。

爸爸的工作组被派驻在这个村，爸爸是冕宁和阿普落两头跑，在冕宁住的时间很少，在阿普落住的时间很多。

爸爸寄宿在鄢姓人家里，爸爸叫我喊这家的女主人叫鄢婆婆。至于男主人，我没有任何印象了，好像这家一直没有男主人。

爸爸的房间在鄢婆婆家对面。爸爸在村上做什么工作，我一点儿都不清楚。傍晚的时候，我们吃过晚饭，去晒场坝耍，村里的人见了爸爸就远远地喊，老黄。小孩子淌着鼻涕吹着鼻涕泡泡也仰起脖子跟着喊，老黄。爸爸都笑着答应他们。大概小孩子们认为爸爸的名字叫老黄吧。

白天的时候,爸爸也带我去知青点,知青点会有两三个知青在家,他们神情漠然,厨房里没有煮早餐,木桌上摆着一只大笪箕,里边盛着煮熟的嫩胡豆,他们是早饭还是晚饭吃这个呢?爸爸同知青点的叔叔们讲了些什么,我的记忆已经模糊了,但是回去的路上,有村里的狗一群一群地跟着我们,令我十分害怕。

爸爸说,遇到狗别怕。我还是怕得躲到爸爸身后,爸爸蹲下来假装拾地上的石头,刚弯下身子,那些狗见状便跑开了,不再跟在我们身后。再后来,我也用这个办法对付狗,这个办法试一次灵一次,我就不怕狗跟着我了。

在阿普落,我很快就和鄢家村的小朋友们认识了。早上从床上爬起来,爸爸已不知去向。于是我饭也不吃、脸也不洗、头也不梳,趿着鞋子就往村东去找鄢小桃。我拐了好几条路才走到她家。走进厨房,她家的早饭刚煮好。在鄢家村,村民日子过得清苦,家家只吃两顿饭,早饭十点钟左右开饭,那个时候,大人都下地做完活儿回家了。鄢小桃家的大人揭开灶上的甑子,甑子里边的米饭上边有一大坨麦面粑粑,麦面粑粑还滚烫着,他将麦面粑粑从边沿撕下两大块,我同鄢小桃一人举着一大块,边啃边出门打猪草。有时候鄢小桃的妈妈也会捏个饭团,放进燃着火的灶笼下边用灶灰焐成锅巴饭团,我们一人分得一个,很珍惜地捧在手里。

鄢小桃拿了只破了个洞的大篮子挽在臂上,往篮子里放了一把菜刀,她想了想,又在门槛边抓了把小铲子放进篮子里。

鄢小桃家的猪圈在主屋后,毛竹作梁,青竹为椽,顶上是一层厚厚的稻草,泥巴将土基墙的空隙糊得严严实实。经过风吹日晒的猪圈,顶上橙黄的稻草已经变成了褐色,被雨水冲刷后便留下一道道的水印。

村里房前屋后都会长猪草。我们一转到屋角，还没有走上小路，鄢小桃就说，瞧，这也是猪草。说着，她像是做样子给我看，扯了两把草便走开了，毕竟，打猪草的地方还远着呢。如果打猪草这么简单，那家里的猪喂起来就太容易了。鄢小桃在我前面急急地走，她大概要向我传达的就这意思。看来打猪草的"阵地"并不固定，需要"游击式"地到处辗转。离开院子后，我们一边走，一边搜寻那些附生在路边杂草间的目标。大概离村里的院子越远，打到的猪草就越多。近处的猪草，被小孩子扫荡得差不多了。

村外的小水塘边长着一丛又一丛的苦竹、水竹和巴茅，风把青蒿银白色的背面吹翻过来，露珠在巴茅丛中滚动，亮晶晶的，像散落的碎珍珠。巴茅的穗子在风中婆婆娑娑。一些人家地里的大葱明明地绿着，抽出很高的葱苔，顶上开出白色的细花来，太阳黄黄地照着，云在山边，一忽儿在东边，一忽儿又在西边。薄薄的云朵像被风吹散的棉花糖，在干净的天空上慵懒地游走着。

田埂边、菜地里猪草多，但我们一般不进人家菜地，长在人家菜地的猪草，便是人家的。我们就在田埂边上找猪草。田埂上长着许多野草，像车前草、夏枯草、蒲公英……这些野草都可以入药，爸爸早就教我识得它们。鄢小桃却不大认得它们，她教我识得的是一些村里孩子们常打的猪草。生在田埂边上的灰灰菜、苦苦菜、鹅儿肠、奶浆草、卷耳、附地菜、地锦草等，因为贴地生长、根茎细嫩，可以作为猪草喂猪。我们看到一小片猪草，便停下来，拿铲子或菜刀的尖去挑它们。一只手掀起它们贴在地面的茎叶，另一只手拿刀斜斜地插进土里，将它们连根挑起，再抖落掉它们身上的浮土，掇在手心。灰灰菜和奶浆草的根茎被铲断时，会有白浆冒出来。

我们偶尔会碰到开着紫红色花的野豌豆，它们跟菜地里的豌豆样子很像，仿佛开着小号的豌豆花。间或也有开着白花的野豌豆，长大后才知道这种我们口中的野豌豆其实是紫云英。妈妈的弟弟托人从老家崇庆带了家乡菜，晒得干干的苔菜用水发泡开后再用米汤煮出来一大锅，捞了盛满在碗里吃光，因为它们来自爸爸和妈妈的家乡，家里人，特别是妈妈，在心里就给予了它比其他食物更高的地位，吃的时候很是珍惜。

　　或许是它们生长在苞谷地里吧，苞谷高大的身子遮蔽了阳光。野豌豆长得嫩绿非常，开着花的那串嫩枝向上直立着，最上边的那朵花像张开的翅膀，有着飞动的美丽。贴着地面的枝子上已经结了两颗绿色的豆荚，再过一阵子，吹来一阵子南风，豆荚成熟，外壳变得纯黑，用手卡住豆荚的边沿一使劲，啵的一声，一串串栗褐的种子从豆荚壳中滑出来，有细滑的触感。

　　在草丛掩映下的土层里生长着一种地果，它们长着带刺的叶片，盘根错节贴地生长，连成茂盛的一片。孩子们用镰刀拨开它们带刺的叶子和藤蔓，寻找它们躲藏在腐土中的果实，它们生得皮薄肉嫩，孩子们一起蹲在地头，耐心地用手轻抠。慢慢地，一颗颗小巧玲珑褐红色的地果，捧在我们的手上，食之，有无花果的滋味，绵软中有沙沙的种子破碎掉的声音。

　　零星的地果孩子们自然还嫌不够，有时候打完猪草，一群孩子荡荡地拎着竹篮，经过弯弯曲曲的田埂，走过陈家坝子塘埂，再绕过牛家坝子塘埂，走到鄢家坝子坟山边上的沟坝上。坟山上有一片坟，一丛丛的巴茅草中间高低起伏的土团是某某先考妣大人的坟，这里大人来得少，显得十分僻静。坟头上生长艾蒿、巴茅，也生长着地果，坟头上地果长得最多，孩子们并无不敬畏的意思，爬到坟头上去扯。站在坟山的这头往下望，隔着山脚的一大片田，远远地看见鄢家村一片一片的黑瓦房。

也有同村里的大人们去庄稼地里掰苞谷秆，这件事也令孩子们热情非凡。大人们一路用镰刀砍着已经收获了苞谷的苞谷秆，孩子们则在地里乱窜，寻找那些尚还泛着青色的秆子。不等大人前来帮忙砍断，便无师自通地从分结处一使巧劲掰断，撕掉包裹着它们的长长的叶片，啃咬起来，从嘴里吸食流出来的略显甘甜的汁液。对于植物草茎藏着的甜味，孩子们是不会轻易放过的。

在阿普落的好些日子，爸爸不是去回坪公社开会，就是去生产队里，总之我同他在一起的时候不多，但他总有些闲暇的时候。他给鄢婆婆家门前的巷子画了一幅画，有时候也叫我站在那堵看起来十分难看的泥巴围起来的矮墙边给我画像，当然他是先画上蹦跳着出门的我，然后叫我走开，再添上作为背景的石头和围墙。

爸爸来阿普落工作期间，同南街的陈爷爷学起了中医。家里除了在很久以前就有的《人体解剖学》《内科学》《实用儿科学》外，又不知不觉中多了些人体穴位的图画，还有一只软软的人耳朵，上面布满了密密麻麻的极小的圆点，应该是标示耳朵上的各种穴位吧。我拿在手里看来看去，看不出个什么名堂，觉着无限的神秘。但是我知道这是爸爸看病用的十分珍爱的工具，看过之后，就慎重地放回原处，不让他察觉到我也研究过了。

爸爸在闲暇的时候，会给我扎银针，我忘记了他是怎样说服我当他的病人，让他在我身上做实验。其实那个时候，爸爸已经掌握了一定的医术，能够治疗一些常见病和多发病。

我就坐在鄢婆婆家门前的石坎上，听任爸爸的摆布。我有些紧张，爸爸讲，银针这么细，扎进人的肉中其实并不痛，就像小蚂蚁咬了一口。我对银针充满好奇，对爸爸充满信任，于是我闭上眼睛想试试这种长长的细细的针扎起人来是不是很痛。

我将眼睛闭得紧紧的，只觉得腿弯处有一些微微的疼，真像是爸爸说的被小蚂蚁咬了一口那样，待睁开眼睛，腿上已被扎上了两根细细的银针。这个体验令我紧张又好奇。接下来，爸爸的手指在银针上轻轻弹动，只觉得一阵难以言喻的酸胀从腿弯处漫过来。

我大叫起来："爸爸，我的腰好酸呀！"我这一叫，却把爸爸给逗乐了，他说："朵朵，你的腰在哪里呀，怎么长到腿上来啦。"哈哈，我怎么知道，这真是令人哭笑不得。

入夜娃鸣如鼓，蚊蚋成群。这时候我躺在爸爸有些发黄的蚊帐中，却仿佛看见窗外繁密如春花的星星，想着在县联社的妈妈和妹妹，偶尔听到遥远的地方传来村犬的吠声，不多一会儿就睡着了。

但是这一次来阿普落付出了代价，就是我成天在溪沟里耍水，得了关节炎，开学后上学走不了多远就要妈妈背着走一段，还在家里休养了一段日子。

苏婷瑶老师家的水缸

我们班上有一个叫刘庆春的女同学喜欢拿零食来学校吃。要知道，一般的孩子家里基本是没有什么零食可吃的，可是刘庆春就能带来我们没有见到过的零食，而这些零食，我的妈妈竟然也不会做。比如她带来了她们家的泡菜坛子里边的泡茄子，并不像我们平常做菜用的那么大的细长的一根，而是圆圆胖胖的那么一团。经泡菜水泡过后，茄子有些绵软。我们稀奇地围在她身边，口水几乎要从嘴角流下来。

也不知道是从谁先开始的，大家围着她，向她伸出手，摊开手掌心向她嚷嚷："给我吃一点，给我吃一点……"小孩子们是没有什么羞耻心的，刘庆春反倒矜持起来，她将握着泡茄子的那只手高高举起来，一次又一次地奋力地撕下小小那么一丝，由于孩子们的拥挤，她每捏给一个人的时候，就使出了些力气的。直到她手里的泡茄子快撕完了，也没有看到班长任红走进教室，这多少令她有些遗憾。

第二天她再带来泡菜的时候，大家其实都提早来到了学校，巴巴地等着她的到来，上学最快乐的时候，就是她走进教室的那一刻吧。但是那天她并没有一到就给我们分食，而是等班长任红到来后，才开始给大

149

家分食。然而班长任红对她的零食并不感兴趣，任红的爸爸在县委工作，对于这样一些零食，并不稀奇。但是刘庆春看到任红走进教室后，将她早就准备好的零食第一个分到任红手中，是很大的一块，比分给其他人要大得多。任红虽然无趣争抢，但并不拒绝刘庆春的献媚。待刘庆春总结出一些分配经验后，大家分得的吃食便越来越少，甚至轮到自己的时候已经没有了，免不了要失落一番的。

由刘庆春带头，小孩子们中间开始流行带零食来教室吃了。

虽然家里边并没有什么可吃的，可是孩子们总能想到办法。大家带得最多的是海椒面，里边拌上了盐，还用心加上一些味精，用一只信封袋子装着。这几乎是背着大人干的事，没有哪一家大人会鼓励孩子带着这样的东西来学校吃。但是孩子们仍然十分喜欢，要知道，但凡是带到教室的吃食，没有什么好吃不好吃，有吃的便是十分欢喜。所以每当一个孩子走进教室，其他早到的孩子便朝他伸长脖子，喊："带吃的没有？带吃的没有？"人家还没有取下书包，便已经被围着水泄不通了。然后人人手心上都会摊着一小撮海椒面，尽管是很小很小的一撮，大家也会珍而重之地伸出舌头在那儿舔吃，像小狗似的。

舔完最后一口，大家一齐朝苏婷瑶老师家跑。

苏老师家在学校东边的一排平房中，有两间前屋，屋背后是厨房，厨房中央立着一只巨大的水缸，里边总是盛满了一缸清甜的井水，缸里边一只淡黄色的水瓢永远浮在水面上等着我们的到来。我们抓起水瓢舀上水，一气喝它半瓢，然后鱼贯而出，疯跑回教室。

我水喝得太多，在奔跑中感到水在肚子中来回撞击，发出哐当哐当的声音，挺让人难为情，不知道身边一起跑的同学听到没有，也不知道身边一起奔跑的同学肚里是不是也在发出这样的响声。

有一段时间，孩子们中间又流行带凉拌菜来教室吃。主要是女同学干这样的事，男同学带这样的吃食来是挺难为情的吧。我们偷偷将家里的葱和芫荽切碎拌上豆油，装在小瓶子中带到学校来，取来一只小棍子一点一点地抹进嘴里。尽管吃相狼狈，我们却还是乐此不疲，毕竟身边有人围着摊着手叫嚷着，总还是有些小小的虚荣的。有一次我也偷了家里的葱和芫荽，弄好后藏在光线稀薄的橱柜中，却还是被妈妈发现了。

妈妈气恼地盯了我两眼，然后给我收缴了。我伤心地哭了一场。

我们班的教室门口有一棵大树，我已经忘记它是棵什么树了。但是这棵树下有一只秋千。下课的时候，我们除了疯跑，便是抢着荡秋千。女生定然是抢不过男生的，所以荡秋千成为男生们的游戏。秋千一个人玩不起来，往往需要再带上一个人。抢不到的人便站在一旁痴痴地看。秋千上一大一小，一高一低两个人，要想荡得高，又不想借外力，两个都得合着使力。双双一站，一蹬，将秋千荡得老高。一个人的时候，秋千才会荡得像飞上了天，差不多与树梢齐平。我们惊呼道："快看啊，荡得多高啊！"我们站在原地抬头仰望着这个勇敢的孩子，徒有羡慕之情。

苏老师家的大门在课间时从来没有对她的学生上锁过，家里没有人的时候，一群又一群的孩子自由进出，我们几乎忘记了这是苏老师的家，随便得以为是我们自己的家了。我们在苏老师家乱窜，也碰见过她的英俊的丈夫和她的大女儿。她的大女儿在上中学，瘦削、苍白、神情严肃，像一棵小小的青梅。

学校没有自来水，只有一口水井，虽然在上学之前，我就已经在县联社学会用水桶在井里边打水，但是学校里没有水桶，所以我们渴了是没有水喝的，但苏老师在她自己的家里却为我们准备了满满一缸水，等我们去喝。

读到三年级的时候，苏老师生了一场大病，于是我们换了一个班主任，听说是从回坪调到我们学校来的。这位王老师是位男老师，脸上长着一些坑坑，背后有人叫他"王麻眼儿"，我们也在背后跟着叫。

王老师教我们的时候，我们没有地方喝水了，只好带上一只小瓶子，系上好长的一截细绳缠在瓶口上，放进书包里带到学校，在课间的时候到井口去打水喝。我们教室后边的这口井，在课间的时候有了一道奇观：不知道要围上多少个学生，扔下自己的小瓶子在那口水井里。你的绳纠缠着我的绳，我的绳绞绕着你的绳，好不容易逃开对方了，大树上挂着的那口大钟也响了。水井里曾掉进去过无数孩子的小瓶子。

那一次，我呆立在井边，为我那只系上红绳的家里最后一只瓶子默哀了好久，尽管上课的钟声敲响了许久，我还是没有及时回到教室。这只瓶子花了我整整一个课间休息的时间，与另一个孩子的绳子纠缠在一起，我们俩急出一头汗水来，也分不开两条绳子。就这样，两只瓶子同归于尽了。

这是我最后一次去水井边打水喝，那只我盼了许久才得到的瓶子，就这样轻易而无可奈何地掉到井里了。我好似没力气再失去一只瓶子，心灰意冷，就再也没去过井边了。

仿佛过了很长的时间，我才在北街看到苏婷瑶老师，她穿着一件灰色的衣裳，与她多年前的穿着并无二致，但是她明显胖了。她的脸胖得有些肿胀，身子也同以前不一样了，显得笨拙且臃肿。苏老师的样子骇着了我，令我有些惶惑不安，但是因为许久没有看到我日思夜想的苏老师，我仍然高兴得不知道说啥好。我向她跑过去，跑到她面前，叫了她一声。她起初并没有注意到我,听到我叫她,看起来样子十分高兴。

我立在她面前仰面看着她,说:"苏老师你去哪里了? 你为什么不当我们的班主任了?"苏老师摸着我的头笑笑说:"老师生病了呀,你要好好学习。"

不知道为什么,当生病了这样的字眼亲自从她的口中说出来,仿佛得到她正式的告白,我突然一下子就难过起来。泪水就要从我的眼眶里不争气地流出来,我怕苏老师看到眼泪,便使劲地埋着头。

我说:"噢。"她又搂了我一下说:"好孩子。"

我的心里百感交集,苏老师根本就不知道。我已经悄悄地喜欢上了她,而且喜欢她很久了。我不知道怎么面对她生病的现实,便一下子从她身边跑远了。就这样,我再也没有见到我敬爱的苏婷瑶老师了。我没有想到,那是我见她的最后一面。

三年级当了好学生

　　班主任王老师教语文,我好像在他来后,学习才开了窍。在这期间,有一个姓康的年轻老师在我们学校实习,她教我们的时间不长,相比其他班的实习老师,她要高大些、结实些,显得健康而富有朝气,浑身散发着蓬勃的青春气息。她朗诵了叶剑英写的一首诗,这首诗并没有印在课本上,大概是她自己从书上找来的吧。

攻关
叶剑英

攻城不怕坚,

攻书莫畏难。

科学有险阻,

苦战能过关。

　　这是我小学时听到的最好听的普通话,而且也是我第一次听到像样的朗读——原来诗歌可以这样读。从前我爸教我念诗,用的都是夹杂着成都口音的冕宁话。康老师这才是真正的朗诵。特别是最后两句:"科学有险阻,苦战能过关。"她读来是铿锵的、激昂的,有一股热情从人的心里冒上来。

我完全被康老师身上那种健康的蓬勃气息所感染,我放下手中的课本,心里充满喜悦地抬头看她。她缓慢地迈着步子,声音清脆易碎,像雨滴。我忽然想到那首诗,如果康老师迈着缓慢的步子,念那首诗:"我所爱,我将何以饲汝?以金红色之蜜与果。我所爱,我将何以悦汝?以铙与琵琶之声。我将何以饰汝鬓?以茉莉畦中之珠。我将何以香汝指?以基辣与玫瑰之魂。"

我想象着康老师在念这首诗,她眼睛里应该有泪水。康老师是学校里难得一见的年轻漂亮的老师,她应该朗诵爸爸教给我的那些诗,她知不知道那些诗呢?康老师应该站在一艘船上,对着夜空歌唱,像夜莺一样歌唱。

但是,很快,康老师念完了她的诗,问每个同学的感受,大家的回答五花八门。她走到了我的在面前,我赶快低下头。康老师看着我,用眼睛鼓励我:"没事,你想说什么就说什么吧。"

我支吾了一会儿,说:"康老师,你知道奈都夫人吗?"

我的话一出口,班里一下子笑翻了天。"夫人……夫人……哈哈,她在说外国人……"有几个同学还笑得直拍肚子。

康老师和同学们显然不知道我在说什么。当然,同学们根本没有把我的话当回事,他们一定认为我是在胡言乱语。康老师很快调整了她的窘态,她用手摸了摸我的脑袋,笑了一下,她的笑容就像一池春水。

那一年，我的语文第一次考了九十八分。有一道填空题"异口同声"，我填成了"一口同声"。考试要交卷的时候，"王麻眼儿"从我的身边走过，他停在我的桌旁看了一会，然后用手指头轻轻地敲了一下桌子便走开了，我又将试卷看了一遍，没有发现什么差错，就这样将卷子交上去了。

不知道为什么，虽然没有考一百分，但我却成为班上成绩好的学生中的一员，我自己也意识到我是一个成绩好的学生，这是从前没有过的感觉。我到三年级才加入少先队，后来还当了少先队的小队长，就是在手臂上戴上一块白色的布牌子，布牌子上缝着一条红杠，中队长是两道杠，大队长是三道杠。一个年级只有一个大队长，就算是小队长，也是稀奇着呢，因此戴着布牌子走在上学的路上，我心里充满着单纯的快乐。

夏小雨也同我一起入了少先队，可是他总不会系红领巾，常常系成死疙瘩。我就重新给他系。我一边给他系一边教给他说："你记住，是这样的。左压右，右压左，再往上一翻，往下一掏。"自那以后，夏小雨就会了系红领巾。

当我意识到自己是一个好学生的时候，除了学习成绩外，其他方面的特长也在学校发挥了作用。有一次年级跳绳比赛，我一分钟跳了一百七十二下，获得了全年级第三名，得到一张奖状。我看见自己的名字写在奖状上，觉得很陌生的样子。奖品是一支熊猫钢笔。翠绿色的笔身子，笔帽子的顶端是黑白分明的熊猫的脑袋。通常情况下，我们都是用铅笔写字的，得到一支钢笔，而且是一支熊猫形状的钢笔，简直近乎做梦了。

得到这支钢笔后，我就使钢笔写字。有一次放学了在孔红花家门口写作业，将家里用来吃饭和看电影用的长条凳搬到屋檐下，拼成写字的桌子，坐在二条凳上趴着写字。孔红花的姐姐孔繁花坐在条凳的另一端，我恰好坐在她的身旁，这让我有机会看她写字。她是高年级的学生，平时不大与我们一起玩。我念书后还是第一次与她这么近距离在一起。

我看见她也使钢笔，高年级的学生都在使钢笔，她将小字抄在写字本的每一只方格子的底端，像一只又一只黑黑的小蚂蚁，却又是那么漂亮整齐。我们写的字，虽然不是那么张牙舞爪，却没有她那么整齐好看。我简直有些惊叹，原来小字还可以像她这么对齐了抄写。我也照她这么写，但是在写来写去的过程中，有了自己的变化，写得比她的字要大些，还要漂亮些。

刚开始用钢笔写字的时候，夏小雨使用的是蓝黑色的墨水，而我喜欢莲青色的，他说莲青色的好看，以后也使莲青色的。

这一年春游回来，我们开始学写作文。老师叫我们将春游的所见所闻记下来。回来后，我咬着笔杆子想了半天，不知道怎么开头。我去问我妈，我妈说："这还不容易，你就从早晨去学校写起嘛。"

我就在本子上写下："学校今天要去南山寺春游。我们走在上学的路上，天上飘着几朵白云。"

我妈一边给妹妹织毛衣，一边伸长了脖子看我写字。她看我写到这儿，补充说："天空应该写点颜色。"我想想说："是什么颜色呢？是蓝色的天空。"我妈说："蔚蓝的天空呀，用'蔚蓝'这个词。""蔚蓝"这两个字我不会写，我妈便给在草稿纸上给我写好，我再将这两个字抄写一遍。

这一次，我的作文在年级各班不胫而走，传遍了全年级。"你们看看，人家二班的学生作文开头写得多好：'蔚蓝的天空飘着朵朵白云，和煦的春风吹拂着我们……'"

打那以后，每当布置作文，我都能得心应手地写出来。王老师在作文后面的评语是语句生动形象，比喻恰当，内容朴实。我领悟了老师的评语，就按"语句生动形象，比喻恰当，内容朴实"这种方法来写作文，一次比一次写得好。

我妈给我订阅了《中国少年报》和《我们爱科学》，还给我买了本叫《珂赛特》的书，是本薄薄的并不算厚的书。作者是一个叫雨果的外国人，讲的是一个外国小姑娘珂赛特的故事。给我印象最深的是珂赛特去打水那一章，我看了许多遍，看一次，掉一次眼泪。当我成年后，我又将这一段文字找来，找回来一段准确的记忆："她那样大致走了十多步，但是那桶水太满、太重……桶上的铁提梁也把她那双湿手冻木了。她不得不走走停停，而每次停下来时，桶里的水总有些泼在她的光腿上。"

下午的第一节课，我们正在上着美术课，班主任王老师进来了，跟美术老师说"有一个紧急通知"，就走上了讲台。

王老师跟大家说，年级布置了一个任务，要各班选出好作文来，用毛笔抄在白纸上，贴在从北街口到学校大门口那条长长的巷道的墙上，供学生们上学的时候阅读。

我分到了任务，要我将自己写的作文抄写在白纸上。我们从二年级起就开始写仿，在县联社院里，我常常替夏小雨写仿，从描红摹开始，到后来的拓仿影。夏小雨的仿同我的一样，常常被王老师画上红圈儿，有时候十六个字有一多半要被画上红圈儿。

我在家差不多是花了一个星期的时间才抄完，我的作文往往比别的同学写得长，用的纸张要多许多，抄得也比别的同学辛苦。我家没有那么大的一张桌子，白纸来回横竖折成了许多个小格格，我差不多是趴在地上将这些字抄完的。这是我第一次在学校用毛笔抄作文,之后再也没有这样做了。

这一年,少先队成立了红领巾纠察队,检查有没有学生没戴红领巾上学。高年级的同学在校门口把守着,他们的样子多威风啊!多让人羡慕啊!

红领巾是红旗的一角,是革命烈士用鲜血染红的。同学中流行将红领巾洗得发白后戴在脖子上,发白的红领巾无声地显示着队龄。没有加入少先队之前,在上学的路上,我对身旁佩戴红领巾的少先队员是十分羡慕的。

我妈给我订了《儿童文学》后,我在上面读到一个故事,名字叫《白脖儿》,讲五年级二班有一个同学叫张小明,他有个外号——白脖儿。这外号还是他奶奶给起的呢!有一次,不知道他怎么把他奶奶气急了,他奶奶要打他。他在前边跑,他奶奶在后边追,一边追一边生气地嚷:"也不嫌害臊,都五年级了,还是个白脖儿!"

这话被同班的同学听见了,"白脖儿"的外号就传开了。

他怎么戴不上红领巾呢?用故事里中队长方娟娟的话说,就是"经不起考验"。

有一次,地理老师上课提问一个同学,祖国有几条山脉。这个同学回答不出来,就冲张小明使眼色,让他偷偷告诉自己。张小明想拿这个同学寻开心,逗大伙儿笑一笑,就装得挺认真的样子小声说:"有西山!"这个同学就忙说:"有西山。"他又说:"有景山!"这个同学也说:"有景山!"逗得同学哄堂大笑。还有一次,老师讲北冰洋,他就搭下茬:"北冰洋产冰糕!"老师说:"你怎么乱说一气?"他装得可认真了,忙说:"哎呀,商店里卖的冰糕上边就写着北冰洋呢!"结果,全班又哄堂大笑。

就这样，每一次讨论他入队时，中队长方娟娟总是说："再考验考验吧！"

后来同学们去北海玩，还去了北塔。但是"白脖儿"张小明却被同学们抛弃了，张小明只好自己一个人玩，每每看到这里，我就把书举起来蒙住脸，替张小明流下难过的泪水。

学校的伙食团常年需要大量的柴烧，伙食团据说也对外向学生卖蒸馒头，但是我们院子里的孩子却并没有去过那里，或许是因为我们的妈妈没有钱给我们去学校买馒头吃吧。在放学的时候，我常常走着走着，刚走到校门口那条长长的巷子口子上，就被人流给挡回来了，只见空手走到前边的同学已经拖了柴往回走，于是我也分得一根柴往回拖，一直拖到伙食团前的操场边堆着，男同学拖得大块的柴，就急急地走在前边，显得自己有力气。

劳动课一周上一次，内容是全校大扫除。后来学校要建新楼，劳动课就是去教育局旁边搬红砖头，从学校的这头搬到学校的那头。有时候课间休息也利用上了。搬砖头的时候，男生能够搬五匹砖，女生只能搬三匹，因为如果搬上五匹，需要将砖贴到胸口上，会将衣服弄脏得不像话。

有一段时间，学校又叫各班学生交碎瓦片，还要将瓦片敲碎了再带去学校。

这样一来，县联社的孩子们便忙开了。

我家与夏小雨家住得很近，我家有一间屋的背后就是他家，中间只隔了一堵墙和一道门，两边有点大的动静都能听得见。夏小雨吃过饭就隔着房门喊我，还在门上重重地敲两下。

我一吃完饭就被夏小雨喊走去屋檐边找瓦片。县联社各家读书的孩子没事就到房前屋后，到前院后院、高家院子甚至别的单位大院的房檐下去找瓦片。我和夏小雨专走小路，不走大路，我们像两只小狗，埋着头，东闻西嗅。我们从县联社出发，来到了马营巷。马营巷从前是关马的地方，后来变成了木材厂，我们曾经去那里拾过刨花，那个地方偏僻，孩子们去得少。我们走在去马营巷的大路上，如同革命的小分队走在大路上，然后，我们真的看到了大路上有一块瓦片，我们赶紧跑过去。瓦片啊瓦片，我们终于找到了你，如同掉队的战士找到了队伍，地下党找到了失去联系的组织。然而，马营巷里并没有一片瓦，它们去了哪里？为什么没有瓦？我们将那块瓦片扔进空了半日的小畚箕里，聊胜于无。院子里各家读书的孩子们已经将收集到的瓦片堆在屋前了，并且还用榔头敲碎了，堆得像一座小山，可是我们却还是一无所获。院子就这么大，读书的孩子那么多，哪有那么多的瓦片好收集呢？但凡是屋檐边滚落下来的，都给上小学的孩子们寻走了。

我妈说："总不能上房揭瓦吧？今天做这个，明天做那个，一板连是不让娃娃们念书了。你们哪能拾到那么多的瓦片？"

"人家班长要登记，班上还要排名呢。"

"排名？好好读书才是正经的，别的都白瞎。"

我不敢说了，我看我妈是有点儿生气了。

之前，学校还要我们学生积肥。孩子上哪积肥去，只会胡乱扯些草堆在各自家门前，背着家长撮些灶灰埋上，没几天就背去学校交公了。

但凡我妈反对的事情，我在心里却欢腾不已。我倒是觉着，积肥、拾瓦片，比过儿童节还要快乐。

过儿童节，我去幼儿园接妹妹回家，中午就要去接。幼儿园过节要发糖,差不多三四颗的样子,妹妹会高兴地告诉我"姐姐发糖了",然后掏出来给我看。我没经她同意就拿来一颗放到嘴里吃掉了,酸酸甜甜的。妹妹仿佛专门在等着我去吃糖,摇晃着小脑袋十分得意。

但是我和夏小雨终究是没有给班上交够瓦片。班主任也并没有因此批评我们。

这个学期,我获得了年级优秀作文奖、期中优异成绩奖、期末三好学生奖总共三张奖状,放学的时候,我将奖状卷成筒握在手里,回家后妈妈将奖状贴到了墙上。

农忙时节

　　农忙时节很快就到来了。在初夏时节我听到一种鸟叫声，坐在月光朦胧的小院里，听到"算黄算割"的鸟叫声，就知道麦子该收割了。叫"算黄算割"的究竟是什么鸟呢？夏小雨说，它叫的不是"算黄算割"，它是在叫"王八好过"。哈哈，夏小雨的话总是令我感到好笑，在床上想起他说的话，我也会"咯咯咯"地笑上半天。

　　俗话说"五黄六月，懒婆娘也下炕"，农忙时节人人都会参与到夏收中去。每年的这个时候，学校都会放农忙假，一般放两星期，从小学生到中学生都会加入劳动中。宣传画中总是画着一个满脸皱纹、褐色皮肤的农民伯伯，戴顶草帽，或者一个健康的脸色发红的胖姑娘，脖子搭着一条白毛巾，喜气洋洋地抱着一捆硕大饱满的小麦骄傲地冲人笑，身后是眼看要溢出来的麦囤和收割了一半的金黄色的麦田，远处，拖拉机和农民们还在收割，拖拉机手一定是个女的。

　　读高中的学生会去学校南河坝的旁边挖鱼塘，初中还有小学五年级的学生被安排去割麦穗，五年级以下的低年级学生是拾麦穗的主力军。这样的"农忙假"对于我们来说，就像过节外出郊游一样，只要听到有拣麦穗的任务，就高兴得欢天喜地。

叫"算黄算割"的鸟已叫过两遍，金银花开了，鸡冠花开了，街上卖起了青色的杏子，沟渠边的刺梨临风照水，摇着翅果。北山坝良田漠漠，青青不尽，割麦子的人们在高声说笑，燕子在田野里飞来飞去捉虫子。那是一年里的第一个丰收时节，哪个农人不心花怒放呢？我们小学生也受了鼓舞，在这样的氛围里活蹦乱跳，那颗心已经像小兔子般在田野里奔跑了。

到了拾麦穗的日子，我们出发的时间比上课时间早，夏小雨和我背上干粮、军绿色的行军水壶，各自还挎了一只小篮子到学校。王老师把我们从教室里赶出来，赶到操场上去排队，学校按年级排好队列出发。整个学校充满嘈杂的、令人倍感鼓舞的气息。

队伍一旁高年级的同学除了干粮、水壶外，还带着一把镰刀，这让我们十分羡慕。闪闪的镰刀，将他们与我们这些低年级的学生在农忙节发挥的作用明显地区分开来，这令我们有些微的失意，但并不影响我们心里的快乐。

我们将篮子顶在头上叽叽喳喳，相互对对方带的干粮表现出十二分的好奇，经过一番探究，一个队伍当中谁包里装了什么大概都了然于心。我带的无非就是我妈给蒸的两只馒头。也有好些同学带炒面来，装在一只信封里，队伍还没有出发，就抖出点摊在掌心中拿舌头舔着吃。炒面是一种由小麦或其他杂粮炒熟，碾磨成粉制成的吃食，除了色泽有点儿黑之外，和平常的面粉没什么区别。炒面里边加了白糖，放进嘴里便湿漉漉的了，一股麦香气散发出来，萦绕在唇齿间。我对带了炒面的同学心怀羡慕，心下暗想，回家一定问妈妈要炒面，明天就带来。

我们拾麦穗的地点在城郊的小彭一带，只需步行不足半个小时的路程。

田地是我们熟悉的地方，我们从北门走到语录塔，就能看到大片的田。我们学校的围墙外也是北街居民的田，种的多是蔬菜，学校像是一只巨大的甲壳虫依靠着一大片绿叶。校园内，一排平房在树底下，我们稚嫩的声音从教室奔涌而出，径直飞到树顶上，到达田地中的青蛙那里。

一路上，高年级的同学少不了要唱革命歌曲，也唱《让我们荡起双桨》这样的抒情歌曲。他们唱："接过雷锋的枪，雷锋是我们的好榜样。""我们是共产主义接班人，继承革命先辈的光荣传统，爱祖国爱人民，鲜艳的红领巾飘扬在前胸。"他们的歌声又飘又明亮，而低年级的同学只会唱一些"东方红，太阳升""第一不拿工农一针线，群众对我拥护又喜欢"之类的，唱起来一点都没有又飘又明亮的意思。我特别喜欢广播里播放的歌曲《我是公社小社员》，是这样唱的："我是公社小社员咪，手拿小镰刀呀，身背小竹篮咪。放学以后去劳动，割草积肥拾麦穗，越干越喜欢。哎嗨嗨，哎嗨嗨，贫下中农好品质，我们牢牢记心间，热爱集体爱劳动，我是公社小社员。"还有一首《社员都是向阳花》是这样唱的："公社是棵常青藤，社员都是藤上的瓜。瓜儿连着藤，藤儿牵着瓜，藤儿越肥瓜越甜，藤儿越壮瓜越大。公社的青藤连万家，齐心合力种庄稼。手勤庄稼好，心齐力量大，集体经济大发展，社员心里乐开花。公社是颗红太阳。社员都是向阳花，花儿朝阳开，花朵磨盘大，不管风吹和雨打，我们永远不离开她。公社的阳光照万家，千家万户志气大，家家爱公社，人人听党的话，幸福的种子发了芽，幸福的种子发了芽。"

会唱这两首歌的同学并不多，也许是词曲太过复杂吧，反正老师们很少起这两首歌的头，我们少有机会唱这两首歌，实在是令人遗憾。

明媚的蓝天，金黄的麦地，清爽的风，树和草都是绿的，天气好得让人想笑。当头的太阳很黄了，黄澄澄的麦穗因为成熟的缘故，微微耷拉着脑袋。虽然天气有些热，但是整个村庄都弥漫在丰收的喜悦之中。

高年级的同学跟着生产队的大人，挽起衣袖，弯着腰，照着大人的样子割起麦来。镰刀过处，响起一片"唰唰唰"的声音。腰弯久了，就站起来伸伸，然后再继续割，或者换个姿势，脚步缓缓向前移动。高年级的同学割的时间越久，与生产队的大人的距离就越远。

为了抢收，生产队的田里和麦场形成两个战场，一边是将收割的麦子运往麦场，一边是麦场的人们轮番作业，金黄色的麦粒在生产队的场上聚成小坡，草捆在一旁也堆成了小山。田埂上，躺着睡觉的幼小的孩子，大人都到田里忙，顾不上他们。

我们低年级的队伍乱哄哄的，王老师站在田埂上叫我们班一字排开，前一秒我们还乖乖的，后一秒便又吵闹起来。王老师讲："别吵！低年级的同学不能输给高年级的同学，我们的任务也很要紧，要将田头麦穗一粒不少地拾起来交给生产队……粒粒皆辛苦，颗粒要归仓，看哪个班组拾得多！"

爸爸曾在红色的写有我名字的本本上面抄写过《悯农》这首诗，我也背过这首诗，其中有两句是"谁知盘中餐，粒粒皆辛苦"。麦穗是大地留给孩子的礼物。没有麦穗会被遗弃在田野里，它们会被握在农民以及像我们这样的孩子手里，麦穗被这些手握得很紧，不会松开。

麦穗好像一束束金子，不像是土里生长的，而是天上落下的礼物。拾麦穗的诱惑是弯腰拾起一条，不远处又有一条。土地多么慷慨，让孩子弯下腰，就能得到巨大的喜悦。

在太阳下捡拾麦穗，其实很辛苦。那些掉在地上的麦穗，就像走丢的孩子，等着被一双手拾起，带它回家，完成"颗粒归仓"的梦想。在麦田里，同学们都顶着炙热的太阳，小心翼翼地游走在收割后的麦田上，王老师讲过，镰刀削断的麦秆，能刺破鞋子伤到脚，要大家小心。

　　同学们提着小篮子，脚步轻轻地前移，眼睛像探照灯一样，扫射着前方的区域，一旦发现目标，就高声叫喊，并立即弯下腰，迅速抓起饱满的麦穗，放进各自的小篮子里。对于拾麦穗这件事，女同学很认真，男同学拾着拾着便忘记是来干什么的了，拾拾停停，一会儿捉麦蚱，一会儿捉蛐蛐，还打打闹闹地玩耍。

　　我们班的罗小罗念书笨，但干活着实利索，拾麦穗手快。他说，先把麦穗划拉到一块儿，再坐在地里整理，这样快。他发现有一根棍子就在面前，他起身去捡，还没捡起来，就像被火燎了一样惊叫着往回跑。那黑黢黢的"棍子"快速地蜿蜒逃走，天！原来是一条蛇啊！

　　麦穗不拾了，一群孩子围着蛇待过的地方乱成一团，激动地跑去问在前面割麦的农民，刚才谁在这里割麦？蛇躲在那里，怎么没有发现？生产队的农民也稀奇，追着蛇的方向找，也趁机歇口气。

　　这一天上午，所有的学生都在惊恐中兴奋着，一惊一乍地你吓我，我吓你，一会儿说这儿有条蛇，一会儿又说那儿又有条蛇，风吹草动也说是蛇在逃窜。男同学搞恶作剧，把一根柴火棍儿扔到女同学身上，就引起一阵惨叫。蛇只有一条，而我们与蛇有关的话题却说不完："我家炕洞钻过一条乌梢蛇，这么长……"

　　拾着拾着我们就不耐烦了，忘记了自己是来干什么的，男同学们更是冲上草堆挖地道，玩起游击战，草刺沾满全身，嘴里高喊："同志们——冲啊！"热烘烘的地面发出浓郁的青草气息，遍地的麦蚱振着青绿色的翅膀，几只小蜘蛛从我们的裤腿上匆忙爬行而过。旁边刚被犁过的田里，堆放着猪粪，有股刺鼻的味道，我们对这味道并无太大的反应。不知道是哪个同学惊叫了一声："这里有荸荠！"大家就纷纷脱了鞋，在这块田地中反复寻找，却只寻得几只拇指般大小的荸荠以及一些长得像木梳一样的植物的幼芽，这些都不能吃，我们捏在手里玩上一会儿，就不再看它们了。

五年级有两亩田的任务，要一天内收割完，并且运输到打麦场里。到下午时，高年级的男同学们拉车的拉车，装麦捆的装麦捆，拾到麦穗最多的几个同学，会受到老师的表扬，说他们是我们学习的好榜样。受表扬的同学一脸的骄傲，并且可以享受跟老师和高年级的同学坐拉麦子大车的福利；而受了批评的同学一脸懊丧，失去了刚才在麦田里疯跑叫唤的威风。

农忙时节前两三天的热闹很快就过去了，学校也不再组织学生去生产队了，毕竟学校的大多数学生家在农村，得回到各自的家中去帮着劳动，而且学校一些老师的家也在农村，都各自回家帮忙去了。

于是，学校空荡荡了好几天。

　　我的母亲终于在她的单位分了房子，我们搬到了县联社的大院。

　　县联社在离钟鼓楼很近的北街口。它有一扇巨大的木门，木门上有一根很粗的门杠，门内两侧有靠栏。春冬午后的黄昏，小娃娃们穿着脏衣服，用衣袖擦着长鼻涕，依在木门旁。那里像是他们固定的玩耍场所，他们每天必须要去报到的地方。

——《县联社》

　　樱桃花是如此的耀眼，樱桃花不可思议地在我眼前跳跃，它们像清晨的霜，或者是雾，它们浓密地遮盖住了我头顶的天空。

　　樱桃花让我看见了世界。坛坛背后是大孩子们的乐园，坛坛背后有秘密的快乐，有秘密的忧伤，也有秘密的邪恶。

——《坛坛背后》

　　当白天所有的不安与伤心、隐在暗处的不满与龌龊都静下来之后，借着窗格透过来的黑暗中的天光，生长在朴素的瓦罐中的晚香玉，长久地摆在黑暗中的桌子上：这是动人的场景，这是我的童年时代的家里享有晚香玉的时刻。

——《种花这样的事情》

　　春天是刺梨开花的季节，这些野蛮生长的蔷薇科灌木带刺的枝子颜色深翠，不断生发出来的嫩枝子上开出了蝴蝶模样的花来，玫红、粉白。它们紧贴着带刺的枝子，花托短小，下面生长着它们的果实，里边结满了硬硬的种子。

——《种花这样的事情》

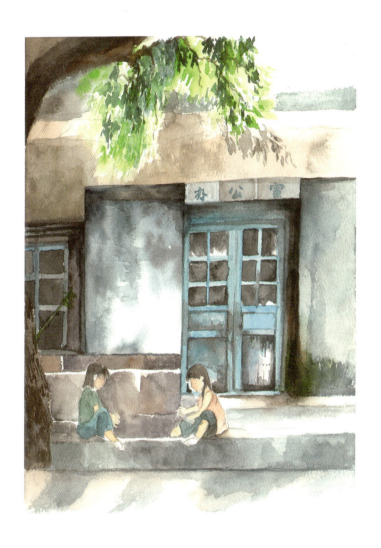

　　妈妈总是不在家，没完没了地在办公室开会。

　　大人们在办公室开会开些什么，小孩子们一般是不知道的，但也有知道的时候。只要听见里边不可开交的争吵声，孩子们就知道大人们又要涨工资了。在孩子们心里，工资好像是需要通过争吵才能涨上的。

　　　　　　　　　　　　　　　　　——《爸爸去了阿普落》

　　这一年放暑假，我去了爸爸所在的阿普落。

　　阿普落在冕宁的西北方向，离县城有几十里路。过喜家河坝朝回坪方向走，一直走到一条靠山的土路，四周全是田野，远处是山，山坡是古老的冲积扇，村庄便在散落在这一小块一小块的冲积扇中。

——《阿普落》

　　我们年年能够吃梨吃到饱一回，吃的这种梨叫作后山梨。妈妈不知道从哪里寻来那么多的梨，藏在桌下边的坛子里。妈妈吩咐我们："梨吃多了烧心！"我们点点头表示听话，可是妈妈一转身，早有好几只梨落进我们的肚子里去了。

——《后山浮动而来的薄暮》

　　我站在秋天的傍晚里，回想着发生在那个初夏的往事，用怀旧的目光抹杀掉了我所站立的大街，回到留下我哀伤脚印的那条通向校门的小路，重新站在镶满碎玻璃片的水泥柱子前，看见吴从毛猪厂巷巷儿走过来。

——《情书》

176

再去阿普落

我曾经答应过要带夏小雨和李海洋去阿普落玩,如果再不带他们去,就变成了吹牛,会被他们瞧不起的。所以不去学校的第二天,我、夏小雨和李海洋便去了阿普落。

我们手牵着手走了十几里路,心里长满了阿普落的覆盆子、地泡儿,还有各种猪草。

夏小雨有些娇生惯养。夏小雨的爸爸是地质队的解放军,他回家常常穿着一身绿色的军装,只是帽子上没有五角星,我们就猜,他回家探望夏小雨的妈妈和夏小雨,才将有五角星的帽子收起来不戴。夏小雨爸爸很少在家,因此,他是县联社少有的有外婆带的孩子,其他家庭的小孩子们并没有外婆带,总是大孩子帮着妈妈带小孩子,这样一串串地长大。有外婆带的孩子总是比没有的孩子要显得秀气一些,也要娇气一些。

我还生怕夏小雨走不下来,谁知他的兴致是最高的。你想想啊,我们这是去阿普落啊,这是县联社的小孩子们从来没有去过的遥远的地方。

待我们精疲力竭,又累又渴地走到鄢家村的时候,爸爸的屋门前竟然挂着一把大锁。爸爸这是去哪里了呢?他为什么不好好地待在家里呢?

旁边门走出来了个人光着膀子端了水盆出来泼水,见我们坐在门槛边狼狈不堪,兼以小情绪萧瑟,就说:"老黄去回坪公社了。"

我们又累又饿,又吃惊又失望,好像我爸爸就应该在家里等着我们,而不应该去那么远的公社,真是扫兴之至,我在心里埋怨起我爸来。

我们勉强在这人家里吃午饭,原本他应该去农田里干活儿,却因为老黄的闺女带了两个小朋友来,不得不引火做饭给我们吃。我们显得有些紧张和拘谨。这家的阴凉地里堆着一些土豆,餐桌上并没有什么好吃的菜,无非就是些黄瓜、茄子、豇豆,或清炒、或氽汤,都是些清淡乃至贫瘠的食物。四周苍蝇嗡嗡乱飞,在饭桌边沿钉着黑压压的一片,也飞来大斗碗边与人争食,实在是令我十分脸红,好像这里是我的家里,而且用这么糟糕的一顿饭菜来招待朋友们。

夏小雨、李海洋在这种状况下也难以下咽,尽管我们已经很饿了,却都吃不了几口就放下了饭碗。我假装还要多吃一些,端着碗在手中要放下又不敢放下地矜持了许久,才说:"我们这就去公社找我爸。"

"公社远着呢!"这家男主人说。等他端着碗站起身来,我们已经跨过门槛跑远了。他指了指右手边的方向,说:"朝那边走吧,那个方向就是回坪公社。"

走出村子不远,我们便都走不动了,于是我们决定不去公社找我爸。我爸一早就走了,大概不一会儿就回到阿普落了吧,这么想着,就一路又走着转回来。

田间农事繁忙,家家户户早出晚归。田里有人犁田,有人一边割麦一边给割过麦的田灌水,也有的人家只取麦穗,留下麦秸在田里,这些人家的麦田会成为县联社的妈妈们、孩子们经常光顾的地方，姜豆儿的妈妈编麦穗辫儿的麦秸莛就是从这些人家的田里取来的。

太阳热辣辣地烤着大地，远处灌过水的麦田在阳光下像镜子一样反着亮光。天边传来一阵雷声，忽然间乌云当头，一阵太阳雨滂沱而短促，农忙的人并无惊慌，依然在田间有条不紊地劳作。雨后的村庄漾着楚楚水气，一群野鸟从村庄的屋檐下飞往金黄色的田间，遥远处的竹林中有鸟的鸣叫。我们一再回头向回坪公社的那条道路张望，并没有看见公社刷着白粉墙面的房子，也没有看见爸爸走回家来的身影。整个田野寂然无声。

我们在路上徘徊了许久，在一处沟渠边，一丛蓬蓬的带刺的野蔷薇忽然间就倾落眼前。我们欢呼着跳过去围在它的周围，掐它的花枝。我们还从来没有见过开得这么蓬勃的野蔷薇，艳丽得真叫人欢喜。初夏的风送来它淡淡的香气，蔷薇花上积着的雨水忽然就倾落一身。一些蔷薇枝子会结果子，仿佛一只小坛子，橙红而秀气，有细小的虫子顺着花枝爬来，爬进小坛子的中间躲藏了起来。我们仨都不再作声，争抢着掐那打得花苞最多、饱满得就要开或者半开的枝子，摘了这枝，又觉得那枝好，丢了手头的去抢另一枝，心里欢喜得厉害，这就是来阿普落最大的收获。我们想把这些花带回家去献宝，让各自的妈妈拿来高瓶子放在窗台上养着。

最终，每人手上也不过折得五六枝，很珍惜地握在手里。

天色终于暗了下来，我们只好决定回县城。于是我们沿着那条遥远的泥巴路往县城的方向走去。

后山浮动而来的薄暮

我们一年能够吃梨吃到饱一回，吃的这种梨叫作后山梨。公安局背后院子里栽的那棵梨树也是这个品种。县城也有叫火把梨的小梨，黄白色的皮，熟时屁股带把儿的那端有一片红色泗过来，模样十分好看，味道酸甜。在县城后山梨居多，远处的农民背到街上来卖，两分钱一斤。后山梨原本属于晚熟的品种，有些农家很珍惜地让梨挂在树上，到晚秋的时候它们已经十分成熟了，卖的钱要稍微高一些。这时候县城里的一些讲究的人家便要将梨买回来，将它们放在一只干燥的大坛子里，上面盖上一层从山上采来的松毛，直捂得它们散发出一种馥郁的果香，香脆得只开一个小口子就可以将它们用手掰成两半，到冬天围着火盆烤火的时候，便从坛子里寻一两只全家吃来解渴。

当然保管它们的时候一定不要沾上酒气，否则它们就成了酒梨，香气过头，吃了怕是会醉人的。妈妈吩咐我们："梨吃多了烧心！"我们点点头表示听话，可是妈妈一转身，就有好几只梨落进我们的肚子里去了。

妈妈不知道从哪里寻来那么多的梨，藏在桌下边的坛子里，拿出来表面的皮还是好好的，里边的果肉却成了深棕色，绵软得失去了更多的水分，但也香甜得很。最上边那层梨看起来有完好的外皮，但果肉却稀溜溜的，快成水了，我们也舍不得丢掉。好在它们并无怪味，只好用嘴吸来吃掉，却不复果肉应有的味道了。

同妈妈一个办公室的周伯伯家就住在后山，离县城很远，大概在泸沽的方向，要翻过许多小山和一座稍大的山才能走到。在我们的想象中后山是一个很远的地方，后山也应该是一座稍大稍高的山，后山梨最正宗的产地应该是那儿。

周伯伯家在农村，他的大儿子、大女儿都在农村，小儿子叫周安安，跟着他在县城念书，也念小学，比我高一个年级。瞿小桃家搬走后，沈伯伯又搬过来，再后来，沈伯伯家搬去了西门，他住的那一间房分给了我家，我家的住房便多出一间来。

周伯伯家住在平房的最当头，有并排的两间房，厨房搭建在外边，与我们家厨房并排，中间只隔了一道竹篾笆。

从前我家的厨房在并排的平房的那头，与这边的厨房成对峙状，有一年下大暴雨，将一半的土基墙泡垮了，导致原来厨房的一面墙倒塌掉了，幸亏这是发生在夜里，并没有伤着人。但从此那间厨房就废弃了，我家在平房的这头重新又搭建了一间新厨房。

周伯伯身材高瘦，常年穿一件深灰色的衣服，他少言寡语，虽然有个周安安同他住在一起，家里却是少有的安静。他家门前也是极简的，没有像大院里的其他人家那样，门前无论如何都要摆上瓶瓶罐罐、栽上花花草草以示各家的区别。周伯伯家唯有窗台前放着一只罐头瓶，里边是红色的液体，还有一层厚厚的东西在瓶子底部飘浮，散发着有点酸，又有一点甜的味道。红茶菌，无论是在县城，还是在县联社大院，都是少见的。每当我走过周伯伯家门前，嘴里就会有一股津液往上涌。

周伯伯时常不在家，大概是回后山帮家里做农活去了吧。当我发现只有周安安自己在家的时候，总要喊一声："周安安起床了，上学了！"周安安竟然在房间里应了一声，那声音懒洋洋的，像是刚被我叫醒的样子。我学妈妈的样子叫他起床上学。周伯伯不在家的时候，我总觉着要帮忙叫周安安起床。

周安安长着一双圆亮的眼睛，令人想起鲁迅先生笔下的少年闰土。大概因为家在农村，周安安同我们有一些距离感，学校放长假的时候，他就回后山了，很少同我们玩在一起。有一次，周安安在房前的石头上用榔头敲杏核儿，一上午就敲了一小堆。在县联社，男孩子将杏核儿用来做游戏，一般是趴在地上弹。杏核儿里边的红衣裹着的白米子可以拿去医药公司卖钱。桃核儿却没有什么用场，医不了病，卖不了钱，再加之它的肚子有些圆鼓鼓的，不便于在地上弹，被孩子们嫌弃到一边，落在地上也没有人捡。周安安见我们好奇，便很快收了他的杏核儿回到他的房间去了。我们知道他这是拿去医药公司卖钱，并不知道最后卖了多少钱。

一天，周安安家炒了刷把菌来吃，给我们家端了半碗来品食。夏天几场雨过后，山上各种菌子被采下山来卖钱。县城几乎家家买来食之，但都是买常吃的、有信心识得的几种来吃，不认识的无论长得再好看，也不敢轻易尝试。我们这个地方吃菌子中毒的例子多的是，也有从知青点传过来的消息，说是先锋公社那边有几个知青吃了有毒的菌子被闹着了。更有一种传说，说那些吃菌子闹着的人是误食了马桑树下的菌子。为什么马桑树下的菌子吃了会闹人，也没有个令人信服的说法。妈妈大概思考过很久，最后她给我这么一个答案，就是马桑树下有蛇，蛇吐出的毒气很快就将菌子吹胀了，菌子长得很大，人们往往不知道这些菌子有毒，采来吃了就中毒了。

刷把菌是很好吃的，有一种淡淡的酸酸的味道，与青辣椒并炒，也相得益彰。我们家还是第一次吃。它与青头菌的滋味有云泥之别，不似青头菌那般有夏天的青青北山坝的气息和软糯滑爽的口感。这也是我们家同周伯伯家少有的邻居间的你来我往。直到后来我才恍然明白，那个时候爸爸长期在外工作，周伯伯家在农村，虽然妈妈与周伯伯同在一个办公室办公，但妈妈和周伯伯在刻意地注意男女间微妙的相处距离。

转眼就到秋天了，天气越来越凉。我去办公室找妈妈，奇怪的是，好多次都没有看到周伯伯坐在她的对面办公了。然后才想起，很长一段时间没有听到周伯伯家的动静了。周伯伯和周安安，这是去哪里了呢？

这么一想，经过周伯伯门前我才注意到，他养着的那瓶红茶菌，早已不知去向。

出了我家这排通道，听到李海洋的妈妈同我妈两人同时说："吃饭了吗？"

我刚要近前去，却听见我妈和李海洋的妈妈在说什么，我仔细听。大人不管在什么时候碰面都问"吃了没有"。哪怕两人在厕所门口碰面，都说："吃了吗？"女人通常说："吃了吗？"男人碰面，有的说："吃了吗？"也有的说："干饭了吗？"说"干饭了吗？"的一般是冕宁人，另一个就回答说："干了。"可是我们小孩碰面就从来不说"吃了吗？"

李海洋的妈妈说："老周也真是的，顶班也不让儿子来顶，让女儿来顶……女儿迟早要嫁人，儿子才是靠山啊。安安还小，老两口一时半会没人靠哩。"

我妈鼻子里吸溜着鼻涕。

"谁家孩子不为顶班争得头破血流呢？这孩子心气重，气性大……"

"听说喝的农药？"

"快别说了，我是听一回，心里惊一回……唉，挺俊的小伙子！"

"老周真是太造孽了，太造孽了……"

"唉!"

两个人唉声叹气的，停了一会儿没有说话。我这时已经站在屋檐下了。妈妈这个时候一眼看见了我，说："又听事儿，你。"

"我知道你们在说谁。"我说。

我的心里抖抖的，像有一根刺扎在心上。周安安没有哥哥了，周伯伯只有周安安这一个儿子了。

我大约记得周安安哥哥的模样，他长得结实，个头像他的父亲，身材颀长，脸上满是阳光般的朝气，有一口洁白的牙齿。他进城来过几次，办完事情便回后山了。我也见过周安安的母亲，她是进过城的。她头上包着一张青色的头帕，像一只巨大的盘子盖在头上。

在模模糊糊的光线里，我的眼泪掉下来了。

那天，从北山坝更远的后山浮动而来的薄暮，大概是我记忆里最早察觉到的人间的忧伤。忧伤无迹可寻，但它分明是暮色的一种形式，它缥缈，寂静，悄然而至。

我怀着秘密去县联社日杂公司靠街的商店，去看那个夺去她哥哥生命的女孩子长成什么模样，心里竟然怀着一丝丝秘密的恨意。她梳着两条长长的辫子，别在耳朵旁边，脸庞上并没有我想象的应有的萧索的悲意,反而有着城里的女孩子少有的清冽模样。

"这女子长得怪袭人,就是身子有点薄,眼睛太透亮了,老像水汪着。"县联社的老辈们背着她悄悄说。

这件事情发生后,周安安就回到后山了,没有再跟着他的这个姐姐在城里念书,再后来,这个姐姐也不在日杂公司了。大概调去了别的单位,远离了县联社。

爸爸回城了

　　大概是我引过夏小雨还有李海洋去过阿普落，我妈就知道我能够轻车熟路地去找我爸了，于是在这不久后的许多个傍晚，我放学回家便看不见我妈和妹妹了。

　　我立在堆满刨花的门前。太阳斜斜地照在门上，像是将温和的颜色涂抹在我的身上，我想了想，妈妈和妹妹大概又去泸沽转运站盘点去了吧。转运站的日杂用品用火车运来，什么时候货物到了转运站，无法提前知道，但是一旦货物运来了，我妈就得急急忙忙地带上妹妹去泸沽转运站盘点。

　　她都不打一声招呼，就将我独自留下了。

　　那一天，我判断不出是应该在家门口等我妈，还是应该去阿普落找我爸，直到挨到黄昏，听到孩子们归家的惊叫声，我才又鼓起勇气去阿普落找我爸。

　　我把书包丢在装满刨花的竹篾框里，刚迈开腿，想了想又有了一些顾虑，便又折转身去，将刨花刨了一个很深的洞，将书包埋进去，然后才转身去阿普落找我爸。

有一次，我将书包扔在刨花里，第二天回来要背书包上学，却发现书包不见了，转身看见夏小雨正倚在门边端着碗扒拉着饭粒。

他见我六神无主的样子，嘻嘻嘻地朝我直笑。

我说："夏小雨，你笑什么？"

夏小雨不慌不忙地说："我知道你在找什么。"

我警觉起来，朝他直吼："夏小雨，就晓得你把我的书包藏起来了！"

本来夏小雨想得到我的感谢，却被我不问青红皂白一顿责问，他慌乱地跑进屋里把我的书包拿出来。

"给你！"夏小雨一副面红耳赤的样子。

那天，我等夏小雨吃完饭再去学校，我们两个人刚走到门口喊一声"报告"！下课的铃声就响了，引得同学们哄堂大笑。

从那以后，我就把书包藏得深深的，不让夏小雨看见。

沿着北街向西门的田野走去，太阳一点点地挪移着，慢慢地落下山去。短短的稻茬还留在冬天的田野里，落日渐渐地要下去了。落日的光辉给刚灌了水的稻田镀上了一层光辉，远处的水田一下子就明亮起来，像镀上了一层金的镜子似的闪闪烁烁，那镜子像要铺到太阳里去了。天空里有鸟儿的身影飞过，鸟儿正在归巢，薄雾就要从大地的角落跑出来了。忽然，光芒渐暗，远处的村庄、田埂边的沟渠静默下来，我的心像是被一种难以名状的忧伤捉住了。

我爸在阿普落生活得并不好。之前有一次，我走到村口的时候遇见了我爸，那天傍晚，我从一口浸水潭里抬起头，我刚从那里用手捧起几捧水来喝。在这之前，从水面上往下看，清清的水面下沉积着一层灰白的泥沙，沉在水里的细泥像镜子一样光滑，我趴在潭口，将头埋下去，将里边可疑的杂物排查了好几遍，直到我认为那小小的肉眼都看不清楚的像小虫子般的东西不是蚂蟥的时候，我才心惊胆战地喝了那里边的水。

我爸远远地看到我，便咧开嘴大笑起来，他根本没有察觉到我心里的委屈。待我走近前去，他一把将我高高地举起来——他是举不起我的，我已经长得又胖又重，他只举了那么一下，就把我放在地上。然后他从大道上几步跨进旁边的田埂，急急地走起来，我跟在他的屁股后头一路跌跌撞撞地小跑。直到他带我拐进了村口的一片田里，我才看清，天色将晚的菜地里还有一个农户在田头扯菜。

那人见是我爸，远远地就喊一声："老黄！"不待我爸张口，他已经将田头被他扯起来挽成一捆的细毛葱扭成了一团大麻花，在手里前后拎了拎，便向我爸扔过来。

细毛葱味道清苦，县联社的妈妈们也只将它们那大如独蒜的根茎买回家，用盐、醋或海椒、花椒腌渍半月后用来下饭，味酸而口感脆生，有一股冲鼻的清香味。我爸的厨房里大概什么都没有吧，只等这捆新鲜的细毛葱拿回家炒来吃。可是我走了大半天的路，肚子已经在咕咕叫了，对这捆细毛葱不免心生失望之情。

回到鄢婆婆家爸爸的房间，爸爸生火做饭，灶头上仅有一只白色的茶盅，茶盅盖着盖子，里边装着猪油。细毛葱切好了，灶上的火旺起来，爸爸揭开茶盅盖子，猛然间，一群黑压压的蚂蚁从茶盅里边爬出来，消失在烧得漆乌抹黑的灶台边。

我的胃里仿佛有一千只蚂蚁在翻滚，盯着眼前这盘细毛葱，愁肠百结地扒着碗里的米饭。

大概我在心里想着从大道转向通往村里的那截路的拐弯处生长着一株我认识的药草吧。有一年爸爸同南街尽处住着的陈爷爷学中医，带着我和妹妹去田埂边采过它们，那是爸爸教我认识的许多药草中的一种。

它开着紫红色的花。一支花柱从叶片间升起来，有半尺长，从中间便开出小细花来，呈螺旋形的梯子一级一级升上去，直开到顶端。

我走到它的近前，心里想，采不采它呢？它就生长在路中间，但是奇怪的是，竟然没有路过的农人将它踩倒，它独自生长在那里，周围是伏地而生的矮矮的小草，衬得它的存在越发奇异，它像是专门长在这里等着我来发现的。

采不采它呢？我在心里嘀咕着。这样想着，我已经从它身边走过去了，我想，且留着它，下次路过这里的时候再来采吧。这株药草，倒是让我去阿普落的时候心里有欢喜的惦记了。

我低头这么想着，快走到喜家河坝了，过了喜家河坝往西走，就是阿普落，再往西走，就是哈哈公社，但哈哈公社我只从我爸的嘴里听说过，那是一个更加遥远的像是天边的地方。

天完全黑下来了，远处喜家河的那座石头桥只剩下了一点点模糊的影子。回头向县城的方向望去，周边灯火稀疏，四周的田野隐没在一片幽暗之中，风来的时候，能听到四野浩大的沙沙沙的声音，一波接一波地传过来。

我有些犹豫了，我不知道我应该继续往前走，还是回头转去县城。这个时候，前方隐隐地出现了一团黑影，这团黑影在慢慢地往县城方向转动，像是有人拉着车。我的心里似乎有了一种预感，觉着那是我妈和我爸在往县城方向赶来。我呆立在那里一动不动，双腿似乎被灌了铅。

我试着向那团黑影喊了一声："妈——"

那团黑影猛地停了一下，然后向我移动得更快了。

我又大喊一声："妈——"

我的声音里边已经带着哭腔。

黑影很快来到我的面前。果真是我妈和我爸。爸爸走在前面，肩上拉着车，妹妹坐在车上，她的身旁堆着爸爸的铺盖和其他的包包裹裹、锅锅碗碗。妈妈走在爸爸身旁，不时帮忙推一下车。

我忽然明白，爸爸这是从阿普落搬家回县城了。

妈妈见到了我，立刻丢下爸爸和妹妹向我跑过来。一面跑一面在嘴里念叨："喔，快点，快点，饿着我的幺儿了，饿着我的幺儿了……"

我妈这么一念，我的心里像被井边那只猫的爪子挠了一下，朝前跑去，在我的泪眼中，妈妈的形象模糊了，我一下子扑进我妈的怀里，终于"哇"的一声哭出来。

回到家后，我妈从包包裹裹里掏出一只猪心来，连忙烧火炒给我吃。我妈说："这是鄢婆婆特意叫带回来给朵朵吃的呢。"一只猪心，专门拿回来给我一个人吃。

我有些不相信，觉得这是在哄我呢。因为我坐在车上一路生着闷气，在心里下决心不理睬他们了。可是，坐在我身旁的妹妹，一见到我就高兴地拿小手来抓我的头发，我生气地一把将她的手打开了。

是因为我爸要离开阿普落的鄢家村，鄢婆婆把猪给杀了，还是鄢婆婆家要杀猪，我妈才去帮我爸搬家，顺便在鄢婆婆家里吃了一顿肉？而且，连妹妹也出动了。妹妹可从来没有去过阿普落，从没有走过这么远的路。我分不清它们之间究竟有什么关联。总之，我妈的意思大概就是特意去鄢婆婆家给我拿猪心，顺便帮我爸搬个家。

爸爸的朋友

我爸去阿普落时,小北街印刷厂有一个姓司的叔叔好久没有登门了,爸爸都回城这么久了,也不见他来。有一天我想起他来,便问我妈:"司叔叔咋好久没来我家了?"

我妈奇怪地问我:"你问他干吗?小孩子家家管得宽呢。"

"随便问问。"说完我就跑了。

我和妹妹并排坐在门口的阶沿上,看各自的小鸡在院子里奔跑,满地啄米吃。我妈买回来四只小鸡,两只芦花,一只黑鸡,一只白鸡。小鸡仔一回家,就被我们各自认养了,妹妹认养了芦花,芦花的毛漂亮,妹妹先要,剩下的两只就是我的了。

看得一久,便觉着无聊,犯困了。于是我跟妹妹说:"来,我们来点点斑斑吧。"

妹妹说:"好。"

我和妹妹各自伸出一只脚,我手拿一根小棍子,在我和妹妹伸出的脚上点着,随着点点斑斑的节奏,每个字指向一只伸出的脚。我起头唱:"点点斑斑,脚踩南山。"

191

妹妹唱："南山大斗，一石二斗。"

我再唱："南山里曲，里曲弯弯。"

妹妹唱："张先生，李先生。"

我再唱："开开后门放学生。"

妹妹又唱："学生跑，遭狗咬。"

我再唱："爬树子，树子倒！"

唱到最后一句的最后一个"倒"字。便拿树枝迅速点向妹妹的脚背，妹妹的脚哪来得及缩回——我越唱越快，妹妹根本就跟不上我。

妹妹被点中了，却开心得不得了，我还没有打她手板儿，她就已经倒在我身上笑得东倒西歪的了。

我们又接着唱："我是个《卖花姑娘》，住在《鲜花盛开的村庄》，是一位战斗在《看不见的战线》上的《无名英雄》，在《摘苹果的时候》，遇到了《火车司机的儿子》……"

我们正念得高兴，忽然一个人走近我的面前来，"嘿"的一声，吓我一跳。

原来是司叔叔。

司叔叔在小北印刷厂工作。我们常去印刷厂拾切下来的一条又一条的纸边儿，将它们包上小石头捆扎在一起，就成了一只巨大的纸毽子，省去了找鸡毛、鹅筒和铜板的烦恼。刚做的毽子踢起来比较硬，踢着踢着纸条儿自然卷边儿，温顺了，柔和了，变成一只完美的毽子。

司叔叔梳着小平头，人长得英俊，穿一件深灰色的衣服，胳膊下夹着一叠报纸，报纸鼓鼓的，里边有我看见过的东西。

他弯下腰来朝我笑："朵朵，你爸爸在家吗？"

我点点头。他来找爸爸准是有要紧的事。

他朝门里走，我们也跟着进去。我妈见司叔叔来，便打发我："小孩子凑什么热闹，引妹妹耍去哇。"我妈又说："甭走远，就在大门口耍上会儿。"

巴不得！我同我妈赌气，携起妹妹的手往外跑。耍一会儿，我惦记着司叔叔，把妹妹一个人丢在外面的大院坝头，独自一个人溜回来了。

司叔叔果然还在。

他正同爸爸蹲在地上。他们面前的报纸上放着一叠叠印着"喜"字样的红纸片儿。爸爸正小心翼翼地拿毛笔刷子往"喜"字上刷金粉。刷好一张，司叔叔就拿走一张放在旁边。

他们这是在印喜帖呢。

我鬼鬼祟祟地挨到我爸面前。这回我爸也没有赶我。司叔叔表情有些不自然地朝我笑笑，埋头干他的活去了。

见他们做着这些事情，我也在旁边默不作声。末了，司叔叔将这些抹上金粉的字码好，朝爸爸说了些感谢的话，然后低下身来摸着我的脸说："朵朵，好好念书哇！"就离开了。

我奇怪了，大人总爱对小孩子说，要好好念书。他们怎么知道我没有好好地念书呢？可是，我并没有因为司叔叔这样说而反感他，我喜欢他洁净的脸，还有明朗的笑容。我倒是盼着他来找爸爸玩，我总觉着爸爸是大能人，希望来找他的人越多越好。我是什么时候生出了这许多的虚荣心呢？

我问我妈："司叔叔这是干啥呢？"我隐约能猜到司叔叔做的事情，又好像猜不出来。

妈说："司叔叔家穷，他是找了些活路让你爸帮忙，挣些钱。朵朵，你可别往外说啊，叫别人知道了不好。"

陈亚东叔叔是爸爸的另一个朋友,他家离西街口子不远,走过钟鼓楼往右拐一个弯就到了北街口子县联社——我家。他能喝酒,爱说话,还会医病。可能是因为这些,他和爸爸很合得来。两个人只要一碟花生米就能谈到半夜。妈妈把爸爸那些来家里喝酒的朋友统统叫作"长屁股"。

川剧团解散后,吴爸、罗爸他们被分配到县毛猪厂,也有的人分在县农机厂,爸爸还有一个姓王的朋友住在东街的毛猪厂,因此他常带我去毛猪厂那里玩。爸爸和几个叔叔在一起聊天,像有说不完的话。什么"保皇派""变色龙""小爬虫""异己分子"之类的,总之他们说的每句话我都能听到,可我就是听不太懂。我挨在爸爸身边,把身子靠在爸爸的双腿中间,玩着手指,听他们摆龙门阵。

"什么是'变色龙''小爬虫'?"我着急地问。

"小孩子别乱插嘴!"爸爸斥责我,又向几个叔叔说,"朵朵鬼着呢。"又向我说:"朵朵不许出去乱说!"

我说:"噢。"我对爸爸他们说的这些事情不觉得新鲜,没有一点兴趣。

爸爸回城了,陈叔叔找上门来,他们又能在一起喝酒了。有了陈叔叔,爸爸也不寂寞了。他们说话,我喜欢靠过来听。

这回,陈叔叔来,说起他小儿子的事情。他同我爸说:"前几天,我带荪儿去南河坝洗澡,我俩坐在河坝上休息时,荪儿突然问我说,爸爸,你死了,我咋个办?我们父子俩紧紧地抱成一团痛哭起来⋯⋯"陈叔叔说到这里,眼睛红红的。

他举起酒杯喝了一口又接着说:"这时候我才发现我的儿子已经在想他的出路,想他的生存,想他今后生活会遇到的难处⋯⋯"

我爸也不说话，也不让酒，自个儿喝得脸上青筋直暴。我觉得我爸笨嘴笨舌的，也不劝劝陈叔叔。

陈叔叔经常向爸爸妈妈说起他心爱儿子的致残过程。那已经是好多年前的事情了。

那是一九六七年，冕宁县发生了大规模武斗，医生们都跑光了，医院关门。华菘正在出麻疹并发肺炎、中耳炎，没有医生，没有药，高烧烧得失去了听力，差一点送命。陈叔叔懂一点中医，去田里挖了一些中草药来煎给他吃，又从对门李家菜园翻墙到公社医院找到曾静华医生，本来她是医院院长，但被关在家养蚕。曾医生把她自用的四支青霉素给了陈叔叔，才把华菘的命保住。但是病毒未尽，导致他的头上长了一个大脓包，脑袋全是肿的，陈叔叔最担心发生败血症，所以武斗刚结束，医院一开门，陈叔叔就把华菘抱去医院了。幸运的是他们遇到一个叫刘光弟的医生，刘医生在手术设备不完善的情况下，在治疗室的桌子上给华菘做了手术。

华菘到了该上学的年龄，尽管听力差，说话含混不清，但陈叔叔还是送他去读书。他的老师谢老师是一个很负责任，也很有耐心的老师，她在讲台上向全班同学讲完了之后，还要专门给华菘讲，但华菘还是只读到小学三年级就辍学了。

陈叔叔和他的妻子刘德菊是在宏模乡[1]认识的，陈叔叔在宏模粮库工作，主要任务就是收公粮和把收的谷子加工成大米后用马驮运到复兴粮站仓库。粮库平时只有三个人，粮食入库期间有七个人。那时乡团总支搞文艺活动，刘德菊是村里的青年活跃分子，陈叔叔教村人演

---

1 现为冕宁县下辖的宏模镇。

戏,就这样他们相好了。

他们的婚礼是寒酸的,两家的布票加起来还不够,又向亲朋好友伸手借,才给新娘做了一套新衣服。当时为了改善食堂伙食,丰收大队会逮鱼来分给各食堂,陈叔叔就买了三斤鱼交给食堂炊事员,炊事员将鱼砍成胡豆大的小块倒在锅里和白菜一锅煮了,到吃饭的时候生产队长宣布:"今天我们仓库的陈亚东和刘德菊结婚,小陈买了一条鱼来请大家,我们大家欢迎他们,祝贺他们!"他们就这样完成了婚宴。

刘德菊在没有结婚之前,就患上了严重的风湿性关节炎。在公共食堂三年间,她是食堂的管理员,营养却严重不足,她拖着病也要挣工分,因为挣不到工分就分不到粮。就这样,由于风湿病的侵袭,她患上了风湿性心脏病,病情越来越严重。为了给她治病,陈叔叔决定卖掉上一辈留下来的一处房子。陈叔叔已经决定要卖给一户叶姓人家,第二天就要写契纸。那晚,刘德菊含着眼泪对陈叔叔说:"不要卖房子,卖了之后小的长大没有住的地方。我的病反正是医不好的。"陈叔叔坚持要卖,她坚持不卖。她又说:"卖了房子搬进一家人来,我看到更气,就死得更快。"陈叔叔含泪依了她。就这样,他们没有卖房子,拖着儿女艰难地度过十年,刘德菊去世了。

陈叔叔会医病,大概就是这样子被逼出来的。他有意去结识一些懂得医术的人,从他们那里学习一些基础知识,从皮下注射到静滴都能操作,又买了一些书自学中医。刘德菊患上风湿性心脏病后,北京巡回医疗队来到冕宁,住在东街县委招待所,就诊的人排队到了钟鼓楼,刘德菊也在其中,医疗队的诊断结果是"最多再活半年"。这促使陈叔叔坚定了自学中医的念头,他翻读了北京、南京、广州、上海、成都五个中医学院审定的中医教材和日本人汤本求真著的《皇汉医学》,同时又订了不少医学类的杂志。他把学到的知识用到亲朋好友身上。

陈叔叔家里的那些书，我们家里也有。爸爸从阿普落回县城后，回坪公社许多被他救治过的农民上街看病，都说要挂老黄的号，他们原来不知道我爸工作的具体单位。医院的人就说："我们这里没有一个叫老黄的呢。"进城的农民不服气，说："怎么没有？没有的话他怎么会给我们瞧病？还瞧好了那么多的病！"

这真是闹下不少的笑话。

"眼镜，你说华菘岁数也不小了，也该自力更生了，可这又聋又哑的，做个什么样的营生才能长久呢？

爸爸是县城里少有的戴着眼镜的人，他的朋友就会直接管他叫"眼镜"。

"你家华菘多大了？"我问陈叔叔。

"比你大五岁，十三岁喽！"

"那么他该上初中啦？"我问。

陈叔叔拿他的大手掌摸了一下我的脸蛋，说："他哪有你这么好的命，他成天放鸭子呢，放了两年的鸭子。"他说着停了下来，像是想起什么似的，他朝我说："朵朵想要什么样的文具，叔给你买。"

我摇了摇头，说："我不要，我四表叔都给我买了。"

他又自管自地接着说，又像是给我和爸爸说："菘菘从学校回家后，我买了六只鸭子给他喂。当鸭子生了第一个蛋的时候，他高兴得四处宣扬呢。"

"那么你家的丫头子呢？"

其实丫头子的故事我早已经知道了，陈叔叔讲过好几遍。但是我问一次，他就讲一次，我也听不腻就是了。陈叔叔的妻子去世后，他带着女儿、儿子生活，既是他们的父亲，也是他们的母亲。华菘放学回家就去粮站拾马粪来交给生产队。那时华菘姐姐只有十三岁，放学回家就同父亲一起种菜园。一次她要担粪，父亲不让她担，怕把她的身子搞坏，她就哭起来。她可怜她的爸爸。

爸爸仿佛思量了许久，这时他拦住了我没完没了的话，说："凡事横着来，你就顺着想，天无绝人之路，华菘虽说文化程度不高，脑袋却是十分灵光的，学什么一学就会，一会就精……他开个照相馆是没有问题的。我可以教他照相，我家祖传讨饭吃的大概就这手艺了，放今天还是管用。但我不能出面，得华菘去做这个营生。"

"开照相馆！"我心里一动。我想到华菘哥哥就算是没有书念，也不用去放鸭子，我兴奋地大声说："陈叔叔，让我爸帮哥哥开个照相馆，我爷爷就是开照相馆的！"

陈叔叔像是有些百感交集，一把将我抱得紧紧的，嘴里连声说："好孩子，好心肠！以后书念好了有出息。"陈叔叔的话让人听了舒服得很。

爸爸要帮华菘开个照相馆，这话不假，我打小就知道我家爷爷是开照相馆的，我家的五老爷也是开相馆的，我家的五老爷以前开的照相馆在成都春熙路，可气派了。我们家里的许多相片都是爸爸给拍的，爸爸在家里弄了个临时暗房，罩了个红色的灯，我爸就在暗房中冲洗，相纸片放在显影液里一会儿就显出人影来了。

爸爸这是要把祖传的技术送人。

陈叔叔走后，爸爸啜啜地喝着老鹰茶，妈妈在点蚊香，两人都没说话。我还沉浸在兴奋中，左一句，右一句地问我爸怎么开照相馆，他没搭理我。妈妈绷着脸说："你爸这个人心眼实，三六九等什么人他都交，都对他们好。"

爸就接嘴说:"你忘啦,我也就是个三六九等的人,我困难的时候在人家殷叔叔家吃吃喝喝的,一待就是半年呢。农业合作化的时候,我离开穆家山,村里的乡亲给我准备了干粮,有一个叫穆孟君的大姐还给了我三角六分钱,这件事我可是记了一辈子。对人,要做雪中送炭的事情!"

我妈说:"好好好,就数你记情。"

我知道我妈并不是真的生我爸的气,但也有生气的时候。

不久,陈叔叔真的就去找城厢镇综合服务队,这个综合服务队开的照相馆管理不善,陈叔叔就托关系,把一个只有一部120相机的照相馆接收下来,交给十三岁的华菘来经营。

十三岁的华菘不再叫我爸"黄叔叔",改口叫"师父",这个叫法听起来很新鲜,县城里,很少听到谁叫谁"师父"。就这样,华菘的照相馆开起来了。照相馆刚起步的时候还是很困难的,城内没有生意,他就推着鸡公车走乡串巷,很多彝族姑娘想照相,但又没有钱,她们就用五十斤柴照一张相,换的柴多了,陈叔叔就用车拉回来卖给邻居。

再后来,这个照相馆搬到了陈叔叔在西街的老屋,临街。爸爸给华菘画几张幕景,这个背景引来许多居民来拍照,照相馆的生意慢慢地兴隆起来。

离别

　　天刚蒙蒙亮，我就醒了，听见窗外沙沙沙的声音。我忽然想起一件事，赶快起床下地跑到妈妈的房间往里看，看看爸爸还在不在。爸爸被安排到泸宁去工作，这几天就动身。这几天夜里我睡不好，担心还没有醒来，爸爸就不见了。

　　爸爸上班的地方离家越来越远，妈妈很有意见，同爸爸吵架。这时，爸爸总是不言不语，最多说个"看你有完没完了"，我妈就接嘴说："我就是跟你没完。"我爸也不接嘴，结果我妈闹来闹去，最终也解决不了问题。

　　爸爸总是与我们分别了再聚首，聚首了又分别。我们总是跟妈妈在一起生活。

　　妹妹身体不好，爸爸不在家的时候，她经常生病，一忽儿得肝炎，一忽儿又犯支气管炎，总是去西街天主教堂旁边的西医院住院吊盐水针。有一天半夜，大火烧起来了，冕宁西街被烧了半条街，差点烧到教堂背后的医院，那天晚上妹妹正吊着盐水针，就从医院回家了。

　　第二天我又同妈妈去医院寻妹妹留下的东西，住院部一片凌乱，地上洒着白色的、黄色的药片儿。院子里矮矮的冬青树上结着一串串细小的果子。冬青树旁边有一棵枇杷树,我路过的时候还看了它一眼,因为我知道它的叶子摘下来,刮掉叶子上的细毛,用来煎水喝,可以治咳嗽。刮枇杷树叶上的细毛这样的事,我已经帮妈妈做过好几次了。枇杷树在冕宁很金贵,医院里的这棵,便被我记得牢牢的。见了枇杷树,我总会指给妈妈看,并去摘一些叶子交给妈妈带回家。

有一回,妹妹半夜发烧了,我妈把困得要命的我摇醒:"朵朵快别睡了,妹妹生病了!"我知道妈妈要我陪她,妈妈也害怕一个人走夜路。

妈妈找来一块兜布,把妹妹兜在她的背后。这块青蓝色的兜布是别人送给妈妈的,上面用白色的细线绣着复杂的图案。妈妈掂了掂背上的妹妹,对我说:"朵朵,来帮妈妈把兜兜两个角给压好,不然风尽吹着妹妹了。朵朵,再把妹妹的帽子戴好,别让帽子掉了。"

妈妈又让我拿上手电筒,这才急急忙忙地出门。

大院里黑漆漆的,我同妈妈出了北街,路过钟鼓楼往左朝西街走去。一路上我用手电筒照着路面。

街上的灯很暗,天上的月亮好圆,月亮洒下的清辉将森森的路面照得白亮。我埋头走路,只见地上一大一小两个人影子在路面上慢慢移动,一会儿拉长,一会儿又缩短。我瞧一会儿人影,又抬头瞧一会儿路灯,路灯周边有好多蛾子在寂寞地飞。

妹妹肚子里边长蛔虫了。有一天晚上,她又开始闹肚子,妈妈将胡豆嚼烂了敷在她的肚脐眼上,也不见效果,只好背起她上医院。等我们走到医院,叫醒医生披衣起来看,她又不疼了,我们只好走回来。

我就埋怨我妹说:"妹妹真是嘴馋。前两天叶孃孃煮菠菜的汤没有舍得倒掉,叶孃孃就在里边放了白糖当开水喝,建农和妹妹就争着把汤给喝光了……"

后来妹妹把肚里的蛔虫打掉了。有次,妈妈炒了好多的秫麻准备过年包汤圆用,妈妈一边炒,我们在一旁抓来放嘴里吃,香喷喷的麻子令我们停不下来。我吃了没事儿,妹妹吃了以后得了蜂窝组织炎,又去医院打针吃药。我很少得病,就算是得病了,在家里,爸爸也能把我治好。有一次我喉咙里边长了蛾蛾,后来我才知道这种病学名叫白喉,爸爸给我扯了些草药焙干碾成细末,拿一张白纸卷成细细的喇叭状,将药末抖进纸卷中,对着我的喉咙,一下子就吹到疼痛处。那药苦得直令我想吐,但这样反复吹过几次后,我的病很快就好了。

因为总是这样在夜里来回跑,妈妈索性自己给妹妹打针。妈妈要我扶着妹妹在凳子上坐好,将妹妹的屁股露在外边。妹妹觉着好玩,拿眼睛直直地看着我。

等妈妈备好了针药,再将妹妹一把抱过来按在她的腿上。妈妈在妹妹屁股上比画大大的十字,比画了好几次。

我说:"妈,你为啥要比画十字?"

妈妈说:"比不准的话,会把妹妹打成跛子,像你二爸一样。"

我看妈妈打针,手心里捏出了一把汗。妈妈在说话的当儿,妹妹怔了一下,就听到妹妹哇的一声哭起来。

我真佩服我妈,不知道她还会打针。

我问我妈:"你怎么会打针?你是啥时候学来的?"

我妈说:"这有什么好奇怪的?从前妈妈是崇庆县城关公社的干部,分管着县上的十几个公社大队,各大队需要培训赤脚医生,妈妈是带队的,在旁边看着人学打针,自己也跟着学,就这样掌握了给人打针的技术。”

妈妈起床,看到我也起这么早,吓了一跳。

我说:"妈,爸呢? 爸爸走没有走哇?"

妈说:"你别嚷嚷,你爸还在睡呢。"

我真希望爸爸反悔,不去泸宁工作。"妈,我不想爸爸走。爸爸能不能不走?"

"爸不走,上哪去挣钱供你和妹妹?"妈今天特别和气,不唠叨我了。

"那爸啥时走?"

"他还在等一起进山的老师。明天人家就来了一起走哇,人多有伴。"

爸爸这是离开县文化馆,去山里当老师去。

一九七七年,国家恢复了教育,急需教师,受过师范教育的干部被筛选出来安排到教育系统,一些刚刚招进师范的学生还没有毕业,就充实到县上的各个学校,父亲就是在这样的背景下从县文化馆调去遥远的泸宁区的中学任教。

泸宁区是冕宁县西部与甘孜藏族自治州九龙县交界的一个区,位于雅砻江"三流三曲"的地方,从冕宁县城坐车到泸宁区要四个小时左右,走吊桥过雅砻江,翻越一匹名叫"老来穷"的大山,才能到。

父亲一九三八年生于成都,八岁失去生母。祖父后来续弦,一家人于一九四七年搬回成都生活,住在成都市祠堂街金山影艺社。影艺社是父亲的后妈刘茂琼的父亲刘金山出资建立的,是刘金山同其他人一起合伙开的照相馆,故取名"金山"。

父亲转入原人民南路新华书店旁的静德小学读小学三年级,但由于英语成绩差,常常被老师处罚。小学周围集中了成都的大部分书店,父亲在这个环境中读了大量的课外书。父亲上学、放学都要去逛书店，尤其是放学，出了一家书店，又走进另一家书店，什么书都取来看，往往是书店关门才回家。

这段时期爸爸读了不少书。小学五年级的时候，他已经把《七侠五义》《小五义》《施公案》《彭公案》《火烧红莲寺》等书读完了。

一九四八年后，父亲转入通惠门的五区五一小学读高年级，家也搬到了西安南路。一九五〇年春天，父亲的家又从成都搬到崇庆县羊马场。祖父将后来由刘茂琼独自苦心经营的照相馆顶给了别人，并同刘茂琼离婚。那时父亲在崇庆县一中读书，性格变得孤僻，学习成绩也不好，课外活动总是一个人玩，或者躲在图书馆看书。一九五四年，父亲初中毕业后没有考上高中，于是参加了城关镇举办的补习班，当了班长，可是他没有再去考学校。他想独立生活了，因为这个时候社会上的许多事情他都可以做。他参加了征粮，参加了物资交流会，他会写美术字，县上各种会议他都参加，布置会场，写标语，在秘书组抄花名册，在后勤部门打杂。就这样，他通过做短期工作来维持自己的生活。

农业合作化后，城关镇的团委要父亲他们这些没有考上学校的初中毕业生下乡去支援农村，他便和一批初中同学下乡了，连户口都一并迁到了农村。父亲背着祖母留给他的一床旧被子和一口牛皮箱步行到怀远镇，第二天又步行到了三郎乡[1]，乡长安排他到星星总社穆家山[2]去当会计。

父亲当时住在穆家山南岭坎。冬天，父亲没有鞋穿，也没有袜子，

---

1 现属四川省成都市崇州市街子镇。
2 今雅安市雨城区大兴街道穆家村一带。

他托人到怀远镇买了一双麻窝子草鞋，在一个下雪天，他爬到棕榈树上割棕榈叶，用棕榈叶包脚，度过了冬天。那一年的春节，父亲是在农民家过的。

父亲思念他的弟弟，进了一次城，这次回城，他才知道下乡的同学都回来了，他也决定回城，乡上同意了他的请求，给他办了户口关系。父亲告别穆家山，村里的乡亲给他准备了干粮，有一个叫穆孟君的大姐给了他三角六分钱，他一辈子都记在心里。

父亲回城后，还是决定去读书，后来考上了广汉师范学校，正式离开了家，开始了他的青年时代。父亲从师范学校毕业后，分配在什邡县[1]中心小学教书。时遇国家精简机构，他被什邡县中心小学任命为学校精简机构组长。由于不忍心精简掉学校一位拖家带口的教师，他主动将自己精简了，离开了什邡县中心小学，去崇庆县文化馆做临时工。再后来，家庭出身不好的他同妈妈恋爱，崇庆县文化馆就将他清退了。

第二天一大早，我爸就赶西门的长途汽车走了。

我爸走之前，同我妈说了差不多一夜的话。说四老表，也就是我的四表叔回成都的事情。还讲徐叔叔，就是那个爸爸最喜爱的工人画家，也要离开冕宁了，徐叔叔的妻子——在县丝厂工作的姓孙的知青已先于他考上了成都的一所大学，他们的儿子也一起去了大城市。徐叔叔的妻子因为学习成绩好，一边念书，一边在学校当辅导员，爸爸言语间对她充满了敬意——她是一个顶顶了不起的青年。

其实这个时候下放到冕宁的知青已经大量返城。其中，有才华横溢的画家何多苓，还有后来成了雕塑家的朱成。

---

1 现为四川省什邡市。

知青中流传着许多何多苓、朱成在冕宁的故事。何多苓是冕宁县河边公社的知青，喜欢画画，房间的墙上、地下全是画稿。成昆铁路通车后，有一次他坐火车从成都回泸沽，在车上遇到查票。当时的知青坐火车很少主动买车票，一是因为穷，二是认为知青有权不买票，理由有二：知青响应国家号召下乡，坐国家的火车当然可以不买票；修成昆铁路时，知青砸过铁路道砟（就是在河滩上把鹅卵石砸成符合要求的大小），对铁路建设有过贡献的人坐火车当然可以不买票。这些歪理只能是知青自己的看法，不可能说服列车员。他们对付查票通常的办法是躲，不过很难躲过。

　　何多苓没有买票，不过他有他的办法。列车员查到他那里时，只见一个年轻人在非常认真地画画，列车员一看画纸，原来他在画对面座位上的人，再抬头看看对面坐的人不禁发出"画得太像了！画得太像了！"的小声赞叹，不知是不忍心打搅他，还是认为不应当查这位真正的画家的票，列车员认真地看着他铅笔画出的流畅线条，恋恋不舍地带着一脸惊叹的表情离开了。这个故事被同车的知青传回公社，广为流传。朱成返城后被招到原成都市汽车运输公司，后来成为著名雕塑家。他把一个弹月琴的"阿咪子"塑在弯弯的月亮上，这个作品《月亮和她的女儿》成为西昌的标志。在一次体育雕塑比赛中，他的雕塑作品《千钧一发》以元素简单的一支前臂握着一把弓，获全国第一名，后来《千钧一发》被国际奥林匹克委员会陈列在瑞士洛桑总部，国际奥林匹克委员会前主席萨马兰奇和他在雕塑前合过影。你想象不出他还搞过田径，一九六四年成都市的四乘一百米接力比赛，朱成跑第三棒，跑一百米只用了十二秒。

　　父亲同他们有过深厚的友谊，随着他们返城离开，各自生活的奔波周转,他们当中的许多人,离父亲的生活越来越远,加之当年通信技术不发达,以致老友渐渐失散,知道父亲晚年回到成都后,才与他们见过几次面。

我铭记我的父亲在安宁河畔与他们之间的短暂交往,他们在安宁河畔积蓄力量,之后在各自的领域发出了璀璨的光芒。

我闭着眼睛躺在那里装睡。我想着我的四表叔,他走的时候,是八表叔来冕宁接的。八表叔梳着个平头,脸圆墩墩的,个子也没有四表叔高。他没有四表叔长得好看。还有徐叔叔和他的妻子孙小梅,爸爸很喜欢徐叔叔,把他当作自己的亲弟弟一样,他们常来我家吃饭,他们都是我喜欢的人,显然,这些人都随着我的长大没了影子。

四表叔离开冕宁后,我竟然就再也没有见着四表叔了。

孙小梅和徐叔叔后来离了婚,一个人去了国外。几年后爸爸和妈妈说起他们的事情,不住地惋惜。

孙小梅喜欢唱歌,她给我唱过一首歌,十分好听。

一根紫竹直苗苗,送与哥哥做管箫,
箫儿对着口,口儿对着箫,
箫中吹出鲜花调。
问哥哥呀,这管箫好不好;
问哥哥呀,这管箫好不好。

小小金鱼粉红鳃,上江游到下江来,
头摇尾巴摆,头摇尾巴摆,
手执钓竿钓将起来。

小妹妹呀，清水游去浑水里来；

小妹妹呀，清水游去浑水里来。

这首歌我妈哄我妹妹睡觉的时候唱过，所以我一听就会。妈妈同孙小梅唱的有些不一样：

一根紫竹直苗苗，送给宝宝做管箫。

箫儿对正口，口儿对正箫，

箫中吹出新时调。

小宝宝，吖地吖地学会了；

小宝宝，吖地吖地学会了。

妹妹四岁了，她现在很淘气，像个男孩子，再加上她的头发一直长得不好，又稀又黄，妈妈已经给她剃过两次光头了。剃了光头的妹妹看起来更像个男娃儿。但这个时候，她早就睡着了。

这时我起身说："我也要去泸宁，我跟爸爸到泸宁念书哇。"

爸爸妈妈相互看了对方一眼，爸爸说妈妈："你看，我们把娃娃吵醒了。"我妈朝我说："不行，你得在城里念书。你爸那儿远得很，你能走到那儿？"

爸爸说："朵朵在家帮着妈妈做事，你是家里的老大，要懂事。"

其实，我根本就不想哭的，但是爸爸这么一说，我觉着好失望，鼻子抽搭了一下，眼泪就掉下来了。

爸爸又说："你可别尽欺负妹妹呀，别老跟你妈妈告状，她还小。"

一个不受欢迎的人

爸爸走后半年的前一天，那个在我妈断断续续的讲述中出现的人来到了冕宁县我们的家。

他叫黄终久，是我的爷爷。在他没有出现之前，有关他的故事，远远没有结束。但是他的突然出现，使我的脑子像过电一样，突然一片通明——我看见了从前始终无法看到的形象——一个活生生的爷爷，他那张孤僻清瘦的脸上，有一种矜持的神情。从前，我只是在我的想象中虚构他的形象，并从一些碎片化的信息中拼凑了一个立体化的形象，这个形象传递的信息是，他是一个神秘的陌生人，一个全家最不受欢迎的人。当然，这个全家，仅限于我的爸爸和妈妈。因为在他来这里之前，我们还从来没有见过。

他的生活作风很不好，好吃懒做、吃喝嫖赌、不务正业。这是妈妈给我讲奶奶和爸爸青年时代的故事时，我在脑海中拼凑的形象。等待我拼凑完这些令人深感惊讶的形象的时候，我妈又冷不丁补充了句，他是一个地下党员。

他是一个地下党员。这句话与前面的那些关于他的评价似乎特别相悖。于是,这两种形象在我的心中形成一个巨大的疑问。我有些反对我的母亲在这句话之前将他——一个中共地下党员描述成"花花公子",凭我看过的电影以及我所受的教育,他肯定不介意我将他身上的光环改编成传奇。

我想象他是化装成生意人的地下党交通员,他的手中有一部电台,那是他的"必备武器"之一。他将藏电台的位置搞得五花八门、出人意料,总之敌人就是找不到。他擅长开车、化装、摄影、密码翻译,电影中的地下党会的本事,他都会。他干的工作就是秘密接头,或者掩护其他交通员路过敌占区,要不他就在保密局,插入敌人心脏,最好他长得跟电影《保密局的枪声》中那个英俊得令人心动不已的男演员一样。再不然,他已经被敌人抓住,五花大绑起来,他高呼着口号,英勇就义了。

我爸爸是知道爷爷秘密的人,但爸爸从来没有对我说过爷爷。直到爸爸最后原谅爷爷,爸爸才提过一句,在他十岁左右的时候,他帮爷爷送过信。

我心中爷爷的形象是由妈妈的叙述拼凑出来的,现在我能感觉到,这些叙述的事件发生时,我的母亲并不在场,而关于爷爷的一切,一定来自我爸和二爸对她零碎的讲述。

他的身份,是由他来冕宁后日渐多起来的讲述而逐渐清晰起来的。他平反了。他曾蒙受冤屈,最终经过漫长的岁月昭雪了。当他决定来冕宁看望我们的时候,大概就是要来告诉我们这个消息吧。

我的父亲,是一个对人生宽容到天真的人,他们父子之间的不和,还是有许多原因的,是失去亲生母亲的儿子跟父亲之间的本能的对立。

那时候的我,又怎么能够理解大人世界的复杂呢?

这个不受全家欢迎的人,怎么不打招呼就出现在我们的面前呢?

我见到他的时候，他已经老了，是标准的爷爷的形象了。相比起爸爸来，他个子不高，外表看起来文质彬彬的。这令我深感失望，他离我想象中的形象差距太远了。

我的爷爷来冕宁的时候，是一个闷热的午后。像冕宁这样的山区，很少有热得让人心里烦闷的时候。那一天北山坝的云层里，仿佛有闷雷滚过，有闪电在跳动。

我们得知爸爸和学校的老师们今天要带学生从泸宁进县城来赶考，妈妈把我认养的那只黑母鸡杀了，她一边在厨房里架锅烧，一边叨念："你爸他们该是到棉沙湾了吧？"妈妈心神不宁，竟忘记了摘菜。

我认养的黑母鸡很久之前就不再给我们下蛋了，它老了。我们看完电影回家的时候，它咯咯咯地轻叫着从它的窝里跳出来，等我们撒些米给它吃。

我跟妈妈说，其实它并不是饿，它是在等我们回家来。

从前，我一走近它的面前，它就主动收起翅膀伏在地上等我抱它，我喜欢将它的肚皮朝上举来看，它并不反抗。它的肚子下边的毛都掉光了，长了好大一坨金黄色的油脂，我拿手指按这里，汪汪的像是要冒出油来。

妈妈杀了它，我好像没有理由像瞿小桃那样，守着她妈妈没完没了地哭上一天。

爷爷坐在家里那张唯一的布格子沙发上泡了茶喝，那是爸爸从县汽车队找来废弃的车轮胎自己绷的一张沙发。这张沙发刚做好的时候，引来夏小雨在上边用双手撑着扶手用膝盖来回弹跳了好多次，他像是跟这张沙发较上了劲，一进我家门便要搞这个动作，直到我不耐烦地将他一把从沙发上扯下来。

妹妹骑在一只小板凳上低头吃着爷爷从北京带来的蜜饯,静静地等着。

妈一会儿进屋,一会儿出来,弄这弄那,我也跟着她进去,又出来,搬这搬那,跟进跟出忙得好高兴。

我们对坐我们身旁的那个人觉着很陌生,我们不知道如何对待他才好。

在这之前,哗哗哗地下过小阵子雨,雨把院子刷洗了一遍,好干净!墙边的喇叭花早晨的时候开得特别美,现在萎了下来。

妈在厨房叫我去打一桶水回来,我拎着我的专属白铁小水桶去井边打了水,连晃带洒地跨进院子里,还剩大半桶,把水放到厨房,忽然听到爷爷屋里传过来“叭”的一声,是什么东西掉下来了。

爷爷在屋里喊:“摔下来了,摔下来了!”

我和妈妈从厨房跑出去瞧,爷爷手里举着一幅画。哎呀,原来是爸爸挂着的一幅画,挂画的麻绳从中间断了,画就直直地掉下来啦。

还好,爸爸只是给他画的《高尔基在伏尔加河边》这幅油画装了个木框,没有安上玻璃,画并没有摔坏。

妈妈一边将麻绳在中间打了个结重新挂上,一边皱着眉连声说:“不吉利! 不吉利!”

我妈赶紧撕了红色的小纸片儿贴在眼皮上。她像是受了惊吓,愣起神来。妈妈一闹眼皮跳就得贴上这个。今天可真是奇怪的一天,我的心里有一种不安。

天快黑了,爸爸比我们预想的到家时间要晚许多。同他一起进家来的,还有两个学校的老师。

一进家,他们就围在一起七嘴八舌地说开了。

今天爸爸和学校的老师天不亮就要下山，过雅砻江，在江边棉沙湾坐上学校包的大卡车。大卡车满满地装着学生和带队的老师，直到下午六点左右才到达西门车站。

西门车站旁有好几块大石头，师生们就地歇息，等待前去联系住宿的老师。然而，却发生了一件令人意想不到的事情。爸爸的一个装着他好几个月工资、粮票等生活费用的挎包，被他的学生落歇息的那堆石头旁了！等安置完学生，爸爸正要回家里才想起他的宝贝挎包。去寻，哪里还能寻回来？

这一路上，一个梳着两根长辫子的学生因为心疼老师，执意要帮他背挎包，却因她的疏忽，犯下大错。学生当场吓哭了，一直说，等家里的年猪卖了，再赔给我们家。一个山区的穷学生，就算是卖了家里的年猪，又哪里赔得起呢？

妈妈听了从鼻子里"哼"了一声，停了一下回头看见我，就骂我："听什么，还不去厨房运碗运盘子，叫爷爷、爸爸吃酒去！"

妈好像突然异常难过，眼泪渐渐地从她的眼睛里流了出来。

家里好像还从来没有出过这么大的事，我早被骇着了，又看到爸爸一副沮丧的神情，就同情起爸爸来，一时间不知如何是好。

我妈怀着心事独自待了一下，就去厨房端菜到屋里来，一桌人又感叹了一会儿，几个老师吃过酒，还要去西门旅社照顾学生，第二天要考试。大家都没有再多安慰爸爸，同爸爸一起来的吴老师拍了拍爸爸的肩膀，几个人就匆匆离开了县联社。

那晚，爸爸同爷爷的照面，就这样开始和收场了。

一天过去，两天过去，三天过去。直到爸爸他们送考完成，来赶考的学生们回沪宁去了，那些家在县城或者周边区镇的老师们就各自回家了。

爸爸在家没有待上两天，就和吴老师一起到外面去了，一个假期都没有在家。

爸爸这又是去了哪儿？妈妈说，吴叔叔陪着爸爸一起去外边照相挣钱来补贴家用。乡下人进城照相的机会少，可以挣到钱。

妈说："你爸爸真是不容易。"

爷爷在我们家里住下了。

我敢说，我们几个都不喜欢他。他来了，妈妈就要倒霉。他总说妈妈菜烧得不好。吃饭的时候，我们夹了菜在碗里，不是蹲在我家阶沿边上吃，就是端了碗四处玩跑，跑得远的时候还会跑到最外面那层大院的花坛旁边边吃边玩。外边有许多端了饭碗边吃边摆的大人和小孩子，院子里的人喜欢端碗到外面的空坝子和石阶上去吃，邻居乡亲，相互不必请就可以夹对方碗里的菜，甚至有些孩子吃到大街上去，吃过几条街。那是最热闹的时候，我们怎么能够错过？

他看了生气，绷了脸，瞪了眼，就拿来笤把假装要打我和妹妹，嘴里嚷嚷着："看这一身一脸的土！快给我回到桌子旁！没一点儿女娃儿相……"

我有些脸红，低头看见妹妹的鞋上全是土，她赶快在地上用力踩上几踩，土落下去不少。

我和妹妹回到桌子旁边吃饭。妹妹从小不会使筷子，她只要一夹菜，食指必定指着坐在她对面的那个人，于是妹妹夹菜的时候，爷爷就用筷子打她的脏脏的小手。

"不听话就打！"他的口气好像很凶。妹妹被他打哭了好几回，就小心地缩起食指来夹菜了。

214

他又转脸向妈妈："你平常这样对孩子没一点教育，也是不行的……"

凭了这，我们也要站在妈妈这一头儿，对爷爷冷冷的，故意做出看不起他的样子，好像他也没有注意。

吃过饭，我会帮妈妈洗碗。吃饭的工夫，柴火的余温已将锅里的水温热，将碗在锅里用热水洗一遍，再在盆里用清水涮一遍，最后拿了帕子将碗擦干。

他站在旁边看我刷碗。待清水过一遍再擦干的时候，他给我做起了示范。

他说："我帮你擦个碗来看看，好不好？"

我本来绷着脸，看他的样子像是讨好我，我就被他说得有些回心转意了，点点头。

他接过我手中的碗，一手拿碗，一手捏着帕子，帕子叠成两半包着碗沿，沿着碗沿走一个圆圈，然后在碗中转一圈，碗底转一圈，一只碗就擦干净了。嘿，又快、又干净、又省事，还有些表演的成分在里边，我真是对他刮目相看。

他见我学着他的样子擦碗，一会儿就擦完了所有的碗，也很高兴。

过了两天，见妈妈买来豆腐，他就教我做菜。

"来，我给你做个'扳倒山'。"

"啥叫'扳倒山'？"我第一次听说有这样的食物。

"你看了就知道了。"

他叫我烧火煨柴，等锅里的水烧开，一块白白嫩嫩的豆腐就整块放锅里煮。他讲，放一点淡淡的盐在水中，这样的豆腐越煮越嫩。咕嘟咕嘟差不多有十来分钟，豆腐捞起来盛在盘中。

"你骗人！这有什么好吃的？"

"你别着急嘛。"

我不知是什么心情，但又觉得他做事毕竟跟我们十分不同，比如他洗碗就比我洗得好。我转而又无比新奇地等着，妹妹也眼巴巴地望着。

他将小葱切成小结，再剁碎了姜、蒜，盛在一只小碗里，将两只辣椒在热锅里焙了焙，取出来切成细丝，再放了酱油和香油，拿筷子拌一拌。

"嗯，然后呢？"

"看好了！"他说。

他像是变戏法一般，哗啦一下，将调好的作料淋在盛好的豆腐上。

"喏，好了！"

这确实令我吃惊了："哇，这就是'扳倒山'呀！"白嫩嫩的豆腐上淋上一片红的油、绿的葱花，煞是好看，也令我嘴里一下子冒出口水来。

妹妹快活得直拍小手，双脚一个劲地跳："吃'扳倒山'啰！吃'扳倒山'啰！"

待真正动嘴的时候，我才明白什么叫扳倒山。原来是拿筷子扳一块吃一块呀，没有淋上调料的地方拿筷子夹了，放汪汪的调料里再蘸一蘸，就着白米饭吃，实在是清爽美味呢。

爷爷实在是一个有趣的人呢，我忽而又原谅了他。

我妈将家里的钱全部交给爷爷来开支。

妈说："爸爸，家里的生活费就交给你来支配，你喜欢什么好吃的，你就自己去买来吃。"

爷爷大概过了好久才反应过来,他讲:"何桂芳,你是个聪明人。"

我妈并不反对他这样讲,她是一个心里有数的家庭主妇。

爷爷同后奶奶离婚后,经济上才得了自由(我长大后才晓得这个后奶奶已经是他的第四个妻子)。得了自由的他就去了北京,随便在北京旅游了一番。北京、北海、白塔、天安门,我向往白塔胜过天安门,它在我读过的《白脖儿》的故事中闪闪发光,令我替小明流下过伤心难过的泪水。我从爷爷的眼睛里看到了白塔,它就在那里,在爷爷的脸上,虚幻、飘浮,像梦一样。

爷爷在我们小时候的印象中一直是一个极其自私的人。我想起来几件事:爸爸在廖家山当会计的那一年才十五岁。虽然当地社员给他盖了房子,但那房子四面通风,一道柴门连铁扣都没有。屋子里面只有一张木床、一口土灶。爸爸把奶奶留下的那口皮箱寄放在社长的家里。社里也给他分了自留地和几棵树,有个农民跟爸爸说:"把你的树砍去卖了,我帮你卖,卖了你给我工钱。"但是爸爸不愿意卖他的树。这一年的大年三十,爸爸是在老乡家过的。只有一样菜,菌类煮一点肉,连豆腐都没有。吃过年饭,大家便一起冷冷地烤火。但这家人因为爸爸的到来还是很高兴,那家的女主人四十八岁了,还有一个三十岁的男人来上门,他们结婚不久,还没有小孩子。

过完春节爸爸得知双流机场要招空军地勤,爸爸知道自己年龄和身体都不合格,他是近视眼,但他还是报名了,他报名还有一个借口是进城看他的弟弟。

要进城,爸爸连一条好裤子都没有,于是爸爸用订书机把裤子膝盖上的破洞补好,腰上系一根布带,脚上还是麻窝子草鞋,没有袜子穿,就在鞋里垫了棕榈树皮。

爸爸进城的时候城里已经点灯了，但他还没有吃饭。这个时候爷爷在哪里呢？他在大东街的茶馆里边喝茶。

爸爸去那里找到爷爷，他正同别人谈得高兴，爸爸站在爷爷面前，喊了声："爸爸！"

爷爷抬起头来看到是爸爸，便不笑了，只是冷冷地说了声："你回来干什么？"

爸爸说："我想去当空军。"

爷爷上上下下看了爸爸几眼说："你这个样子还想当空军！"

爸爸便不再说什么，抹着眼泪去了同学殷文范的家。

殷文范的爸爸殷伯伯养了九个娃娃。殷文范是家里的老六，他前面有好几个哥哥姐姐，下边还有弟弟妹妹。殷伯母看到爸爸到家里来的时候完全像个叫花子，吃过饭赶紧领了他去理了个发，这才看起来像个人样子。

殷家人口多，穷。我的爸爸也穷，他和殷文范两个穷孩子就这样结成了好兄弟。有一次他俩想了个法子挣钱，去别处买了柿子再去羊马场卖。虽说是卖柿子，但守着柿子的两个小伙伴却看着自己既将要卖掉的柿子产生了犹豫。一个跟另一个说："你看这个柿子好大的个儿啊，卖了实在是划不来，还不如我们把它吃了。"就这样，他俩你挑一个大的来吃，我挑一个大的来吃，结果一晚上只卖了三分钱。

这是妈妈反复跟我讲的爸爸小时候的故事。爸爸自己只跟我们讲过一次，他讲的时候倒是自嘲了一番，可能想到自己那时想去当空军的不切实际的梦想吧。

见爸爸讲自己那么好笑，我不懂事地随着他哈哈大笑。

为什么我的记性一些时候好，一些时候不好呢？爷爷在冕宁的日子里给我留下印象最深的事情，就是他教我洗碗，还做"扳倒山"给我们吃。这两件事，直到今天我仍然受用，洗碗的习惯以及家常菜"扳倒山"一直伴随着我。这期间其他的事情，我的印象是越来越模糊了。

有一次，爷爷把县城少见的呢子衣服洗了，晒到雷红旗他们住的那个最外边的大院坝去了。等他从县中队找牌友打完牌，回家发现衣服不见了。他急得找妈妈嚷："哎哟，我这衣服是被小偷偷去了吗？"

原来是叶嬢嬢发现天黑了没人收衣服，就帮着收起来了。

爷爷离开冕宁的时候，执意要给我买一条裙子做纪念。我们逛了县百货公司，看见一条绿色的裙子。售货员说是真丝的裙子。那是一条成年人穿的半截裙，八块钱，大概是这个县城最奢侈的一条裙子吧。县城卖成衣的铺子几乎为零，只有西街口子上有几家扯布的裁缝铺子，县城的人都去那里做衣服来穿。爷爷不顾妈妈的反对，掏钱给我买下了裙子。

卖裙子的售货员阿姨笑眯眯地说："没关系的，小姑娘，长得快得很，大一些能穿得久"。望见我妹妹，又把眼睛转向她说："瞧，老大穿了，老二还能穿。"

我回到家里试这条裙子，买裙子时的兴奋少了一半。这跟我想象中的裙子好像有些不大一样。它不像电影里边的女孩子们穿的裙子那样有两条背带。况且麦绿的颜色太鲜亮了，我根本不敢穿。再说，我没有一件像样的衣服可以配它。它穿在我身上简直太长了，我往腰上拼命拉了拉，可裙子还是一会儿就滑下来啦。妈妈叫我扎了衣服在里边，这才感觉好了许多。

虽然有些失望，但穿新裙子总归是欢喜的，何况我长大后就没有穿过裙子呢。第二天我就穿了这条裙子去上学校，一路高兴却不自在。

那个时候,这个县城几乎没有人穿裙子,无论是小孩,还是大人。穿裙子的我完全成为学校最打眼的那个人,它让我度过了无比漫长的一个下午,我心里懊悔得不行,所以,穿过一天,我就没有再穿它了。这条织成密密的麦穗条条的真丝裙子被放在衣柜里,最后丢去了哪里,我已经想不起来了。

爸爸带学生出来把工资和粮票丢了这次,学校以划历史的成绩惊动了全县教育系统。他所教的学生一个考了全州第一名,一个考了全州第三名,二十几个学生考上了中专,还有一些学生考上了师范学校。

这些似乎都成了家里的大喜事。家里来来往往的学生也多起来了,他们都是爸爸教出来的学生,我们的家成了他们进出泸宁的中转站。

这一年里,爸爸回家的次数十分有限,夏天、秋天放假才回来,冬天回来都到了过年的时候。爸爸和几个老师有时候在县里等着参加考试,有时候又去成都参加学习,这一切都与他们正在进行的函授学习有关。

我问我妈:"爸爸这是读的什么书?"

我妈说:"你爸这是在念四川师范大学的函授,要念上五年才算毕业。"

我说:"噢,那么久。和我上个小学的时间差不多。"

这一年,我上五年级了。

我爸偶尔会和几个老师在家里吃饭。他们喜欢问我的学习情况。

我跟他们显摆说我的作文常得到一百分,还是语文课代表。一百分啊?作文哪有一百分的。他们心里有些不以为然,但是神情中还是带着欣赏的模样。

他们自然是知道我的语文成绩的,只是在逗我罢了。

老师们不在家里一起吃饭的时候,爸爸会跟我们讲起他在泸宁的生活。

学校校舍周围被爸爸撒上了格桑花的种子,开出一片又一片粉红色的花来,十分漂亮;爸爸还养了一只喜鹊,这只喜鹊聪明又调皮,常常趁爸爸去上课的时候把他的画笔和写字的钢笔一只又一只地从窗台叼出去,整整齐齐地码放在阶沿上;爸爸写的文章在《四川日报》发表了,这篇文章叫《最后的马帮》……

爸爸对发表作品是十分在意的,记得他在文化馆工作的时候,有一回他特别将一本《红领巾》杂志拿来给我看,指着上面一篇文章的插图给我讲:"瞧,这是爸爸画的插图呢。"

我看是一幅老农叉腰站在一片秧田里的钢笔插画。我觉得这幅画与爸爸平时的画比起来实在是普通了,所以并没有给他特别的赞扬,只是拿过来看了看,"哦"了一声,完全对不住爸爸特意拿来给我看的兴奋劲儿。

想到这里,我心里不安起来,感觉有些对不起爸爸。

但是爸爸这一次发表作品却给我留下了深刻的印象,我这才知道,我写的作文是可以拿去发表的。我开始注意自己的写作,并且暗下决心,将来一定要在《红领巾》上发表文章。我甚至跟夏小雨发过誓,也跟班上的好朋友吴辉桐讲过,但是这个决心一直停留在口头,并没有得到实施,直到我念高中的时候写的作文才被老师拿去投给《语文报》,得以发表。

我们热切地盼望着爸爸从泸宁回来,他会给我们带回来我们认为十分珍贵的东西。比如花生,剥开来米子是紫红色的,花生衣像是一层玫瑰花瓣。这是玫瑰花生，的确是少见的，令我们感到很稀奇。我们端着碗，一边珍而重之地嚼着油炸花生米，一边听爸爸讲话，一家人沉浸在醺然的快乐里。爸爸说，星星公社和建美公社才有这么好的玫瑰花生。去那里，须走上两天的路，翻越锦屏山的最高峰，这个过程十分惊险。夏天，那里的岩石上会有旱蚂蟥，令人防不胜防。

离泸宁区最远的，大概就要数星星公社和建美公社了。离泸宁区最近的公社是青纳公社，到那里也要走上一天。

爸爸给我们背回来过泸宁当地人熬制的麻糖（麦芽糖），这也是快过年的时候才能享受到的意外之喜。爸爸拿回家来很大的一块，我们拿硬的东西敲下一块来含在嘴里吃，糖沾了嘴里的热气便会融化，化了后黏着牙，嘴角不小心就流出糖汁。我们不会小块小块地吃，总是贪心地敲出一大块来举在手里啃着吃，全然不懂得什么是节制。

妈妈把麻糖藏在我们看不见的地方说："还没有到过年呢，你们省着些，留着慢慢吃！"我们哪里懂得细水长流的道理，趁她不注意，就在家里到处搜寻。我们家并不宽敞，能藏东西的角落并不多，所以我们很容易就能找到被藏起来的麻糖。

爸爸在泸宁的几年中不知道给我们背回来多少麻糖来。我们在冕宁的时候是吃不到这个的，没有人会做，也不见有卖。因此，吃麻糖的时候是我们十分盼望也格外珍惜的时候，也是我们一年当中最奢侈的时候。妈妈见我们一刻不停地跑去敲来吃，便叮嘱我们拿去院里分给其他的孩子吃。

爸爸也给我们背过腊肉、腌制好的岩羊肉。有些肉背回家来的时候，肉里边已经长蛆了，但外表看不出来。爸爸大概是放了好久没有舍得吃，一心攒着带回家。妈妈舍不得丢掉，所以我们煮着来吃的时候，会有一股臭臭的香味。

　　爸爸的生活与过去在冕宁时完全不一样了，他不知不觉地撞进了一种新的生活，我们也跟着撞了进去。

周姐

　　周姐是随着我的父亲走进我家的,那一年,我父亲所在的那所边远闭塞的山区中学爆出了惊人的消息,不仅震惊了全县,而且震惊了凉山州。这消息就是那所名不见经传的区中学,一下子考出了二十多个中专生,其中两名还摘取了凉山州第一名和第三名的桂冠。在二十世纪七十年代末考上中专,比现在考上大学都还要风光,而我的周姐就在那一年考上了县师范学校。

　　周姐是爸爸的学生,爸爸是她的班主任。开学了,爸爸离开我们,回到那所边远的学校去,由于道路闭塞、交通不便,父亲一学期才能回来一次,于是便把周姐托付给了我妈。周姐在家里排行老大,下面还有弟弟妹妹,全家靠母亲一人供养。在艰难地读完小学之后,天资聪颖的她考上了区中学。周姐家在泸宁区和爱乡,从区上走到家里大概需要骑上两天的马,走路需要三天的时间,因此她读书的时候往往是住校,身上的钱很珍惜地用,听妈妈讲,爸爸没少花钱接济周姐读书,所以周姐跟我们很亲。

　　记得她刚来我家的时候,扎了两条又长又粗的长辫子,别在耳后,垂到了腰际。她站在院子中间，大概因为拘谨，她的左手紧紧抱着右边的手臂，说话时声音十分轻柔，阳光亮得发白，头顶上的梨树叶子哗哗地响着，风把她额前的刘海吹得翻滚起来，使她的眼睛微微眯起来。

我和妹妹一下子围过去，依在她的身旁，好奇地打量着她。"大姐姐真是好看啊，假如我们也有这么好看就好了"，我们看着她的时候，总是这样想着。

妈妈把好吃的东西给我们拿出来，无非是后山梨，还有一大柄带着把儿的葵瓜子，姐姐很高兴地同我们围拢来吃东西，吃过了，我们就向她问东问西。她把我和妹妹拉在身边，一边回答，一边摸着我们的头。我是家里的老大，头上没有哥哥也没有姐姐，有这样一个姐姐，说话十分可亲，使我感到颇为依恋。

师范学校在北山坝，学校经常组织我们去那边拉练，妈妈们也经常带我们去那边捉绿虫、粜麦秆莛。我小学一年级的同学刘霞宁也曾经住在北山坝，他天天下山来上学，后来转学走了。他走后我还经常梦见他。

夜里妹妹和妈妈睡一张床，周姐跟我睡一张床。我的屋子里放着一盆晚香玉。周姐忽然闻到了一阵香气，就对我说："这是桂花香吗？"

我并没有见过桂花，我闭上眼睛，沉醉得不得了："这叫晚香玉。清香清香的！"

周姐赞叹："好香啊！我以为是书上读到过的桂花。"

我转过头去看周姐，她长长的睫毛似在闪动。

周姐每个周末都到我家来，这是我们最快乐的时候。周末终于要等到周姐回家了，吃过午饭，我和妹妹从县联社一直走到北街口子去等周姐进城来。我们靠在语录塔周围一圈栏杆上讲话，终于看见周姐

225

背着书包从远远的田畈中间的那条大路走来了。她一个人，穿一件白色的衫子，在一块一块的洋芋田畈里走着，显得很小，走得很慢。我们朝着大路跑到田畈上，大声喊她："周姐姐——周姐姐——"她停下来，站在路当中看我们。

等跑到眼前，已经欢喜得不得了。周姐从她的书包里掏出两个苹果，一人一个分给我们吃。

周姐在家里的时候，我们喜欢搬出爸爸妈妈的几本相册来看。周姐从小长大没有照过相，等到初中毕业的时候才照过一张毕业照，爸爸妈妈的相册对于她来讲，显得很新鲜、很珍贵，她常同我们一遍一遍地翻来覆去地看，也不觉得厌倦。

我家里有一个皮箱子，深棕色，四个角用铜皮包着。箱子里装着一家人的相册，里面那些照片被父亲用涂相纸张的透明颜料涂过，原本的黑白人像有了色彩，显得尤其高级和精致。我被我爸童年时代的照片所吸引，上面是他小时候，大概七八岁的样子，戴着厚厚的眼镜。他有一双漂亮的大眼睛，一张紧闭着的厚厚的嘴唇，还有他戴着红领巾的照片、穿着旧社会时候童子军服装的照片，这些都是他的独照。我没有看到过他同奶奶的合影，也没有一张他同爷爷的合照。也就是说，这么大的一本相册，没有一张有我的爷爷奶奶。

相册里有我妈年轻时候的独照，应该是她读高中或者刚参加工作的时候，还有我妈同她的同学在一起的合影。许多合影中男男女女摆出奇怪的姿势，像在唱戏，而不是在拍照。但是相册里没有一张父亲与同学的合影，好像他从来就没有过同学，也好像他没有读过中学一样。他的照片，停留在童年时代。

没事的时候，我喜欢将家里的相册翻出来一张又一张地慢慢品味。

我看见了我小时候,有时候,我在哇哇大哭,有时候,我又坐在一张椅子中间,显然我那时还不能自己坐稳,椅子的靠背托住了我,我孤零零地坐在椅子中央,拍着双手,左顾右盼,颇为茫然。

有一天,我惊奇地发现了一张童年时候的父亲同一个年轻的女子的合影照片,她穿着一件灰色毛衣,身材苗条,神情专注。但是我爸同我妈却对这张照片讳莫如深,对我对这张照片投入的好奇和热情表示漠视。

当然,我更专注于我夹在母亲中间的合影。这些合影旁边配有一行又一行的小字:"我把小小的礼物留给我所爱的人,却把大的礼物留给一切的人——泰戈尔《飞鸟集》。一九七四年摄于冕宁县文化馆。"

妈妈的照片我确实是百看不厌的。我去我妈要好的叔叔孃孃家玩耍,就有孃孃端详我半天,冲我说:"唉,你没有你妈长得袭人,你妈来冕宁的时候,可是轰动了整个县城的呢。"

她们这样讲也不怕我生气。

见我似信非信的样子,孃孃又说:"你知道不知道,你妈来我们冕宁的时候,高高的个子,梳着两条长长的辫子,没有生你妹妹的时候,腰可细着呢……"

我没有发现我妈的腰生过妹妹后和之前有什么两样。

我妈像从来不太在意自己的相貌。她知不知道自己貌美呢?我没有见到妈妈特意打扮过。就算是打扮,也只是跟叶孃孃缝一件罩在棉袄外边的花衣服来穿。

周姐一边翻照片,一边同我说,我妈长得像电影《红色娘子军》中的演员祝希娟。

我觉得周姐认为的没有我认为的像,我将画报《大众电影》找来指给周姐看："你看，我妈像不像电影《苔丝》中的那个苔丝？"

画报上的演员，颈长，长着瓜子脸、尖下巴，眉毛很浓，眼睛很大，眼睫毛黑而长，垂下眼皮是一层阴影，顾盼则生辉，嘴唇是厚的，显得性感。

姐姐接过画报来看，惊呼道："像，真的像呢，眼睛像，鼻子像，特别是嘴巴最像。"

周姐将家里的相册翻过来看，覆过去看。大概是踌躇了许多日子，她终于向妈妈讨要了一张照片。

在这张照片中，妈妈穿着列宁服，蹲在城关公社我们曾经的家门口，她梳着齐肩的头发，头发从中间分开梳在两边。文静可人的眼睛配上一双英气逼人的黛眉，气质干净出尘，清妍映丽得像一朵白菊花。

我妈绝对是那个年代的美女，差不多每张照片都自然而然地呈现出她与周围人在气质和相貌上的与众不同。

我和周姐长久地沉浸在我们家的几本相册里，沉浸在我爸妈青春时代的容貌、服饰和爱情故事里。我觉得周姐那么喜欢我妈的照片，在感情上同我对妈妈的感情一样，所以，当周姐向妈妈讨这张照片的时候，我得意地摇晃着身子，给周姐帮腔。

"都是你在捣鬼！"妈妈朝周姐笑，她笑得那么好看，好像并没有责备我。

周姐回家的时候经常挎一只书包来，里边大部分时候都没有什么东西。她不会经常给我们带吃的。

这一次，周姐带了一个厚厚的本子来，空了的时候就拿出来抄写。

我问周姐："你的作业怎么也像我的一样，是老师布置的小字作业吗？"

周姐有些神秘地说："你知道这是什么吗？这是一本书。"

"书？"

周姐递给我说："猜猜这是什么书？"

我接过来一看，本子上抄写着《第二次握手》。

周姐说："这本书很好看，但是没有卖，班上的同学都在抄呢，抄完了还要还给别人。"

"我来帮姐姐抄吧。"我拿起笔，铺一张纸，逞起能来。

周姐想想说："也好。反正朵朵的字写得漂亮，就让你帮姐姐抄吧。"

妈妈在一旁说："朵朵被人一夸奖，就连自己姓什么都不知道了。"

快放假的时候，我终于将《第二次握手》给周姐抄完了。周姐给我的任务，大概也只有这部小说的其中一部分，其他的部分，她自己在抄写。然后将我们写的好几个本子集中起来，就是一本完整的书了。当然里边也有我潦草的笔迹，一张又一张的，我不像是在写字，像是画符。大概我在抄这部分内容的时候有些烦躁，是想去玩别的吧，总之我十分后悔抄书，抄写时才知道这是一项十分艰苦的工作。

"鬼画桃符！"这是我妈最爱骂我的话。

见我抄完了我的那部分，周姐很高兴。她并没有在乎我有那么几页是"鬼画桃符"。

我不太记得这本书的绝大部分内容了，只依稀记得书中有个情节是穿着红衣服的女孩子投江了。后来，女孩子没有死，她去了海外，海外就是天外，让人无法想象。她还当了科学家，科学家也让人觉得遥不可及。

夏小雨都不知道我抄了一本书。当然我这是在夸大我抄书的成绩。我没有告诉他，告诉他了我也拿不出来，没有书，他肯定是不会相信这件事情的。夏小雨爱看书在县联社大院里是出了名的。他课间看,上学走路端着书看,放学了也端着书看,有时候跑到我家里来,我俩躺在我的小床上,头顶头各自拿着一本书看。

邓嬢嬢看到他看闲书就发火,怕影响学习。夏小雨狡辩说:"我看书又没有影响学习。"

夏小雨看书入迷到上厕所也蹲在厕所里边看,邓嬢嬢大半天看不见他,在大院里四处喊,最后把他从厕所里边喊出来。邓嬢嬢找不着他的时候,就穿过我们住的内院,穿过办公楼大院坝,穿过洗衣台,穿过农资公司职工宿舍那条长长的走道,再走到厕所外边去喊,准能把夏小雨给喊出来。

快放暑假的时候,妈妈决定给我和妹妹一人做一件新衣裳。妈妈领我们去西街口子的布摊子上扯了花布,让我和妹妹各自挑了喜欢的花色。挑完后,妈妈忽然对我说:"朵朵,你再挑一件给你周姐姐吧,你知道她喜欢什么颜色。"

"知道知道。"我兴奋得大声说。

我替姐姐挑了白底儿、有淡淡几何图案的。妈妈一看也很满意,夸我会挑。

等到周姐从北山坝下山来的时候,妈妈并没有带我们去西街,而是带我们去了北街语录塔旁边的熟人家里量尺寸做衣服。妈妈说,这家的裁缝做得好。在我们量衣服的时候,周姐像是有些难为情的样子。但我们几个都因为要穿上新衣服而很兴奋。

周姐从师范学校毕业的时候,先是被分配到泸宁区锦屏小学,后来调整到和爱公社小学。我们后来知道,这是周姐的妈妈去教育局大闹一场的结果，这个结果令我们深感意外。周姐就这样回到和爱公社[1]教着稀稀拉拉几个学生，打发寂寞的岁月。

连我都知道区小学比公社小学好。

我跟我妈说："姐姐读一场书，又回到了那个烂村村。"

我妈说："不管咋说，当妈妈的都希望自己的娃娃在自己身边。"我妈就没有在外公和外婆身边，对于这件事情，她确实深有感慨。

我考上中学后，偶尔想起周姐，会给她写一封短信，寄几张她喜欢的小画片，周姐基本是收到我的信后就立即给我回信。

可是后来，我给周姐写的信越来越少了。

周姐一直生活在遥远的和爱公社，我们慢慢忘记了她。

她带着我童年时代最珍贵的记忆，渐渐远去，头也不回，像一粒珍珠沉入了大海。她让我抄过的那本书，隐藏着爱情和故事、青春和战火、远处和梦想、沮丧和义无反顾，像一条河在暗中流淌。

---

1 现为冕宁县下辖的和爱藏族乡。

五年级

到五年级，我们换了班主任，我不知道原来的班主任"王麻眼儿"调到什么地方去教书了。他本是从回坪公社调到县上来的。他来任我们的班主任后，我的学习成绩才好起来，但是他为什么离开，他的大名叫什么，我都没有搞清楚，这十分令人遗憾。来接替他的龚老师脸上也有麻子，但是他的麻子只有几颗，没有王老师那么明显，同学们就没有私下给龚老师取外号。龚老师仍然是龚老师，没有同学对他大不敬。

龚老师身材高大，板书写得十分漂亮，这令同学们对他肃然起敬。龚老师原本也不在城关一小，听说是从县二小调过来的。据说是那个学校教书教得特别好的老师才能调过来。孩子从小就从家长那里学会了势利眼，对原本就在县城里边教书的老师自然刮目相待。

我在班上的语文成绩一直稳居第一名，甚至在全年级也稳居第一名。这个学期老师们经常给我们做试卷，等试卷做完了才公布是往年的升学试题，我的语文成绩总是在这样的测试中遥遥领先。要知道我们的知识点还没有全部学完，尤其是古诗词。我的名字常常被老师们挂在嘴上，从老师们的窃窃私语以及对我考试成绩的津津乐道中，我都能感觉到他们对我升学考试的期待。

语文课中每篇文章都需要提炼中心思想和段落大意，我几乎每次都能准确地归纳好这些，所以每一次龚老师在其他同学回答完后，要把我叫起来再回答一遍。龚老师对我的回答往往十分满意，在提问完其他同学后，他会叫我上黑板前将我归纳的段落大意和中心思想抄到黑板上，作为标准答案。我在同学中算个子高的，手长脚长，写粉笔字的时候，容易把字写得很高很整齐。当然有的时候，他自己会亲自写答案。我感觉我在本子上写的内容和他的差不多。

我的字写得也越来越像龚老师。当我写完答案后，有一回听到第一排的同学在下边一边抄写一边赞叹："朵朵写的字跟龚老师的字一模一样。"其实并非如此——我只是在刻意模仿龚老师的字，而且，像我们那么大的人写出来的字稍微好一点，就被同龄人夸大了效果，以为与老师写得一模一样。

龚老师当班主任后，我们高年级的同学就搬到了学校新修的教学楼上，楼梯是木头的，早到的同学喜欢坐在木楼梯上吃零食。上学带零食吃这个习惯我们班的同学一直改不了，这使每天中午上学前的准备显得郑重其事。同学席明英平常并不引人注意，她时常病恹恹的，给人的感觉像一棵歪脖子树。她身体不好，也不合群，不像我们有朝气和活力。她上学的时候喜欢带一只梨子来吃，还发明了一种吃法，就是用梨子蘸海椒面来吃，梨子的甜酸味中顿时有了复杂的味道。我看见她这样吃后，便对公安局后墙伸过来的那棵梨树采摘得更频繁了。原本我们是依赖妈妈有空的时候摘梨的，但想吃的时候是根本等不及的，于是我也学着妈妈的样子，用长长的井水杆子举起来套梨子。就这样，每天中午我自己套一只梨子去上学，同席明英坐在木楼梯上一块吃，我们渐渐成为好朋友。

学校在我们读到四年级的时候开了英语课，一学期我们就学了几个英语单词，比如：旗子flag，学校school，广场square……我们死记硬背，像拼音一样拼写这些单词。教我们班的英语老师就是席明英的姐姐，我们为此感到稀奇，甚至还莫名其妙地有些骄傲。女同学喜欢年轻漂亮的老师，因此也常去席明英在南街口子的家里玩。冕宁四条街的居民居住着祖辈传下来的房子，这些房子基本以木质结构为主，席明英家也不例外。她家里边有小小的天井，经过里三层外三层后走到一个院坝，其中栽着两三棵果木。靠厕所旁边搭了一丛花架，从上面会掉下来如麻的洋辣子，落到地上后一阵乱爬，红红绿绿的，很是骇人。我们见过那阵洋辣子雨后，心里仿佛有了暗疾，便不再去席明英家玩了。后来英语老师生小孩，年级的英语课就停下来，再开英语课已经是几年以后的事情了。

英语老师生小孩的时候，我们萌发了好奇心，于是席明英的身边又热闹了起来。征得席明英的姐姐同意后，我们去席明英家看刚生下来的婴儿。一帮同学又勾肩搭背地去了南街口子，进了紧闭的散发着奶腥的房间，每个人摸了摸沉睡中的小婴儿，摸她的小手和小脚。她只生下来三天，脸上皱皱的，小手紧紧地握着拳头。

这个学期我忽然多了几个要好的同学。除了席明英以外，还有一个叫吴辉桐的同学。

吴辉桐第一次出现在我眼前的时候，我吃惊至极，目瞪口呆。她的脸是白的，而我们，我和我妹妹，我们的脸是黑的，或者说是微黑的。我们周围的人没有这么白的皮肤。她是白的，她来自天上。我们是黑的，像是从地里冒出来的，我们周围的人都是从地里冒出来的，无论男女老少，皮肤都很结实，有健康的光泽。

她站在阳光下，脸上细细的绒毛瞬间像是沾上了一层金粉，让她整个人显得光亮明媚。她带着她的同样长得惊为天人的小妹妹在一个水泥台边玩耍。那个妹妹顶着一头稀稀拉拉的鸭绒般的头发，从水泥台边爬上爬下。

不知道从哪里蹦出来两个小人儿，她们为什么出现在那里呢？她们仿佛从天而降，那样美好，那样不可思议。我也带着妹妹，但妹妹的小脸脏脏的，头发乱蓬蓬的。之前我也带妹妹去过那里，那是城关一小，我的学校。五年级的教室里正在办一个美术培训班，听说是省上来的画家在那里讲课，坐在那里画画的全是十几岁的大哥哥、大姐姐。我们站在门边羡慕而好奇地往里看。一个主事的老头子瞧见了我们，他问妹妹："小家伙，你从哪里来？"妹妹也不怕生，她落落大方说："我是黄薇的妹妹。"老头又问："叫个什么名字呢？"妹妹应声道："我叫黄智，机智的智，智慧的智。"老头说："好，好，这名字真好！"又问："你来给我们做模特儿好吗？"妹妹摇摇头，老头又说："就是来坐在这个桌子上，让大姐姐大哥哥来给你画像好不好？"

这个呀，这个我们可不陌生，爸爸从前就在家里给我们画过许多像。在爸爸的画册里，妹妹可是主角。

妹妹的头发乱蓬蓬的，有两绺还从脸庞边滑下来，丝丝缕缕的，在微风中乱飞着。我没有给她梳头，就带她出来玩了，这个样子还坐在桌子上边叫人画，我从心里涌起了一种前所未有的自卑感，内心深处升起强烈的愧意。

好像我并不能左右这事情。妹妹已经心甘情愿地被旁边的大哥哥抱起来放在课桌上了，她坐在那里双腿摇呀摇的，并没有人反对她或者打扰她的自在。妹妹头发乱蓬蓬、眼睛大大的样子被画成了好多幅画。直到大家画完了妹妹,主事的老头子给了我们五块钱,说是给妹妹的辛苦钱。

我接了钱,像是做了一件亏心事。

我打算把钱给妈妈。

妈站在灶前,头上冒着汗,她弯腰把灶里添了一把火,锅里的油热了,冒着烟,她把菜倒进锅里,回头不耐烦地问我:

"又是啥子事?"

我在想怎么给妈妈说呢,这钱好像来得不光彩。

我回答不出来,直拿眼睛看着妈妈的脸。她急了,又催我:"说话呀!"

妹妹在灶旁啃着刚才铲起来的饭锅巴,我看看妹妹,只好说:"我饿了,妈。"

我妈骂我:"你不知道像妹妹那样吃块锅巴顶着?你还小?"

看她用铲子呱呱呱地敲着锅底,我就说:"老师夸我呢。"

妈妈问:"夸你什么?"

我说:"老师说,还从来没有见到可以一笔画出来的这个脸型这么准确,大家都围拢来看。大哥哥大姐姐尽朝我笑。我尽看到她们不好好画,一个线条在那里修呀修的,修了好久才把一个人的脸给画出来。我可以一笔就给画出来。"

我妈说:"好,好,就你能。"

我妈扬起锅铲赶我,"去去去,别在我这儿捣乱,像个刀头样挡来挡去。"

妈妈在我的眼睛里边模糊了。我最恨我妈骂"刀头"两个字,特别伤人自尊。我一下子蹦得老高,抹着眼泪走开了。

第二天,我没再带妹妹去那个画画的教室,我们在教室外边玩,我就是这个时候认识了吴辉桐和她的妹妹吴映桐。

明亮的日子像烟花一样,一闪而过,班上的同学总是转来转去的,班主任老师换来换去,我好像是没有长心。郭一兵、刘霞宁、瞿小桃、孔红花他们都去了哪里呢?只剩下了夏小雨。

在念小学三年级后,吴辉桐,突然就来了,像是从地里冒出来。她刚刚转班过来,从前她在哪个班上课呢?她穿着讲究,无论衣服的样式和衣料跟班上的同学都有明显的不同。她总是一个人走路,像从前住在我家旁边的瞿小桃,身上永远有一种空旷的气质。放学的时候我们朝北街口子的校门走,她朝西边走,消失在校园里,校园的西边有一道墙,有一扇小门,走过小门就是县革委和县教育局那排白房子。她原来住在教育局。那是冕宁县的许多人家的子弟高不可攀的地方。

她的头发梳得一丝不乱,穿着一件及腿的灰紫色细花格子棉大衣,左胸别着一只小小的像章,颇有一番在我们这个年龄少有的讲究,这番讲究将她跟其他同学之间拉开了界限。她的爸爸在教育局,妈妈也在教育局,她是他们的后代,她的血液里流着与一般的穷孩子不一样的东西,那就是文化。

她的清高早已惹怒了班上的一些女同学。这天下午她刚走到教室的花坛边,就被几个女同学围住了。

班长任红将手叉在腰间指着拿手指着她的像章,问:"吴辉桐,我问你,你为什么要别像章?"

有人附和:"对,你为什么要别像章?"

吴辉桐像是被这个阵势吓倒了。她显然有些意外,她根本想不到这个像章会给她带来麻烦。

但她很快就镇定下来。将头一扬，头上的马尾巴也跟着甩了一下。

"我就别了，怎么了？关你什么事？"

任红说："就关我的事！"

她们气愤的定然不是那只像章，或许她们早就忘记了她们愤怒的根源。现在，她们想挫败她身上那些不合时宜的优越感，演练出一场小范围的批斗。

但是，任红似乎并没有振臂一呼的力量。

我说："吴辉桐，你怎么在这里？"

像是隔着几年的光阴我们又一次相认。吴辉桐像是第一次发现我跟她在一个班。我这才发现她的一双眼睛有些向里边凹陷，使她光洁的额头微微突出来。她愈发干净明亮。她整个人光亮明媚，如同阳光。

她说："你怎么在这里？"

她家就在校外，我们穿过操场，走过靠西边那排教室，又下台阶，然后穿过一道小门，向县革委那排白房子走去。

白房子旁边有一幢灰色的砖楼，砖楼下边的走廊有两根灰砖柱子，吴辉桐家住在一楼，有两间房，在柱子的中间。她站在几盆指甲花旁边对我说，我家到了。

她踮起脚取下她家的糖果盒，圆的，比海碗大。上边有暗红色的漆，盖上还有金边描了花，里面装着玻璃纸包的水果糖，红的绿的甚是稀罕。她给我发了两颗。她又在米缸盖上找到了装花生的夹箩，她给我花生，并教我嚼糖的时候将花生剥来放进嘴里，吃起来真是特别香。

在那里，我第一次见到吴辉桐的爸爸，当他微微笑着招呼她女儿的同学——我的时候，我看到他身上有一种难得的儒雅而又温润的书卷气。当他向我问这问那的时候，我猛然发现，他怎么帅成这样？那不是银幕中帅得无边无际的男演员吗？

这个发现令我兴奋得过头，回家我将这个发现告诉我妈，我妈听了好像并不奇怪。

我跟我妈说，吴辉桐的爸爸长得实在是像《春苗》里边的达式常啊。

我妈说，是啊。她好像一直都知道有这么一个人的存在。要知道，达式常可是妈妈和叶孃孃这些妈妈们心中的偶像啊。

当然，也是我的偶像。我是那么喜欢看他演的电影。

我跟我妈说，吴辉桐的妈妈好瘦啊，病恹恹的样子，走路都像是费劲。

我妈说，是啊，司孃孃得了一种怪病，她是个药罐子。

我妈像是对县城里发生的一切都了然于心，并不觉得奇怪。

直到小学毕业的时候，我跟吴辉桐都是好朋友，她除了我之外，并不交往其他的人。她的家离学校是如此近，走几步就回家了。她并不需要谁来跟她搭伴。

她对我充满耐心，倾听我的孤独和气恼，比如妹妹总是无端地哭，我妈总以为是我在惹她，有一次抽了厨房边的木柴就要打我，我无比失落，中午饭都没有吃就跑了，跑到吴辉桐家。这个时候家家都在吃中午饭，哪个孩子这么早去上学呢。我靠在那根灰砖柱子旁边许久，没敢出声喊她。

许久，司孃孃出门了，见到我，拖长声气用显得十分沙哑的嗓子喊我："朵朵，你吃过没有？"我说："司孃孃，我吃过了。"

她听见到了她妈妈的声音，一闪身出了门。上学还早，我们靠在灯光球场的一堵水泥墙边。我跟她谈的，总是不着边际的大而无当的理想,比如,今后我要在《红领巾》杂志上发表作文什么。她并不反对我,好像我说的一切都顺理成章。我的这些大而无当的渺茫幻想,好像在她的面前才可以说出来,才不令人感到羞愧和异想天开。

奇怪的是,总是我去找她,等她去上学,而她,却从来没有想过我,也并没有去过我家。一直到小学升初中,我们分在不同的班,就再也没有交集了。那时,我家已搬到西门口,而她,仍住在教育局。我离她的家越来越远了。

早晨上学的时候,张兰英几乎每天都要到我家里来喊我去上学。

大冬天的,妈妈起不来给我做早饭,就头天给我几毛钱或者几分钱,叫我路过北街三八食堂的时候买一只锅盔来吃。张兰英来叫我,自然可以分得一只锅盔来吃。

张兰英站在篱笆门外叫我的时候,天还是深黑色的无法琢磨的一块,我刷牙时抬头看见天上的星一颗一颗地明亮着。背着书包在沉重的霜气里出门,星星逐渐暗淡,天上化开一点深蓝色的影子。

张兰英穿着一双她爸爸给她用汽车轮胎做的胶鞋,两条宽宽的黑黑的硬硬的鞋袢子,脚指头仍然露在外边。尽管这样已令我感到吃惊。原来这个世界上还有比我的爸爸更能干的爸爸。原来这个世界上还有如此倾尽全力的对孩子的爱。张兰英似乎很满意她的鞋子,她在我面前提了提快掉下来的裤子,并不介意我将她的鞋子翻来覆去地盯着看。

地上像是覆着厚厚一层白霜,我们两人缩着脖子朝北街走。走到三八食堂门口,已经有一小堆人挤在那里等待锅盔起锅。天很快就大亮了,我买了两只一人分得一只,捧在手中一边暖手一边嚼着,焦黄的锅盔有一股发酵过后的酸味和微甜的麦香味。

一路上许多上学的同学超过了我们。一些同学手里还拎着大大小小几乎是半圆形的冰棍。那是在各自家里做的。头天在窗台上放一碗水，水碗里面已经放了一点点白糖，还有一根细细的棉线，棉线从碗里拖到碗沿。到了第二天个个拎着一块冰糕去教室献宝。到了教室，有同学带来有一块脸盆那么大的，圆圆的、薄薄的一大块；还有不规则的，用稻草穿着，灰乎乎的颜色，那是农村的孩子从田野走过时，用冰得通红的小手从水洼里"抠"出来的。

张兰英回报我的，是春节的时候请我去她的家里吃凉粉。去了她在小西街天主堂旁边的家，他的两个哥哥将凉粉端出来放在院子里边。

张兰英当兵退伍出身的爸爸在家里，热情地招呼我来吃凉粉。我打心眼里崇拜这个会用轮胎做鞋子的父亲。张兰英的两个哥哥也穿着这样的一双鞋子，他的两个哥哥，都长着龅牙，尤其大哥哥龅得最厉害。张兰英的牙齿则是四环素牙，黄黄白白的一道，里边还有一些小坑坑儿。太阳暖洋洋地晒着。制作得简陋的凉粉并不出彩，黄黄的颜色令我有些失望。更因为盛装在盆里边的凉粉几乎没有成形，也无法切成一丝丝的条条来蘸上蘸水吃，它们东一坨西一坨溃不成军地倒在各自认为安全的地方，等待我们用筷子将它们挑来吃。

尽管是这样，也还是十分开心的一天。吃过凉粉便围着当过兵的张叔叔给我们讲故事。虽然他跟想象中的英雄不一样，完全是一个老农的模样，却仍然收获了我对他的崇拜。故事的内容已经模糊了。大致讲有一对兄弟叫"大正盖"和"小正盖"（我是根据谐音来写的），他们有非凡的本领和调皮捣蛋的种种故事。我们听得入迷，不时张口大笑，这点愉快的空气是我关于他的仅有的记忆。小升初后，张兰英与我分别在不同的班，我就再也没有去过小西街他们的那个家了。

学校组织了好多次集体比赛。六一儿童节学校举行接力比赛，挑选比赛选手的时候，龚老师和聂老师叫十个同学排成一排，龚老师喊声预备起，排成一排的同学就拼命地朝前跑。刘德喜个子矮，来班里上课的时候时常光着脚，他没鞋穿，但他光着脚却跑得十分快，因为他的脚翻得快，从背后看只看见他的两只小脚丫拼命地翻，其他同学根本翻不过他，他竟然跑了个第一。刘德喜自然被抽出来站一边。

接着是第二排。第二排跑第一名的同学叫胡映枝，她个子比我高还坐我前头，大概是成绩不好被老师安排在前面的几排座位。我时常不专心听讲，一边听讲一边拿手去戳她的后背，我知道她的衣袋兜里带了酸梅子。她气恼地转身看了我一眼，然后伸手去衣袋兜里掏了半天，哎呀也真是，掏了半天才掏出来一小棒，大概她在心里算计了半天该给我多少吧。我见她没动静，又拿笔戳了她一下，她这才慢吞吞地从桌子下边递给我。我躲在她的身后，上课做什么小动作老师根本看不见。就算看见了，老师把我抽起来，我站起来马上就回答出老师满意的答案，老师不可能怀疑到我的头上，他不会相信我没有专心听讲。

胡映枝个子高，手脚比班里的同学长许多，自然也跑了第一名，但她跑起来的姿势实在令人不敢恭维，把我们逗得捧着肚子哈哈大笑。胡映枝这哪里是在跑，她是在跳，我们跑起来腿是朝前划动的，她跑起来双条腿甩向两边。就这样也跑了个第一名，真是让人莫名惊喜。

我们从小长这么大，天天在大院里玩捉迷藏，甚至还以学校两棵大树作为根据地搞接电游戏。奔跑，对我们来说简直就是家常便饭，但我们从来没有这么正式地参加过以跑步为内容的比赛。平时大家奔跑的姿势有多难看，根本没有人注意到，突然被单独抽出来跑给大家看，这才看出来还有千姿百态的跑法。

同学们一拨一拨地跑完了。又把没有抽出来的同学弄来跑了一遍。

我大概是第二遍才被抽出来。

体育课差不多被占用了，一遍一遍地练习接力，如此隆重的准备，最后果然得了第一名。尽管我们穿着各种各样的鞋子来跑步，甚至刘德喜还是光着他的脚，他当之无愧地跑第一棒。

我们班的这位短跑选手获得了这个人生中的第一个集体荣誉奖，也或许是最后一个。没有人记得他得过这个荣誉，并立下过汗马功劳。我们初考以后，就再也没有在县中学的其他班级见过他，大概读不起书，能够读完小学，已经举全家之力了。

刘德喜同学家里穷全冕宁县的人是看在眼里的。他的家就在钟鼓楼朝北的交界处，我爸画的那幅战天斗地的巨幅油画下边有一个低矮的小屋，那里就是他的家。他的家差不多是向全县敞开的，没有任何秘密可言，这个家，差不多看不到像样的家具，里边黑洞洞的，引不起任何人的兴趣。有一年快过年的时候，我路过钟鼓楼时看见刘德喜家的门前地上躺着一只极小的猪，这只小猪四脚朝天，充了气仍然小得可怜，像一个赤身裸体的人仰面躺着，夸张怪诞，又恐怖又滑稽，这令我大吃一惊，我第一次知道杀猪是要吹气的，叫吹猪。县联社高家院子里的高婆婆家过年也要杀猪，但我十分害怕杀猪的时候猪发出凄惨的嚎叫，更不用说跑近前去观看。刘德喜的爸爸趴在地上，当街打整他家那只小得可怜的过年猪。他们的家连一个后院都没有。他从猪脚开一个小口，继续给那只小猪吹气。我并没有停下来观看，但我一次又一次回头去望它，我知道，这是我的同学刘德喜家的过年猪，他跟我们一样，过年有肉吃了，哪怕这小猪给他家过年的肉少得可怜，终归还是吃上肉了。

运动会后没有多久，我们就迎来了人生第一个毕业季。毕业那天，我们排着队要去冕宁中学参加升学考试。考试第一天就考完了语文、数学。升学考试作文取了个怪题目，将古诗《观刈麦》改写成一篇现代作文。作者是白居易。原文如下："田家少闲月，五月人倍忙。夜来南风起，小麦覆陇黄。妇姑荷箪食，童稚携壶浆，相随饷田去，丁壮在南冈。足蒸暑土气，背灼炎天光，力尽不知热，但惜夏日长。复有贫妇人，抱子在其旁，右手秉遗穗，左臂悬敝筐。听其相顾言，闻者为悲伤。家田输税尽，拾此充饥肠。今我何功德，曾不事农桑。吏禄三百石，岁晏有余粮。念此私自愧，尽日不能忘。"

这个题目大大地超出了考生的意料，大概也超出了老师们的意料。也超出了我得心应手的范围和写作能力。总之我感觉那天的语文出题太难了。我平常写得风生水起且最拿手的作文灵感也不见了，那天头晕沉沉的感觉写得十分吃力。

这首诗出现在我们小学最后一个学期的课本上。不知是因为时间紧张，还是别的什么原因，龚老师教得囫囵吞枣，我们也学得有些枯燥乏味。我将它翻译过来除了老老实实地扩写下来后，便觉得无话可说。

原以来语文稳拿年级第一的我，数学却比语文还考得好。在四年级的时候，我的数学还考了满分，语文考九十八分，到了五年级，明显倒过来了，语文比数学考得好。数学老师聂老师让我请了家长，把我妈叫到了学校，责备我偏科，这不请家长还不要紧，自从我知道什么是偏科后，竟然越偏越厉害，一上聂老师的数学课，就有一种深刻的望而生畏。

到快毕业的最后关头，我始终没有搞清两辆火车的相遇问题和两个队伍的追击问题，明明是一种问题，变个花样我又闹不明白了，乱算一通。晚上在家里一遍遍做卷子，妈妈急得拿手指敲我的额头，在妈妈快把我敲成脑震荡之前，我终于死记硬背，背下相遇问题和追击问题的公式和算法。我妈松了一口气，我却在夜里躺在床上怎么也睡不着，第一次品尝到了失眠的滋味。我担心我要是考不上初中，从此就没有机会再去考试了，那么假如我考不上学校，我将来去做什么呢？我的担忧像一只巨大的黑洞，就像我思考过的许多问题，比如天有多大，比如人死以后不再复生。人死了以后就再也不知道世界上的任何事情了，这是我最担心的，也是最害怕的事情。

某一天，我们被老师集合起来，排在高年级教学楼前照毕业照，我们要好的四个同学仍然紧紧地挤在第一排。向小萌的个子比全班同学矮许多，面容也显得稚气，她紧紧地咬着闭紧的嘴唇，像是承受着一份并不情愿的煎熬。我穿着原本套在冬天棉袄外边的那个花外套，那是一件我并不喜欢的花色，我妈将它设计成春夏秋冬放之四海而皆准的样式和无限放大的穿着搭配的功能，它让我眉头紧锁，我的头发乱七八糟，毫无自信心可言。

直到成年后，每当我回忆起这段友谊。才始觉我的人生中没有哪一段友谊像年幼时这般坚固。

第三辑

暮春的回忆

二〇一八年的暮春,我站在钟鼓楼不远处的北街口子上的县联社大门口,在五月明媚的阳光下与自己的少女时代迎面相撞。我看见了十二岁的自己,在婉转啾啁的鸟鸣声中醒来。墙外的梨树经过了一个料峭的春夜,在一夜之间开放了,满树满枝的白花,映在蓝天下。

小升初那年,尽管我的语文没有考出理想的成绩,但仍然是以全班第二名的成绩分在初一二班。有一个男生的总成绩比我多出来零点五分,他排在全班第一。

班里的同学,除了生病死去了的苏老师的儿子段海军跟我同班外,许多同学去了五班、六班,我十分寥落。直到很长时间,我们才隐约明白那两个班是年级上的好班,就是那两个班集中了这个县城机关和直属单位的干部子弟以及这个学校的教师子弟。班长任红、吴辉桐、席明英分在五班,夏小雨、刘芳、向小萌分在隔壁的三班。自从被刘德喜捏了对儿在班上叫开后,我跟夏小雨的关系就越来越疏远了。我知道我和夏小雨在心里不是这样想的,但时间久了,我们之间的感情真就渐渐生疏了。

我妈见我顺利地升了初中，又考了个全班第二名，对分班的事情，与其说是不上心，还不如说是缺心眼。她不再像小学分班的时候对我所在的班那么重视了，反而有些听之任之。或许，我的数学成绩因我的偏科而一度叫她失望，好不容易捞起来，像是打赢了一战斗，使她督促我念书的那根神经一下子松懈了。也或许，我们家的墙上贴满了大大小小的奖状，我的数学成绩一度落后仅仅是一场虚惊而已。总之，我分在什么班就是什么班了，她相信学校的公正。

　　班上许多同学以城厢二小考上来的居多，有好几个丝厂子弟，部分同学家住南街，那里离二小近。其他的同学四散在县城的几条街以及附近的农村。班上还有一个宋姓同学，听说他的祖上是县衙里掌管文书狱案的"老典"，即当时的典史，宋氏家族于清光绪年间从峡口举家迁往县城。他家的老房子就修在字库旁边、学校背后。姓宋的同学家里就寄宿了好几个高中部念书的学生。学校并不提供寄宿，来自县城各区的学生，沿着这个县城最高学府的古老求学传统，纷纷四散在学校附近的居民家租房子住。

　　刚入学的时候，有彝族同学跟我们一起同在一个班，小学的时候基本看不到他们的身影。这几个同学是从全县各乡考上来的，他们自觉地坐在教室的最后一排，与其是坐，还不如说是蹲着。他们半坐半蹲在教室最后一排的凳子上，总之没有好样地坐着。

　　新同学对他们充满了好奇，总拿眼睛往后看他们，见我们这样看他们，他们并不恼，十分友好地冲我们开朗地笑，他们皮肤黝黑，牙齿雪白得晃眼，操着半生不熟的"团结话"跟我们交流，跟他们的同族交流则用我们听不懂的彝语。书还没有念到半学期，他们就一个接一个地消失了，据说失学的原因是回家娶媳妇去了。他们在我们的视线中离开像是自然而然,我们仅仅表示了一下不可思议而已,多年后想起同我一同升学到这个县城最好的中学来读书的,来自大山深处的彝族同学,他们与我们汉族同学之间的隔膜,不只是出于语言,更出于迥然不同的生活。

学校在东街,出县联社朝钟鼓楼往左走。经过县文化馆(红军长征纪念馆)、豆瓣厂再往东河方向走,左手边就是县革委招待所、武装部、公安局、县革委,县革委大礼堂是我童年时代最感辽阔的地方,再穿过灯光球场,那里的白天人声鼎沸,公判大会及各种万人庆祝大会都在那里举行,记得欢庆党的十一届三中全会的召开,县上组织了各种花车,学校组织了游行队伍,游行队伍沿四条街走了一遍,队伍前边抬着巨大的伟人画像,这两张巨大的油画像都是爸爸在文化馆的时候画的。太阳晒得我们直冒汗,我们悄悄离开了队伍,逃到这两幅画背后躲阴凉。

游行之前,妈妈日杂公司门市的职工们就忙不停,从家里取了脸盆出来端水冲洗属于她们管辖的北街口子,不停地打扫,冲洗牛、马和猪拉出来的粪便。

通往县革委那条小路的对面,就是县中学。中学的对面就是毛猪厂的员工宿舍,这条巷道也叫毛猪厂巷巷儿。川剧团解散后,吴爸曾经在那里住过一段时间,不久他就携全家老小回到他新津县的老家。

进毛猪厂巷巷儿不远,往左走进学校大门。

校门左边有一长溜红砖房子,那是老师们的住家,中间是大操场兼篮球场。大操场右手边是孔庙和文昌宫的故址。文昌宫已灰飞烟灭,与文昌宫一墙之隔的孔庙保留下一些残址,留下一个大殿,有大块的青石台阶,殿内有几间房,供一些单身教师住宿。

中学是建在孔庙和文昌宫的故址上的。孔庙和文昌宫大概是清乾隆二十四年（1759）修建的，距今二百余年。中学的前身为县立简易乡村师范学校，大殿前边是笔直的走道，两旁有高大的柏树和古槐，有土木结构的平房，有语文教研组、数学教研组以及其他学科的教研组。平房尽头有一间小卖部，供学生购买日常用品。右边平房背后有一个小天井，内有学校教职工食堂，仅供教师打饭打菜。天井周边有职工住宿，小二楼上住着少数几个教师。小天井内有一棵柏树，虬枝盘曲，至少有百十年历史，春天的时候，树子顶端顶着一纵纵绿茸茸的嫩芽。

出走道，再有一个大操场，操场对面是一幢教室，三层楼，那是高中部。走道两旁分别有两幢青砖楼，三层，那是初二年级到初三年级的教室。左边这幢楼旁最引人注目的当属文昌宫字库塔，又称文昌夫子惜字塔，当地人叫它"字库"。字库通高十二米，为六角攒尖三重密檐式石基青砖塔，建于清光绪年间。据说字库上原有栩栩如生的灰塑人物形象，有燕山教子、岳母刺字、宰予昼寝等历史故事，可惜在"文化大革命"期间被造反派用枪子打碎了。甚至有人提出要拆除字库，但因为朱总司令在字库前的广场上讲过话还有他在字库前的留影遭到反对，才作罢。那张留影后来在长征纪念馆展出，只见朱总司令打着绑腿，身上背着红军草帽，一只脚踩在一块石头上。

这所学校中的一切曾经是我们念小学时遥望的对象。直到某一天，我们成了这里的主人。

我们初一的班级，是在进学校大门后，经过大操场，走过一座石头的拱桥，我们叫它天桥，它总共有两道，一道在左，一道在右。然后再有一个大操场，操场对面一排平房就是我们的教室。操场围墙外边是附近居民的自留地，种着各种时令蔬菜。天桥下边有一条小路通往县缫丝厂，穿过一片一望无际的田野，那里是县气象站，更远处是炸药厂。

坐在天桥上呆望，可以看见远处隐隐约约的南山。右边的天桥旁有一棵洋槐树。洋槐花盛开的时候，风吹槐花，花繁香浓，一幅韶华美景。

班主任是数学老师，姓肖，据说是这个学校的资深教师之一，数学教得特别好。但是担任班主任的数学老师从一开始就在我的心里拉开了距离，要知道，我在小学五年级时就受到了偏科的暗示。况且数学并不是我的强项。

语文老师是个年轻老师，姓王，住在孔庙大殿，他长着一张厚厚的嘴唇。但鼻梁直挺、眼睛大而有神，算是英俊，深得我们喜欢。开学不久有一次班会无事可做，他就给我们讲学校的字库。

他应该是泸沽那一带的本地人，他的本地话腔调很明显："惜衣得衣穿，惜字眼不瞎。"读书人不能把书垫在屁股下边坐，这样才能成绩好；不能秽用字纸，废弃的字纸要用"惜字篓"收集起来放到字库里烧；如果附近没有字库，那就将焚化后的字纸纸灰撒入清亮干净的长流水。若干年后读《二刻拍案惊奇》，开篇第一卷第一首诗便是劝人惜字的："世间字纸藏经同，见者须当付火中。或置长流清净处，自然福禄永无穷。"而这首诗说的内容竟和王老师讲的大致一样。

他还讲，字纸是"古圣贤心迹"，因此古人"敬字如敬圣，惜字如惜金"。从前，他的老辈子用惜字的方式积善，经常拎着竹篓去孔庙和"考棚巷"，也就是我所读的那所城厢小学附近捡拾废弃的字纸，积到一定程度就拿到文昌宫的字库里"过化存神"。从前的冕宁，八成的人家有"惜字篓"，废弃字纸都要集中存放在里面，县里还有专门的"化字队伍"。每年正月初二至正月十五，常有衣食无着的流民挑着"惜字担"挨家挨户地化字纸。他们走到一户人家门口，往往就会念这么一首顺口溜："文昌夫子第一仙，丹青水秀出大贤。有字来把字来化，无字结个大善缘。"然后对户主抱拳施礼,朗声说道:"主人家,恭喜发财,有字纸没有? 有字纸请拿来我挑去字库里化了,积个阴功;没有字纸结个善缘,给个铜板。"

升入初中,我几乎还是立刻感觉到这是完全不同的生活。校园里笼罩着躁动不安的青春的气息,晚自习是升初中后学习的重要一环,所有的家庭作业都需要在这个时段完成,教室里乱哄哄的声音此起彼伏。下学经过天桥时,看到班里的几个男生抓了沙子站在天桥上往下撒,引来先走到天桥下边去往丝厂小巷的学生一片叫骂声,心里生出诧异来。班里也流传着几个逃课的男生跑到学校背后的小巷里边伙同高年级的学生玩,至于无聊到什么程度无法想象,然而对于初来乍到的我们,一切都算新鲜。

初一的课本刚发下来,妈妈照例要去给我找来牛皮纸,我照着爸爸教给我的办法,珍而重之地将每本书仔细地包好,再写上各科课本的名字。语文书已被我怀着别样的好奇和激动的心情,三五天就将里边的内容读了个大概。其中有一篇郭沫若写的诗歌《天上的街市》——读到它的时候很是吃惊,这个世界上还可以有这般的瑰丽的想象,天上的街市着实令人从心里生出向往,实在是令人沉醉。

国庆的时候,学校搞了个文艺演出。我基本没有弄清楚是怎么回事,也没有听到任何关于这场演出的风声,总之我们怀着新鲜无比的心情,兴奋异常地参加了。

我们班的男生李竹波,忽然一下子降落在文庙大殿装饰出来的舞台上,舞台瞬间变得空旷起来,台下几百双眼睛在看着他。他明眸皓齿,光芒四射。他在朗诵郭沫若的《天上的街市》,那是我最喜欢的一首诗。他的朗诵才能令我感到惊讶,像是无师自通,没有人能和他相比,他简直就是舞台上的绝对的主角。

我们在小学课堂上念语文课文的时候，大多数同学还十分拘谨，倘若要我们用普通话来说几句，真是再难为不过的事情，坐在后排的男生对于这件事情的害羞尤甚。至于被老师点到的学生，匆忙念完课本，缺少一种感人至深的情感，对于登上舞台当着初中年级的学生来朗诵，简直是不可想象和难以企及。

李竹波看起来要比班上的同学要大一截，无论是身高还是长相，尤其那张已显英俊模样的脸已褪去了婴儿肥，长出了有模有样的轮廓，自然引人注目。我见过李竹波在县革委的灯光球场滑过旱冰，这里是县城各种体育赛事的中心，也是县城的娱乐中心。旱冰鞋，多么奇异，多么超凡脱俗，它来到我们这个县城的庸常的生活之中，这可是震惊冕宁县的大事，它属于极少部分人，如此奢侈，虚幻而短暂，缥缈而又生机勃勃，更多的人成为观众，带着复杂且羡慕的心情远远地欣赏。

李竹波，他绕场一周，在水泥地上缓缓飘动，像要离地三尺，在一堆滑旱冰的人中间鹤立鸡群，许多人将他围成了一个圈，只看他滑，光是那个跳滑，便似一道光，摄人心魄，他搅动了空气，告诉你另一种美。晚霞在远处的天边燃烧，金红或浅红，层层叠叠，这个群山环抱的小县城的灯光球场像是一道幻影，有些不真实。

我不知道一个人的天赋是从哪里来的，是哪一种力量，哪一种闪电，或者哪一阵风，进入了李竹波的身体里，使他储存了挥洒的力量和灵魂。

他是从哪里来的呢？像冕宁县这样简陋的小县城，怎么会有似精灵般的小人儿？他是从哪里转学来的呢？总之，在念初中之前，我断然是没有见到过他的。

我们所在的这个操场旁边的初一年级因为与其他初中部和高中部的教学楼离得远，这里像是淘气学生的天堂，当这些淘气的孩子们逐渐熟悉环境后，他们就自然而然地嗅出对方的气味，三五结伴拉帮结派一起逃课、打架，成为典型的另类学生。

李竹波无论在任何时候都是智勇双全，胆量过人。有那么一段时间，李竹波和段海军突然就不见了，没有来班上上课。其实这并没有引起班上同学的注意。但是班主任肖剑秋召开了一个严肃的班会，他在讲台前走来走去，他可从来就不是一个亲切的人。肯定有什么事情发生了。我们这才知道，这两个勇敢的男孩子从冕宁出走，去了泸沽火车站，然后扒火车到外面看世界去了。谁能想到，一个被学校耀眼的追光打在舞台上的光鲜少年竟然会选择逃学，而且不是一般的逃学。

这个消息实在是令我们深感惊讶和震撼。哦，他们是怎么逃跑的？声东击西吗？暗度陈仓吗？他们的战略战术是什么？他们要去的目的地是哪里？他们就这样从冕宁消失了吗？他们这么胆大妄为，惊天动地，不顾后果。没有人能想到，就算老天也不会想到。

我做梦都想坐火车到冕宁以外的地方去，冕宁以外的地方像北京一样金碧辉煌，层层叠叠的屋檐在云端若隐若现。我心潮起伏，狂想无边。

说到底，我们都算是好学生，每天上课准时到学校来，不管天气多么冷，天多么黑，我们六点半就起床了，我们严守纪律，生怕迟到，睡前把闹钟放在床头，不管我们的睡眠有多深，梦做得多么香甜，只要闹钟一响，我们就准时起床，如同听到绝对的命令，我们闭着眼睛穿上衣服，迷糊着去刷牙，冷水浇在脸上，才算真正醒过来。

他们的理想破灭得很快。还没有等到大人出动去抓他们，他们自己就回来了，他们花光了身上有限的钱，没有想象中的远方和相识的人可以投靠，他们的出逃像一阵虚拟的海浪，一浪又一浪地击打着我们胆怯的心灵。谁都逃不出去的，甚至不用学校和家长动身去将他们抓回来，他们自己就投降了，这比起他们的出逃更让我们百感交集，深受打击，如梦初醒。

后来，这两个背叛了学校的男孩子在班会上现身说法，并在全班做检讨。两个勇敢的男孩子并没有深刻的悔意，当他们讲到他们扒火车以及受冻挨饿的狼狈时，言语中甚至还有些得意忘形以及面对困境时的不知所措。这一切并没有引起同学们的反感，反而把同学们逗得破涕而笑，像是同他们一道经历了一场惊心动魄、刻骨铭心的历险，我们竟然有些欢天喜地，他们像是替我们出去走了一遭。

这件事发生后一段时间里，整个年级的学生都津津乐道。李竹波和段海军也成为年级各班的老师拿来告诫其他浪荡学生的绝佳案例。学校的管理也越来越严格，不久，李竹波就从我们中间消失了。

他去了哪里？没有人知道。他原本就不属于这里，不属于这个小县城，连同他字正腔圆的普通话、他那离地三尺的旱冰鞋。他出现了，又消失了，他是谜，是一道光，是一个黑洞。他原本就不是我们中间的，多年以后，我才意识到，他是我们中间的理想主义者。

段海军，这个过早地失去了母亲的孩子。他的命运与李竹波完全不同。他没有李竹波那么幸运，说走就走，音讯渺茫。他混迹在钟鼓楼一群二流子中间，在后来的一次全国严打的行动中，他同这个县城许多游荡在街头的无所事事的半大不大的不良少年一起被关进了监狱，据说犯的是流氓罪。从那以后，我没有再见过他。多年后，我回到冕宁，有一个小学同学突然问我，你还记得段海军吗？这是几十年后有人突然提起他，十分意外。段海军，早早就离开人世的苏老师的儿子，她离开这个世界后留下来的亲人，听说他吸食毒品，最后死在了北山坝。这个消息足够震撼。这个县城的北山坝，是万物生长的地方，同时也是埋葬死亡的地方。听说他的弟弟和远嫁他乡的姐姐，都拒绝去给他收尸。他长得慈眉善目。细眉，大且细长的双眼皮，面相像她的妈妈，像观音菩萨。

郑小果

一九八一年干燥的春天降临时,我十二岁。那时候《追捕》《佐罗》等电影在中国火热上映,在"啦呀啦"的优美旋律中,在一望无垠的原野上,被警探围追堵截下的真由美与杜丘相拥在马上驰骋,他们相抱的身姿以及真由美飘飘的长发,飒爽的英姿无疑给禁欲已久的中国人一个晴天霹雳。阿兰·德隆等另类男性以及那些尤物般的女明星在二十世纪八十年代初的县城人刚刚获得的自由空气中,以英雄、以浪漫、以爱情、以电影的名义带给县城的人许多做梦的理由。那时候,《大西洋底来的人》中麦克戴的墨镜以及喇叭裤和录音机在小县城的丝厂和待业青年中间走俏。阿兰·德隆这样英俊多情的侠士形象对于我们这般年龄的女孩子来说是一种启蒙,甚至可以说具有颠覆性的意义,但我们的情感是羞涩、隐秘而且是羞于对人说的。我们没有更多的选择和释放空间,并不像现在的少女可以扑过去对着喜欢的偶像大喊"我爱你"。那时候,在刚刚开放的中国的中小学校园里,男女生共用的课桌上还有一道道明显的"三八线",男女生之间的纯洁和封建让人难以相信,这些外表的纯洁和封建又让怀春的少男少女们的心里充满了焦虑和渴盼,不像现在的年轻人可以大大咧咧地交往，十几岁就知道男人和女人的事，讲起爱和性就跟嗑瓜子似的，他们比我们要多活出许多年来，他们更了解生活是什么样的东西。那时候的家长们都在忙着实现"四个现代化"，他们释放着他们的政治抱负、工作热情以及对生活的美好憧憬，每天哼着"甜蜜的事业""希望的田野"，热血沸腾地工作和生活，他们对孩子的教育接近顺其自然的架势，他们认为只要孩子在学校好好地读书，就会有一个美好的前景。

开学不久，我烦恼地发现，自己似乎又长高了。厨房门侧的墙皮上，铅笔划痕间距不等，每根不太平直的黑线旁边，写着一组数字。那是妈妈比着我的头顶在墙上做出的成长记录。最近一年，数字相邻的日期很近，而直线之间隔开的空白却越来越大，我以不可思议的速度成长，无人知道这一切使我心里隐忧。人生在这个时候变得有些不同了起来，像是炎热的夏天，连空气都晒得发烫，带着模糊的抖动的痕迹，一种不安的躁动和不知去往何处的茫然，以及不知所措交织起来的痛苦，不知如何排遣。

那天课间操刚散，郑小果神神秘秘地把我拉到一个角落，说要告诉我一个秘密。这个秘密重大得使我们找说话的地方足足找了有五分钟，最后，我们决定到学校的天桥上去说。我和郑小果在天桥上站定后，我就急切地摇着她的双肩："说呀，说呀，什么事情嘛！"

郑小果是一个好看的女孩子，县城说长得好看的人都是"袭人"。她比我至少要大一岁。也就是说，她已经十三岁了，在我的眼里，她有那么一些不正经，因为她知道的事情、她心里想的事情、她跟我说的事情，总是那么新鲜刺激，那么让人脸红心跳。她竟然跟我说她喜欢阿兰·德隆，还有她的好朋友谁跟谁好啦，谁又喜欢谁呀，但这些谁跟谁好的人远在一个叫作新市镇的地方,那个地方可以看到金沙江,江边长着许多我见都没有见过、听都没有听说过的水果——猕猴桃。尤其是那个地方的男孩子和女孩子还可以相互说话,相互喜欢。这些遥远的事物又使我的心里堆满了憧憬。

我好像有一颗天生的悲悯之心,喜欢同情弱者,尽管郑小果并不是弱者,只是被别人抱养的孩子。郑小果管抱养她的人叫大爸、大妈,这跟后爸、后妈没有什么两样。她是从那么遥远的地方抱来的,莫名其妙就生长在冕宁县这样一个粗陋的地方,她远离自己的亲爸妈,风一吹就要破。让我们尽情地怜惜郑小果吧,无论是小学,还是中学,同我玩在一起的人,总是在人群里落单的那个人,关于这点,我妈数落过我很多次,可是我一直没有改掉这个缺点。我妈认为这是缺点。

知道郑小果没有妈,管抱养她的人叫大爸、大妈,单这一点,我就对郑小果充满了同情,但是郑小果似乎并不需要我的同情。郑小果住在中学背后的丝厂,这是这个县城唯一的工厂。丝厂里边工作着这个小县城最时髦的花花绿绿的青年男女,还有一批下放到冕宁的知青在这里参加工作,郑小果的大爸和大妈就在这个工厂上班。

我经得妈妈的同意,晚自习下学后去过丝厂郑小果的家,晚上同她睡在一起。那是丝厂的一排职工的单身宿舍,里边住着形形色色的青年职工。郑小果的大爸大妈并不在家,大概在工厂上夜班,这里的工作是需要倒班来上的。白天的职工上班了,夜班的职工再上班。郑小果放学回家后的第一件事就带我去丝厂的职工食堂打馒头。这里晚上还有夜宵,真是难以置信,令人振奋,丝厂的阔豪可见一斑。我和郑小果摸黑走过一些泥地、台阶、走廊,最后来到烟火缭绕的食堂。馒头在大甑子中热气腾腾地冒着热气,散发着诱人的麦香气味。一只大甑子上白白胖胖的馒头上点着红点点。一切都历历在目，口腔里涎水直冒，味蕾开出了花，我们一边咽口水，一边举着饭票等师傅给我们拿。身上有红点点的是甜味馒头，另外一种是白味馒头。等到把馒头捧在手中，大脑简直一片空白，我们边走边吃，还没有走回宿舍，就给吃光了。

郑小果也带我去缫丝车间参观过。缫丝女工们一排排站在缫丝机前，白白的蚕茧在一个小水池中跳跃，头顶六角形的缫丝机不断抽出晶莹的细丝，厂房内蒸汽袅袅，热气腾腾。

现在郑小果身上有重大的事情发生了，这的确是一件重大的事情。郑小果说，她的身上流血了。郑小果的脸上荡起了一圈红晕，面色突然跟开着的桃花一样。我望着郑小果，感觉眼里的郑小果十分陌生。身上流血的女生，郑小果肯定是班里第一个，她是那样的特殊——一个被别人抱养的女孩子，一个什么都懂的女孩子。

我根本不关心郑小果心里的感觉，反而好奇地问："什么样的感觉？"郑小果说："就是害怕，感觉害怕。"郑小果突然哭了，泪水一串一串滚出来，我就感到一阵恶心，不知是对郑小果，还是对郑小果身上正在发生着的事情。

之前，我们还是孩子，无忧无虑。可是当我们每个人都有自己的秘密后，我们开始进入成人的世界。我们告别了童年，从此不再有单纯的快乐。

秘密

　　我醒了,还缩在被窝里,睁眼看着窗外梨树枝上那几只腾挪欢跳的小黑影。我在想,放假了,明天就去找郑小果和陈平平到学校看成绩。我在心里盘算着:语文、数学、英语……我想到了我的英语老师,贺老师。

　　贺老师,这个上海复旦大学外语系毕业的外乡人,在我上初中一年级的时候,他来到了冕宁县,操着苏北口音的普通话,降落在冕宁中学的校园里。他性情温和,望之可亲。这是我和郑小果、陈平平三个人的结论。

　　他的声音沉厚而有磁性,像他本人在课堂上朗读出来的音符,有一天,他给我们唱了一支英文歌,沉厚、磁性的嗓音得同学们都呆了。这首歌叫《深深的海洋》,它一口气把我们送到了海边,我们是山里的孩子,从来没有见过大海,我们只听说过《大西洋海底来的人》,这首关于海的歌让我们激动和幻想:"深深的海洋,你为何不平静,不平静就像我爱人,那一颗动摇的心,不平静就像我爱人,那一颗动摇的心。年轻的海员,你真实地告诉我,可知道我的爱人,他如今在哪里,可知道我的爱人,他如今在哪里。啊,别了欢乐,啊,别了青春,不忠实的少年抛弃了我,叫我多么伤心,不忠实的少年抛弃了我,叫我多么伤心……"这首英文歌,有一种难以名状的厚度和美感,它从遥远的国外降落,顺着贺老师的喉咙流到了我们的血液和内脏里,成为我们身体里珍贵的元素。

在满县城尽说土话的二十世纪八十年代,面对一个渐渐开放的世界,一个能够说流利的英语、唱英文歌的英语老师,无论他是男是女,总能引起学生的奇思异想,尤其是女学生。

后来,我想起了一本书,那本书上说,女孩子的嘴天生是用来说话的,不管是汉语,还是英语;男孩子的嘴天生是用来吃饭的,无论是食肉,还是食草。

在我们那叫看宁县的地方,当地的土白话活色生香,比如吃饭叫"干饭",喝水叫"喝匪",等我一会儿叫"等我一火镰"……还有彝族同胞半生半熟的汉话叫"团结话",生活在凉山地区的彝族和汉族同胞创造、发展的一种语言,它离中央人民广播电台里边的普通话相去甚远,离英语更是十万八千里。

"深深的海洋",这是多么深邃的一句话,一句歌词,当它从胸腔经由嘴唇轻轻唱出的时候,它深深地打动了我。它用贺老师所熟悉的英语唱出来,它的背后是文明和高贵以及金碧辉煌……我和大多数女同学一样,课余时间在贺老师那位于学校教职工食堂那幢小二楼上的小屋里度过。

小二楼住着少数几个教师,透过木窗能看见小天井内那棵虬枝盘曲、至少也有百十年历史的柏树。他那间光线不太好的小屋里挤满了叽叽喳喳的女同学。女孩子从小就对文明事物充满了才华和热情,她们怎么会轻易地放过令她们发疯的像英语这样的文明事物,和上英语课的老师呢。

男孩们对这一切都无所谓，他们甚至一生都在说冕宁话。

贺老师拿出他厚厚的影集给我们看。照片都发黄了，有些还涂了色彩。一个女人的照片最多，穿旗袍，很娇艳的样子，有几张照片，女人还坐在英语老师的腿上。看到这儿，郑小果、陈平平她们就红了脸，吃吃地笑，听到她们的笑声，英语老师就凑过脸来看，越看，女生的脸就越红，慌忙地推开他，说："不许看，不许看！"

我对我妈说："我们英语老师是复旦大学毕业的呢。"妈妈的言语中就多了几分敬重，说："好啊，有这么好的老师教你们，你可要好好学啊。"

我又说："英语老师独自一人呢。"妈妈就说："那就多请你的老师到家里来玩吧。"

我的家离学校近，英语老师就来过好几回了。

我在床上躺了一会儿，不知不觉中天已经大亮了。小院静悄悄的，不时有几只呼朋引伴的雀儿扑扇着翅膀到院中觅食。我的家在一排平房的最尽头，平房前面一大截土基围墙隔成了两个不同的世界：围墙的那边是公安局的果园和菜地，劳改犯们时不时地在那边接受劳动改造；土墙的这头，我妈请人靠着围墙修了一间厨房，又在厨房和平房之间编了一个竹篱笆的门，我家就有了一个安静优雅的小院。我妈在土墙上放了几盆太阳花，每天太阳花一开，粉粉嘟嘟的枝蔓，爬满了土墙，我把它们都写进了作文。

"……哎！家里有人吗？"

听到有人叫，我飞快地穿好衣服。隔着玻璃窗，我看见英语老师站在窗前。

英语老师隔着窗说："走，到学校去，我给你判成绩！"

我喜出望外。说:"贺老师,你等一下!"

我就站在窗前对着镜子编小辫,一只辫子怎么也编不好,有点扭,我只好拆了重编。贺老师在窗外跺着脚,越跺,我的手就举得越酸,索性不理它了,胡乱抹了几把脸,跟贺老师走了。

贺老师穿一件黑色的旧呢子中山装,戴一顶黑色的旧呢帽,脸愈加白净,也愈发显得慈祥可亲。我的心里被一种软塌塌的东西堵得满满的,像一团棉花,我挽了贺老师的手臂,向学校走去。

快到学校的时候,我觉得今天特别热闹,好像在忙什么事。一些人很快从身后超过我们,脚步杂乱地往学校跑,接着更多的人从四面八方往学校跑,有人嘴里喊着:"快!学校着火了!"越到学校大门,人越多。我们加紧了脚步,远远看见不远处有一股灰色的烟窜向空中,接着烟雾越来越浓。学校的一幢木楼着火了,来看红火的人比救火的人还多。我的眼前被挡住了,只见许多头在攒动。住在东街附近的人涌过来了。我看见奔跑的人群中有昊的身影。昊回过头来面无表情地看了我们一眼,很快就消失得无影无踪。我在心里想,这个插班生也是来看成绩的?他家住在气象站,离学校很远。

上了贺老师住的小木楼,贺老师很快给我判完了卷子。贺老师点着卷子说:"看这儿!这儿!句子开头怎么忘了大写?句末没有标点符号!"我羞愧得脸一下子红了。贺老师在我的鼻梁上轻轻地刮了一下,目光停留在我的脸上,好久,然后在卷子的首页写了一个大大的一百分。我吃惊得脸更红了,一下子红到了脖子根。

贺老师转身从一个小木箱里拿出几块饼干递给我,见我未接,便拉了我的手,将饼干塞在我的手中。我有些不自然,忽然就觉得小屋有一种异样的冷寂,背后嗖嗖地冒着凉气。

贺老师在身后说："吃吧！吃完了写几个毛笔字给我看看，都夸你写得好呢。"听了贺老师的话，刚才那种奇异的感觉一下子消失了。我啃着饼干，嘴里有一股淡淡的樟脑味儿。

写毛笔字当然是我一直最感兴趣的事，上写字课的时候，我的大字本被老师画了很多圆圈。被画上圆圈的那些字就是老师判为写得好的字。我常浏览自己的大字本，对那些红圆圈不厌其烦地进行审阅。

我拿起贺老师的毛笔，沾上蓝墨水，屏声敛气地在报纸上写着，不一会儿，鼻尖上竟有了几粒汗珠。贺老师紧挨我坐着，嘴里不时地赞叹两声。屋内异常安静，只有挂钟的金属表针走动的声音。突然间，那种异样的感觉又向我袭来，我又分不清这种异样到底是什么。我突然对自己正在做的事情感到疲倦。

贺老师微笑，歪头看了我一眼。他说："你累了吧？来，坐到我身上来！这样写高度正合适！"随后，他不知哪来那么大的力气一下子抱起我，将我放在他的腿上。

我的心里有一丝迷惑，有一丝不安，想到了那个坐在英语老师腿上的女人。但是贺老师的面貌上显示的年龄又如此令人迷惑：介于父辈和祖辈之间的慈爱既有诱惑力，又易于让人听从。他的手臂揽紧了我，但我没有任何抵抗拒绝的能力，天真地继续着孩子般的习惯，完全听命地进入他控制和主宰的成人世界，哪怕内心有些慌张。整个书写的过程并不长，然而我却感觉到了它的漫长。我坐在他的腿上，并没有真的表现得如他感觉到的那样轻松自如，而是后脚跟用力，两腿对称打开，以这个令肌肉酸痛的困难姿势努力减少他腿上的负担，试图使自己的体重显得更为轻盈，我幻想自己悬浮而不是坐在他腿上。

贺老师并不是我成长过程中第一个与之行为如此亲密的异性。或者说，是他，真正告诉我"身体"的存在。告诉我"身体"存在的另一个男性是一个叫作尹叔叔的人，他是妈妈单位的同事。他年轻英俊，写得一手好看的毛笔字。读小学的时候，妈妈请他教我写毛笔字。尹叔叔住在雷红旗家背后有水井的那排木房里，也是我们曾经躲地震的那排木房子的隔壁，于是，我每天晚上写完作业就到尹叔叔的家，跟他学习写字。尹叔叔是从一点、一横、一撇、一捺开始教起的。我背对着尹叔叔站着，尹叔叔坐在藤椅上，用身体把我围在他的怀里，然后，他用毛笔蘸了墨汁，在一张洁白的纸上示范给我看。他说："你看，写'点'的时候，笔落下去，在纸上顿一下，然后再轻轻地收回来。"我照着他的样子做了，几乎跟他写得没有一点差别，这让他十分兴奋，他几乎是叹着气说："再来，再写几个给我看看！"我又照着他的样子写了，然后，回过头来看他，等待他的夸奖，掩饰着心里的小小的得意。当我回过头来看他的时候，可以仰头近距离地看到他挺直的鼻梁以及他嘴唇上的竖纹。他围着我的身体写字的时候，身后是那种难言的火炉样的温暖，但我又怕尹叔叔叹气，尹叔叔的嘴里会飘出一股古怪的难闻的气味，像腐败的咸白菜的气味。尹叔叔嘴里吐出的气味在我的身后延长的时间并不久，他就被派到别的工作点去了。从此以后，我再也没见过尹叔叔，但我知道他结婚了，并在几年后患肝癌死去。当然，这些都是我以后才知道的。

现在，艰难的脑力活动，以及暗自较劲的坐姿，消磨着我……不知道是我的敏感还是隐约中的错觉，当我力图减轻自己的体重的时候，贺老师的腿也在轻微抬升。于是，我的身体和他的身体之间，始终保持着秘密的衔接，像一朵花被挑起在顶端，像某种秘密的茎在背后支撑。这种衔接于我来讲，是陌生的，足以使我脊骨里涌起一阵上升的液压。我的两颊泛起潮红，不自觉地把身体向桌边靠，然后，从他的腿上滑下来。

贺老师本来右手正端着茶杯，现在他把茶杯放下，手臂绕过我的腰，果断地向后紧了一紧，把我从后面搂住。我看不见他的五官和表情，但我低头看到了贺老师青筋暴突的手臂——这双手对我来说突然间变得如此陌生。我有些喘不过气来，再过一秒，我想，再过一秒，他的手就要碰到我了。我的心一紧，我几乎要晕倒。

　　他碰到我了，他的手在我背后延伸，然后，揭开了我的衣裳，颤抖的手指蛇一般钻进我暖烘烘的身体。

　　我的眼睛闪过一丝惊惶与困惑，其中包含着对身体的本能捍卫，也包含着对纯洁的维护。巨大的羞耻心袭来，对身体突然涌起巨大的不洁感和仇恨使我立即以愤然坚决的态度去挣脱他的包围。贺老师的举动是陌生的、粗暴的、神秘的，却又是可怕的，让人惊恐万端的，我感觉到面临着巨大的危险，想奋力地挣脱贺老师的包围，却挣脱不开，心里充满了绝望，于是，我叫起来。贺老师赶紧捂紧了我的嘴，压低声音喝道："不要叫！"大概是我的挣扎和反抗让贺老师的心里充满了绝望，他全然忘记周围的人都跑到不远的地方看救火去了，周围安静得足以让他放下一千个心来对付我。此时，他像一个亡命徒，对他眼前这个小女孩充满了刻骨的仇恨，他劈脸给了我一巴掌，但随后，他的脸上也挨了我以牙还牙的一巴掌。

　　眼前的这个慈祥的老人忽然间变成了一个陌生人，一个可怕的魔鬼一样的男人。我感到不幸的事情正在发生，我的大脑一片空白，我是怎么到这儿来的呢？一切都变得那样的神秘和可怕，恍如隔世。我趁机跳到一边，然后想着要尽快地离开这个陌生的、可怕的男人。我一扭头就往门边跑，这时候，没等跑到门边，我和贺老师都同时意外地听到了敲门的声音。

不错，敲门声音来自贺老师这个房间的这扇门。这个敲门的声音让我们同时陷入巨大的恐惧中，不知道门外等待着我们的是什么。接着，又听到了第二声敲门声，伴随着敲门的声音，一个略带童稚的男声在外边叫："贺老师，贺老师在吗？"

无疑，这个人的到来，将我和贺老师同时解救出来。

离开贺老师的房间，我开始奔跑起来，校园里，失火的木楼已经被人扑灭，空气中弥漫着焦煳的味道。我双腿麻木，感觉不到腿长在自己的身上，也感觉不到奔跑的方向，直到我跑到校外一条窄窄的小路上，才开始气喘吁吁，抬头看见小路尽头陈平平家的房子。

陈平平家的房子坐落在一片菜地中间，周围散布着其他住户的房子，这些房子的主要特征是灰色或土黄色的土墙瓦房，有一个可观的院子。在小县城，除了国营单位公家的房子集中在县城主要的四条街道外，这样带院子的房子多集中在郊外的农民的自留地里。陈平平的爸爸在国营汽车队开车，妈妈是钟鼓楼的一家国营商店里的营业员，但他们不住公家的房子，他们住的房子是陈平平的爷爷奶奶的祖上留给他们的房子。

陈平平的家像大户人家，院子格外整洁，里边植物参差，有一棵樱桃树，树下总是花团锦簇，见得最多的是大丽花和菊花，有一大丛肥绿的植物备受珍爱，那是这个县城少见的牡丹和芍药。但是我还没有见到过它们怒放的样子，据陈平平说，它们怒放的时候十分的华贵冶艳。牡丹开放的时候，陈平平的爸爸会喂它们喝酒，它们喝了酒就醉得一塌糊涂，醉得一塌糊涂的时候就怒放得愈加的妖艳。我第一次从陈平平的口中得知什么叫醉牡丹。

"陈平平！"我站在墙外喊，等她从房间探出毛茸茸的脑袋。陈平平的婆婆坐在院子里晒太阳，她听见了我的叫声，就在院子里帮着我喊："平平，你快出来，同学找！"陈平平是我在学校除了郑小果外的另一个形影不离的朋友，我的想法基本上就是她的想法，我们好得像穿了一条连裆裤，好得好像共同使用着一个大脑。

听见院子里婆婆的声音，就知道陈平平在家，陈平平却老半天不出来。"陈平平！"我继续喊，心里突然涌起一阵烦躁，喊声里就有些发毛。春天干燥的风吹得嘴唇脱皮，我咬下碎皮，吮吸从裂缝中渗出的血。

"吱呀"一声，陈平平家的那扇木门打开了，陈平平从门里探出头来。蹦跳着跑到我身边，见到我一副很开心的样子。我见了陈平平，心里却涌起了一阵难言的伤痛——我朝这里跑来的目的是什么呢？是急于见到她，把刚才发生的事情告诉她，还是只想见到她本人呢？我一时搞不清楚找陈平平究竟想做什么。我在心里犹豫着，于是，我第一次在陈平平面前有了自己的秘密，而且这个秘密是一个压得我喘不过气来的秘密。

陈平平叫我到她的小房间里去坐，我却奄奄一息地靠在陈平平家的墙头不想动。此时，太阳正温暖地照着我们懒洋洋的身体。靠着墙晒太阳，在初春的早晨也的确是一件美事，陈平平并没有反对，我们俩就这样靠着墙许久不说一句话，各自想着心事。

我们俩谁都没有注意到，这时候，一个让我们难以接受的场面出现了：只见贺老师出现在通往陈平平家的那条小路上，很快他就站在离我们不远处，嘴里喊着我们的名字。我远远看见那个黑影，简直无法接受他的到来，于是，我朝前几步，迅速摘下菜地里一块霜打过的菜叶，一面向那个黑影扔过去，嘴里一面喊："滚！滚远点！"那个黑影滑稽地躲闪着，不但没有恼怒，反而脸上带着讨好的笑容。于是我更加恼火地不

271

断地向那个黑影扔菜叶,我的面前可以用来打他的只有菜叶,而菜叶肯定是打不痛人的。陈平平看到这个场景觉得好玩极了,她以为我跟贺老师在玩一个好玩的游戏,于是,陈平平也立即不假思索地加入了这个好玩的游戏。看到贺老师也被她击中了,陈平平的嘴里发出了快乐的银铃般的"咯咯咯"的笑声,笑声在她的嘴边荡起一阵旋涡,笑声激发了两个女孩子的斗志,我们简直"玩"疯了,把那个贺老师直打得落花流水,狼狈逃窜,最后不战而退。于是我的秘密、伤心以及惧怕在这场"游戏"中,在陈平平快乐的笑声悄悄地埋藏了。

给郑小果的信

我再也不去贺老师的房间，而贺老师也不再来我家家访。上课的时候，他依旧面色从容，声音依旧低沉而充满磁性，教室回荡着他优美的朗诵声，贺老师在我的面前令人惊讶地努力维持着他的坦然。贺老师把他最骄傲的男性的声音维护到了老年，似乎这种少有的漂亮的音色可以使他享有犯罪的特权。那一时刻，我发现，贺老师的身上有一种难以言说的微妙的邪恶，怂恿并长久捍卫着他的从容和优雅。

如果不是郑小果转学，压在我心头的那个秘密或许就只有我和贺老师两个人知道，会被我们永远烂在肚子里，或许只会成为我少年时代的一个噩梦。然而，这个噩梦其实只是一个开始。

郑小果的大爸和大妈同那个年代的知识青年一样，从五湖四海来到这个边远的小县城插队，接受再教育。后来，他们有了返城的机会，然而他们有着他人并不知情的原委，他们并没有回到各自的家乡，而是在这里的一家缫丝厂参加了工作。

小县城的人们用眼光仔细打量这家规模可观的很有些历史的缫丝厂的时候，眼神里总有些复杂的意味。这里的职工本地人并不多，有来

273

自三线建设的，有知青落实工作的，也有本地的青年考不上学校到这里来参加工作的，因此，这里是一个各种思想和行为相互碰撞交汇的地方。这些外来的人近几年往返于省城和县城之间，来来往往中，顺便也带来许多新的思想和新奇的生活方式，而那些考不上学校待业在家的青年们万般无奈地选择到这里参加工作，很快就将那些新思想和新的生活方式融会贯通，表现在他们的穿着打扮上，他们永远是那么的光鲜新潮、敢为人先，外面流行什么，缫丝厂的青年中很快就流行什么。蛤蟆镜、喇叭裤、高跟鞋、脚上的鞋一前一后钉两块发出响亮声音的铁片……他们的穿着打扮与古老的小县城总有那么一些格格不入，尤其是在以女青年居多的缫丝厂，那些女青年由于穿着打扮出格，被县城的人统统冠以"丝妹儿"的称号，这个称号有一种鄙薄的意味在里面。因此，一些传统家庭的孩子除非考不上学校，家长是不会轻易让他们的孩子去缫丝厂的，他们的孩子必须复读，再复读，直到考上学校为止。在他们的眼里，缫丝厂就是一个让人不那么看得顺眼的地方。

与郑小果的大爸大妈同时代参加工作的知青，在参加工作后，就以各种方式想办法离开了。在他们的那个时代，缫丝厂却也是个藏龙卧虎的地方。比如爸爸的朋友徐叔叔和孙小梅阿姨，他们都是当中的佼佼者。孙小梅阿姨本是省城一家名牌大学知名教授的女儿，她在小县城经历了知青和缫丝工人两个她人生中的重要角色后，在一九七七年恢复高考的第一年考上四川大学外语系，离开了这个伤心之地。她考上四川大学一年后，她一边学习一边担当低年级的辅导员，大学毕业后不久，她就出国了。而徐叔叔也在丝厂当工人期间坚持画画，随后考上一所有名的美术学院远走高飞了，这些人前前后后的远走高飞意味着郑小果大爸大妈那个时代的结束。

在许多冕宁知青走后的数年时光,郑小果的大爸大妈也终于要离开了,他们的离开,意味着郑小果与我也要永远地分别了,郑小果要回到那个可以看到金沙江的地方,那个生长着猕猴桃的地方去。

那天下午,郑小果与我做最后的告别。我们从北街县联社走过钟鼓楼,走过南街国营商店、茶馆、国营理发店、廖家凉粉店,再穿过小南街,快走到缫丝厂那条泥巴路,我们仍浑然不觉,然后,我们又从小南街返回来,廖家凉粉店、国营理发店、茶馆、国营商店,最后,在钟鼓楼南街口子一家小摊摊前站住,我买了两张卡片送给郑小果算是最后的纪念,郑小果则给我留下地址,要我记得给她写信。

如果说郑小果的存在给我带来的是快乐的话,那么郑小果的离去,必然使我在随后的日子里百无聊赖。忧伤的心绪使我上语文课的时候几乎没有专心过,但我似乎天生就是语文老师的宠儿。我上课干些什么呢?我会一边听讲一边给每篇文章画上插图。最近一段时间,我读了家里订的《连环画报》,上面有一篇外国小说叫作《法尼拉·法尼尼》,女主人有着一双大大的水灵灵的眼睛,长长的眼睫毛,还有黑黑的厚厚的嘴唇,这个形象对于我来说是崭新的、令人兴奋的,陌生的美是那么的令人沉醉。于是我在课本上画了十几双那样的眼睛,还有嘴唇,我埋头专心的样子使我忘记了要举手积极地回答王老师的问题,可是语文老师就像所有能发现开小差学生的老师那样,他抽我起立回答问题,我会轻松自如地回答出来,当然,语文老师不会轻易地抽我回答的,他只在其他同学答不出来的情况下,才会在我这儿寻找满意的答案。往往是,我能够让王老师如愿以偿。

英语课呢,就不那么幸运了。贺老师上课的英语就是一个不谐和音,或者像一个扎进心上的刺,始终萦绕在我的四周和我的身体里。我在上课的时候几乎不会看贺老师一眼，我的目光不可能与他对视哪怕一秒钟，但他把眼睛移开的时候，我会偷偷地观察他。有一天，我在心里认定了贺老师的眼睛就是一双三角眼，三角眼是那时候的我们评判美丑的标准，书上或者电影上的反面人物都长着这样一双眼睛。当我的这个感觉越来越强烈的时候，我看黑板的时间就越来越少，一段时间内，我成了班上英语发音和文法最差的学生。

郑小果走后不久，我终于忍不住提笔给她写了一封信。从小到大，我还没有写过信，是郑小果给了我写信的机会。还有，郑小果不在了，我才发现，其实有好多的话想对她说。

我把作业做完后就开始写信。屋内是那样的安静，没有一个人来打扰我。爸爸工作的地方越来越远，远在十万大山中，墙上挂着他画的他所生活的那个地方的一张风景画，紫红色的锦屏山下是他教书的学校，但他只画了锦屏山，对于山下边的学校并没有画上一笔，大概是山太高了，大概是那座锦屏山就是学校的全部。对于我来说，画这幅画的那个英俊的魔法师永远生活在远方。他生活的世界和我们生活的世界像是在两个世界。妈妈还像从前那样，不是加班做账，就是去别的门市盘点，经常早出晚归。而且我长大了，放学后我就自己锯柴劈柴，烧灶做饭给妹妹吃。

我蹲在厨房旁边劈柴，那里有一块青石板。我将莴苣削出来，切成粗细不均的细丝，放锅里加豆瓣酱炒了，锅里再加一点油，再炒一点豆瓣酱，炒香了加一瓢水烧开了当汤来喝，妹妹也说好吃。妹妹从来对吃并无太多要求，饿了有吃的，她就十分满足。吃过饭，她就跑到外边玩闹去了。

小果你好！你回去后学习还好吗？身体还好吗？我真想念你！你走后，我们班和五班举行了排球比赛，我们输了！要是你在就好了，因为发球接球都不错的，就我、高彬彬和你了，现在你走了，我们俩在场子里根本招架不住。五班那个沈正英能发"上手飘球"，不晓得她是怎么练出来的，还有就是她怎么能够有那么大的力气呢？球发得又飘又狠，简直把我们打得落花流水。

　　写到这里，我停下笔来。我的眼前出现了那天比赛的情形。那天，班上的男生全部赶来助威，只有在这个时候，男生才可以名正言顺、明目张胆地跟女生说话，他们一定在心里振振有词地安慰自己一番：我们这是为了班级集体的荣誉才说话的，并不是我们男生想跟女生说话来着。他们大部人脸上还带着羞涩的表情，尽管他们并没有机会跟女生说太多的话，他们只喊加油，几乎要把嗓子喊破，好像他们要对女生说的话全装在里边了。我们像是听不到操场上沸腾的声音，一股热流从我们脚底升起，一种叫作荷尔蒙的东西在女生的身体里燃起了大火，球落在水泥地上坚硬的声音和男生的身影都在我们的余光中。我们像一群抢谷子的小母鸡，抖动着翅膀，脑袋在前，屁股在后，呼啦啦地朝着那只排球扑食，球在空中跳动，划出诱人的弧线。

　　还是在小学快毕业的时候，全县兴起了排球热。大概是因为中国女排取得了第一个世界冠军，几个同学大概是听到什么风声，相约着去县体革委参加了排球队。排球队并没有什么特别的招生要求，几个去参加排球队的同学被集中在一起，各自去大筐里取自己喜欢的那只排球。老师教了垫球的姿势：两只手并在一起，一曲一伸，小臂往前一送，球就弹到对面的墙壁上，再弹回来，弹回来的时候移动脚步，球像是长了眼睛，专门寻找对准它的手臂。老师垫球的时候，既柔软，又有力量，人球合一，好像球与他之间有着隐秘的亲切关系。我们很快掌握了要领，老师像是很忙，也像是并没法来管我们，只是一本正经地让我们在这里玩。我们并不知道练习的标准是什么，就对着墙壁接球，觉得接得越多就越好，有时候几个同学暗自较上劲，看哪个的手臂上被球击打出来的紫色的印子越多，哪个的球就打得好。

体育老师姓沈，他来自体育专科学校，上体育课的时候，他将我们组织成一个圆圈，大家轮流着垫球、接球，他还教会了我们将双手举过头顶用十只手指托球，相当于排球比赛中的二传手的本领，再接着教我们发球，最后才是隔着球网两军对垒。年级还因此组织过垫球比赛，两个人一组，以双人相互间接球的数量来计算，以球落地为一局，以三局计算总成绩。参加比赛的同学个个身手不凡，有些双人组可以接到一百个以上的球而球不落地，简直令人赞叹。经过沈老师一学期的规范教学，我们基本掌握了打排球的全部要领，年级各班组织起了像样的排球比赛。在这个过程中，下午放学的时候还有教师之间的排球比赛，在学校最外边的球场举行，年轻的男老师可以组织起进攻，有二传手，也有扣球手，一场比赛打得惊心动魄，下学的学生看完比赛，才意犹未尽地背着书包赶忙回家。

现在，我们在跟五班较劲，我们怎么不跟她们铆上劲呢？特别是我们隐约地知道我们是差班后，我们一定是要跟人较劲的，我们青春的热血噌噌噌地往上冒，热气在我们的头顶上飘，就像盛夏的北山坝的田野上的蒸汽，而我们从头到脚都是盛夏，郁郁葱葱，每分钟都在拔节，全身的细胞都是鼓鼓的，血液一边奔跑一边高呼，哇哇哇，啦啦啦，任何事情都可以使我们热血沸腾。

就在那天，我侧过头来的时候，一下子就感觉到了昊浓郁的眼神，他站在一旁沉默专注地追随着我们的一举一动。他是我眼中全冕宁县最英俊的男孩：面部轮廓并不甚分明，却有一种柔和安静，有一种那个年龄的顽皮孩子中少有的儒雅和稳重的气质。如果今天要想以偷懒的方式来形容昊的长相，那么你可以说那时候的他是缩小一号的香港男演员黎明。多年以后，当我想起他的时候，我还是这么认为。他的脸窄长而英俊，只是后来的他气质还要显得深沉一些。当我看到他的眼神的时候，会在顷刻间升起一种想要安慰他的欲望。每当我们体育课打比赛，他伙同一帮同学在旁边看。我感到我和他之间有无限的默契。那就是我的幸福时光，它凝固在跳跃的排球上。

发了一会儿呆后，又继续拾起笔给郑小果写信。我想告诉她昊的事情，我想问郑小果，这种感觉是不是跟她喜欢阿兰·德隆是一样的？但是我想了一会，最终还是决定不写这件事，那种微妙的感觉我在当时是没有能力说得清楚的。于是，我想了想，就开始给郑小果写我和贺老师之间发生的事情。在写这封信之前，贺老师在我的眼前仍然是模糊的，但是在给提笔郑小果写这封信的时候，事情一下子清晰起来。

在信中，我称贺老师已经不是贺老师，而是贺老头。末尾我写道：

郑小果你相信吗？贺老头就是这样一个坏蛋！他究竟想做什么呢？郑小果你收到信后要马上给我回信。

写完信已经很累了，于是我珍而重之地将写好的信放进了书包。

出卖

月上树梢头。月亮将墙外那棵梨树的影子投到蚊帐上,蚊帐上便有了一道道美丽的光斑,窗外的微风一会儿将光斑吹散,一会儿又聚拢来。

妈妈房间的灯熄了,可是不一会儿,却听到了妈妈敲门的声音。妈在外面压低声音,有些急切,又有些神秘地说:"开门!"我突然间像受到一阵惊吓,坐起来待了那么一会儿才光着脚满地找我的凉鞋,妈妈又在外面压低了嗓子喊:"快开门!"我就光了脚跑去开门。

妈妈进得屋来,让我躺在床上,然后,她坐在床头。她坐着的时候挡着了月光,在我眼里便成了一团影子。

妈妈并没有马上开口说话,她好像在等待着什么,那一刻,我的鼻子一阵发酸,我一紧张,鼻子就会发酸,觉得有什么重大的事情就要发生了。妈妈沉吟了一会儿,便从身后拿出来一团东西,我一时看不清那是什么。母亲把那团东西紧紧地攥在手里,然后突然开口说道:"你给郑小果写信了?"我一下子明白了那团东西是什么了,颤抖着向我妈扑过去,嘴里嚷着:"给我!你给我!"

妈妈一把将我推倒，她低声道："说，那个贺老头到底把你怎么样了？"我听出我妈的声音也在发抖，我妈的态度使我感到我和贺老师之间的事情是那样的羞耻。

我的心跳得很快，我看不清我妈脸上的表情，但我感到了我妈发抖的声音中有一种夸张的崩溃，于是我紧紧地咬着自己的嘴唇，眼睛里突然就有了泪光。

窗外的月光独自亮着，妈妈的手在月亮投下的光斑中晃来晃去，我知道，她在擦眼泪，心里突然就感到一阵刺痛，自己的眼泪也一串一串地滚出来。

良久，我听见妈妈说："朵朵别哭，告诉妈妈他把你怎样了？"她的声音一下子温和起来，温和的声音驱散了我心中的恐惧，于是我一下子扑进她的怀里，哭着讲述了事情的经过。妈妈又问："再没有别的了？"我抬起头来，看着她摇了摇头说："再没有别的了。"我不明白妈妈指的别的是什么。

妈妈拍拍着我的背，轻轻对我说："睡吧，记住妈妈的话，贺老师的事情今后不能再告诉别的人。"我点着头，那天晚上，我知道自己的身体从此掩藏了一个秘密，一个永远都见不得阳光的秘密。

班主任肖老师有着令人害怕的温和，他永远用那双笑眯眯的眼睛看着他的学生，可他手上的粉笔随时都可能飞起来射向某个目标，而且一射一个准，头部无疑是他命中率最高的靶心。

有那么一段时间，肖老师的粉笔头很少在教室内做直线运动，或做抛物线运动。东京世乒赛起，比赛的余热延伸到了他的数学课上。他紧靠第一排座位站着，手臂可笑地比画着，向他的学生们再现他在电视上看见的惊心动魄的场景，他的学生大多数家庭根本没有条件看到电视。他眉飞色舞，口沫横飞，使第一排那两位仰起脸来倾听的女同学犹如在一场细雨中，她们不断伸手擦自己的脸。

谢赛克、蔡振华和江嘉良成为她们谈论最多的话题。课间休息时间，男生霸占了教室外面所有的水泥板搭建的乒乓球台，女生则把课桌划上一道线，在短小的距离内，两个人用铁皮文具盒你来我往地击打乒乓球。

一天中午，班主任肖老师来到女生激战正酣的课桌旁，有些神秘地对我耳语道："校长要你到办公室去。"我去了，女校长把我带进了一个小房间，迅速关上门。两个小时后，我失魂地走出了那个房间。一路上，我想着女校长的话："你要对你写下的白纸黑字负责，你要保证你的每一句话都没有说谎，并且每一个细节都不能放过。"我在白纸上写下的黑字让我的身体再次感受到了肮脏和羞耻。

深秋的雨，一下子就冷起来，每个人都加了衣服，有人感冒了。不停地咳嗽。英语老师没有来，来的是教五班的范老师，一个年轻的女老师。范老师皱着眉头，看了我们一会儿。不等我们说，她就说："不要以为我想教你们，学校要我教，我没办法，我就来教。希望在我代课期间，你们中间的任何人，都不要有任何事。"范老师把我们说得安静起来。范老师没有给我们解释什么。

贺老师从此不再担任我们班的英语课。他消失了，消失得无影无踪，没有人知道贺老师为什么要离开。

只有我明白到底发生了什么。我突然对妈妈，还有那个让我在白纸上写下我和贺老师之间发生事情的女校长，充满了莫名的厌恨——我心如刀绞——我轻信了她们绝不泄密的誓言。显然，她们不仅泄露了秘密，贺老师还因为这个秘密而付出了代价。贺老师的离去让我难以清晰地去感受当初的惧怕、厌恶、惆怅的心情,取而代之的是强烈的震撼,这种震撼来自外界神秘的、不可知的力量,沿着贺老师秘密失踪方向走入未知和无限的黑暗。这个黑暗便是在我所在的那个年龄的孩子对所有的即将到来的或过去了的来自成人世界的惩罚的强烈恐惧,即使这惩罚是针对别人的。

我们的英语课有一搭没一搭,重要的是,我们仍然停留在原先学习的内容上,与年级其他的班的英语课拉下了好大的一截距离。班上英语学得好的同学自然对学的内容感觉得乏味,不爱学习的男生从教室后门逃出去,站在学校围墙旁边晒太阳。因为是代课,范老师对我们班的情况也就睁一只眼,闭一只眼,迷迷糊糊的一学期就这样过去了。

两年以后,我坐在窗前看见一个头戴大盖帽的年轻人向我的家走来,然后又默默地目送他离去。就在那一天,我知道了贺老师的下落。他被他的表亲,就是我们这所学校的校长,调动到别的地方去教书,然后,他在那里旧病复发。这一次,他将邻居的一个黄花闺女诱奸了,并弄死了她。也就是这一天,我还知道受到贺老师骚扰的女同学不止我一个,还有隔壁班的一个女生。

有几年的时光中,凡是小县城开公判大会,我都被一种神秘的力量推动着,跟着一拨又一拨的人群奔向罪犯枪决的地方。

五花大绑的罪犯们背上插着打上红颜色大叉的纸牌子,开始被押上大卡车驶出县革委的灯光球场的时候,待在原地的人群便开始哄乱起来,一些人跟着汽车跑,更多的人则开始向另一个相反的方向奔跑,抄近路去解放桥的河坝里看枪决罪犯。河坝两岸站满了人,有胆大的人跑进河坝的乱石堆里去看死人,回来后蹲在路边哇哇呕吐。他们说,脑花儿都打出来了,流出来像豆花。枪决罪犯的那一天,整个县城的豆腐和豆花是卖不脱的，豆花这两个字说也不能说，说了就会有人呕吐，哪怕那个人根本就没有去刑场。

有一次，我也跟着人们跑进了河滩，但还是不敢看到让令人害怕的那一幕。从此以后，我再也没有去看枪决，我终于不用去想那个姓贺的老师了。

背叛

贺老师刚从学校神秘失踪的时候，没有人知道我的内心正在遭受的折磨。而此时，我最好的朋友，也开始了对我的背叛。那天，陈平平突然对我说："我要和你绝交！"

我因为巨大的震惊，鼻子又开始发酸。"绝交"这个词，我是第一次从陈平平的口中听来。我问陈平平："你为什么要和我绝交？你得说出个理由来！"

陈平平似乎考虑了很久，才用尖细的嗓子喊道："为了你，我挨了我妈的打，还有我爸，他从来没有动过我一根手指头的。他们不准我和你在一起耍！"

"……他们说，你会坏了我的名声！"

"我已向我父母做了保证。"

从陈平平尖细的声音中，我明白了在陈平平与我决裂的事件中，班主任肖老师扮演了一个什么样的角色。

班主任肖老师隔三岔五就要到陈平平的母亲所在的那家国营商店去买一些处理的便宜货。

那大肖老师又去了钟鼓楼的那家国营商店。那几天他因为他的学生身上发生的事情而显得前所未有地亢奋。于是，当陈平平的母亲将几根断了的肥皂和几支牙膏，还有一些乱七八糟的东西，统统装进一个纸箱子后，肖老师就迫不及待地说："不好了，我们班出事了，出大事了！"即使在今天，一个人仍然无法知道肖老师是怎样把这样一个与性有关的事情面对面地告诉一个女性的，因为在那个年代，性即使在成人中间，也还是一个羞于谈论的话题。我能想到肖老师在滔滔不绝的时候，嘴角令人遗憾地堆满了白沫。

他们同时发出了这样的叹息："真是伤风败俗啊！"这是他们俩交往这么久以来心灵最默契的一句话。

我在听完陈平平为什么要跟我决裂的理由后，站在天桥上仰起脸，长时间地不说一句话。我能想象我当初的神态犹如得到噩耗似的凄凉，过了良久，我才对陈平平说："好吧！"

要做到彻底绝交，双方互赠的东西都没必要再保存在对方手头了。当然，这个想法和行动是从陈平平开始的。于是，接下来上课的时候，陈平平就开始给我递纸条。陈平平在纸条上写道："请你把我上次送给你的手帕还给我！"

我接到同学七传八传递过来的纸条后，自尊心受到了莫大的侮辱，我显然无法想象陈平平竟然如此无情，陈平平的无情带给我的是羞辱和突然间从心底升起的仇恨。这仇恨因为陈平平准确无误的离去而越加强烈，于是我冷笑三声：

"呸——谁稀罕你的东西！"

陈平平接到纸条后脸涨得通红，两个昔日最好的朋友开始了两人之间旷日持久的"纸条战"，并且这场战事从课堂上的纸条延伸到了课外。

这一天放学后，班上的女同学又在教室里拉开了一场乒乓球酣战，她们将四张课桌拼成一张大大的乒乓球台，球台变大了，打法也随之而改变——单打变成了双打，当然她们手中的常规武器文具盒也被正宗的球拍替代，这无疑吸引很多的同学来参加，陈平平在没有同学的陪伴下似乎不能独自一人回家，于是她也参与其中。

与我搭档的是班上一起打排球的高彬彬，在班级的任何体育竞技场合，我们俩都相互信任，配合默契，于是，一轮打下来，我们俩稳居霸主地位。要想和霸主对抗，要先来报名，报名合格，才可以有资格继续和我们打下去。

轮到陈平平和她的搭档前来报名，陈平平和我的目光相遇的时候，我俩各自显出了紧张和不安，但这种不安很快从我的神态中消失。陈平平畏首畏尾的样子让我感到快意，处罚叛徒最佳的时候到了。于是，当对方将球发过来的时候，我后退两步，球不是朝着课桌挥去，而是朝着陈平平的脸准确地击打过去，"啪"的一声，球击中了。陈平平一下子捂住脸蹲在地上，接着像拉响手风琴一样地哭泣起来。

听到陈平平的哭声，我惊恐地感到罪恶，同时，又感到无与伦比的激动和快意。当一大堆同学围着她七嘴八舌，像一群麻雀一样叽叽喳喳的时候，我将手里的球拍往课桌上一扔，说："我不打了。"

说完，"哗"的一声拉开课桌，找出自己的书包，一扭头转身就走。

其实我和陈平平的纸条在女同学中间传递的过程中，我们本人并不是第一读者，充当第一读者的是那些帮我们传递纸条的同学，因而我们之间的"战争"早就是公开的秘密。因此，当我凶狠的一击使得陈平平手风琴般的哭声拉响的时候，她们很快地意识到发生了什么。陈平平在女同学团团围住的当口很快地镇定下来，停止了她手风琴一样的哭声，她仰起脸，朝快要走到门口的我骂了一句："你这个女流氓!"

为了证明她骂得恰如其分，随后她又说道："贺老师摸了我。"她眉飞色舞地解释："这是某人写的，知道那是什么意思吗?"

"贺老师摸了我。"哈哈，众多女同学报以由衷的笑声去迎接这句话。

我脸色苍白。那一刻，生活过早地向我展示了完全不一样的面貌。我返身气势汹汹地走入她们的哄笑中，扭头咬牙切齿地骂道："你她娘的才是女流氓! 一群流氓加泼妇!"终于，我的眼泪夺眶而出。

那群女同学一下子竟然鸦雀无声。她们当然没有料到她们的哄笑换来的是的迎头痛击。直到我走远，一个女同学才说："她骂我们是流氓。"

"呸! 真不要脸!"一个胸部发育良好的女同学在背后气咻咻地骂了一句。

此后的时间里，我必须为那天不理智地将全班女生视作我的敌人而付出惨重的代价。

她们孤立我是轻而易举的事情，而我要不理睬她们却显得力不从心。我感到一种刻骨铭心的孤独。我经常站在窗口看见她们在球场上兴奋地奔跑，或者一群一伙地结伴去校门口买零嘴吃。尤其是听到陈平平故意在教室中高声大笑，我的自尊心受到无情的打击。当我单只形影地一个人独自回家的时候，嘴里像是含了一颗青涩的梅子，酸苦得难以下咽。

情书

　　我一方面强烈地渴望回到同学中间,一方面又因为对自尊的维护而变得格外地固执,当我在两种背道而驰的情感折磨中显得无所适从的时候,幸运地被选入了校篮球队。

　　就这样,放学后艰苦的跑步训练和投篮训练暂时可以让我摆脱掉那些忧伤,我将不再在放学路上独自贴着墙根走路,我的眼睛也不会在走着走着的时候就莫名其妙地盈满泪水。我就是在那时候开始注意起了昊,那个眼神忧郁、表情羞涩的男孩。

　　还是少年的昊,此时已经显露出了与他那个年龄并不相称的深沉模样。他挎着书包将手揣进裤兜里长久地站在球场边的神态,以及他孤单的走路姿势,你无法用语言去描述,只能用感觉——像是在漆黑中撞进了通向这个人的窄道。那一年的我忽然落到这样的一种心境中,感觉哗哗地往外溢,苦于无法用恰当的语言对自己说个清楚。

　　那个时候的我像这个县城的大多数孩子一样皮肤黑,嘴唇无血色。花布衣服洗得发白,甚至袖口处还缝上了一块明显的补丁。因为身高明显增高,而家里的置衣计划始终跟不上,两只裤腿处也拿做裤子剩下的面料，或者其他颜色相近的布料接了那么一截，这个办法在县城的孩子们中流行，倒也并不显得与众不同。脚下的一双白网鞋洗过后，鞋头以及鞋子的边缘总有一种洗不干净的感觉，我从教室黑板前偷来几只粉笔头在鞋面上涂上，像是新的一样。

昊对我的注意，我很早就察觉到了。昊观看我每场篮球训练，直到我们快结束的时候，他才离去。但起初的时候，我并不能确定昊是专门在看我，因为我的身边还奔跑着一群跟我一样的女孩子，我不知道自己充满活力在球场上奔跑的身姿是那么的美好。直到有一天上学的路上，我在校门口遇到昊的时候，才证实了自己那让人心跳的预感和期待。

那一天，我看见昊正从校门口的一条小路走过来。学校外，任何通往校门口的小道都弯曲绵长，间隔着县城四周的居民住房，以及住房旁边的菜田。校门的斜对面早年是一家国营毛猪厂，猪已经没有在杀了，但里面却住着一些单位的居民。然而历史的原因，这条不起眼的小路还是被县城的人们照旧称之为"毛猪厂巷巷儿"。昊从毛猪厂巷巷儿走到校门的时候，我也正从另一条路走到校门口。我们从对面远远地看见对方，两人的脚步不自觉地放慢了。那时候我们两人中间走着三五成群的同学，边走边高声地说话，只有我们两人是独自行走。当我向昊望过去的时候，没想到昊站住脚，等待很多同学从他的身边走过，直到显出一个很大的空档时，他用那双乌黑的眼睛大胆地看着我。许多年以后，我一次一次地回想那时我们相逢的情景，可我仍然无法还原当时的情感，当我的目光与昊的目光对接的时候，我和昊都同时埋下了头。仿佛是想证实什么，或者是在低头的那一瞬间丢失了什么，我们又不约而同地抬起来头再互望一眼。

昊那双乌黑的眼睛就这样深深地印在了我的心里。我们相互看见了对方的全部,善良、孤独,以及浑身上下的倔强劲。我不再害怕上学,而是特别期盼中午上学走到校门口的那段时光。在那里,我们像是算好了时间,相互约好了似的总能碰见对方,并在有限的时间内探寻到彼此的眼神和各自的心跳。

几年前,我重返这座小县城,重返坐落在东门的校园的时候,校园那座陈旧的,两边是水泥柱子,柱子上镶满碎玻璃片的校门已经被一截灰色的围墙和一幢办公楼所替代,校门已更改了方向,以崭新的面目面向车水马龙的大东街。毛猪厂巷巷儿已经消失得无影无踪,找不到它曾经存在过的痕迹。

我站在秋天的傍晚里,面对眼前流动的人力车和各色各样的人群,回想着发生在那个初夏的往事,用怀旧的目光抹杀掉了我所站立的大街,回到留下我哀伤脚印的那条通向校门的小路,重新站在镶满碎玻璃片的水泥柱子前,看见昊从毛猪厂巷巷儿走过来。我又沿着昊所走过的毛猪厂巷巷儿走出去,一直走到南门的田野,看到了田野上的小路、闻到了麦田的清香。还有远处青蓝色的树林,树林掩映下影影绰绰的红砖砌成的房子,那是气象站。昊的家就在那里。昊曾经站在通往他住着的那间小阁楼的水泥楼梯上,目光越过红砖砌的围墙,向我走来的方向张望。

我站在秋天的凉风里,回想起了这样的情景。那天,昊在通往他的房间的水泥梯楼上站立了许久,当又一个初夏的夜色降临的时候,他返身回到他那间小阁楼里,写下了他的第一封情书。在情书中,他用平静的语调告诉低他一个年级的我,他就要毕业了,而他不知道他能不能升上高中,与我再在一个学校读书。

昊接下来告诉我，他的父母在争吵打骂不休的数年后，可能要离婚，一旦他的父母离婚，她的母亲将会离开小县城，而他不知道他将何去何从。

最后他说，请原谅我给你写这封信，因为我知道，我要是不给你写这封信，我将后悔一辈子。这句话读来十分眼熟，我感觉昊是从某本书上抄来的。但我将那封信烧掉以后，时间模糊了记忆，最终，我记得的，也就是昊的这句话。

昊的字迹小而密，却不乏端庄清秀。他是将自来水笔笔尖翻转过来写的，这样可以保证笔画粗细一致，还可以防止墨汁过多浸染纸张。信中的字迹因为笔画过细，可以看出轻微的颤动。可以想象，昊当初是以怎样庄重的心情来写这封信，而写这封信的时候，他的心情又是何等的忐忑不安。

其实，当我收到这封信的时候，我离开这个让我生出无限厌倦的班级已经有很长时间了。就在这一年夏天，我那个远在山村教书的父亲回到了我们的身边。他要回来的消息传来后，我的脸上出现了幸福的笑容，但只是那么的一瞬，就像昙花一现。父亲回来的那晚，我听见了父亲的哭声，他的哭声将我正在经历的痛苦和灾难变得具体，像一枚钉子那样，将痛苦敲入人的身体，使之刻骨铭心。它也使我正在讲述的那些平淡无奇的事件的背后有了一些惊心动魄的力量。我无法说清楚那个身体魁伟的男人为什么要痛哭，而像他那样的男人一旦哭泣起来，会让人肝肠寸断，心如刀绞，他流出来的眼泪好比他流出来的血，如不是真的心痛，那血是绝不会流的。

现在的我努力回想我自己当初的情绪，但是我没有成功，回想中的往事早已褪去了当时的情绪，只剩下了空旷的外壳。此时的情绪是我现在的情绪。

我的父亲从泸宁区调回县城，来到这个县城最受人尊敬的学校，我正在这里念书的这所学校。他当然是荣归故里，然后是意气风发。

他初来乍到，分在初中年级组，并且还教我所在的班级，与班主任肖老师做搭档，一个教数学，一个教语文。更令我们都没有想到的是，更大的不幸正降临到我们的头上。

我们这个班自从没有固定的英语老师来上课，从原先的基础上更加降格为一个乱班级。初二增加了物理和化学两门功课，任课老师来来往往，增加了学生心里的不安。在这个骨节眼上，我们语文老师换成了我的父亲，更增加了学生们的不适，特别是那些跟我原本就势不两立的女学生们的不适。

我的父亲带着明显的成都口音，当他在上课中说"你"这个词的时候，底下的胆大的学生就会交头接耳地模仿父亲的口音。当他转过身去在黑板上书写，她们从嘴里不断发出"已""已""已"这样的嘘声来模仿他的口音。我无法想象父亲在那段时间里经历过的困惑，就像一棵树进入了黑暗中的树林。

父亲的语文课长得仿佛漫无边际，我坐在教室里，忧伤的气息在我的四周围绕，窗外的暮色铺天盖地，水晕一般拢过来。一股不可名状的忧伤开始在周身升腾。我不知道我为何忧伤，这种忧伤有别于因为我而给父亲带来麻烦的不安。在一个孩子的眼里，生活的难题已经过早地具体化，她的心此时已经没有能力越过现实之重，抵达未来充满希望的日子。

他一定听到过围绕在他周边的关于我的闪烁的言辞。他或许悄悄地将它们在心里埋掉了，没有在我们的面前露出丝毫的痕迹。但他根本无法想象或者洞察她的女儿在班级的同学中间所遭遇的一切。在他到来之前，她独自一个人站在激浪的中心。

每当他站在课堂上的时候，父亲在我的眼里总是模糊不清。我的眼前总是浮现出父亲背着行李在山间慢慢行走的样子。山太大了，路小得像晃荡的细绳，父亲穿着母亲给他织的黑色的毛线衣，穿着一双旧布鞋，有时候跟在一匹他请来的骡子的身后，有时候又独自一人。他走过一片巨大的山冈，看到对面青山横亘在苍茫的云岚中，他走下一个很深的山坳，像一只小小的蚂蚁，路上阳光斑驳明灭，他的前方，是那座令我心仪的锦屏山，山下有一所中学，那里，有爱戴他的一群又一群学生。

"已""已""已"……当课堂上一群小鸡装模作样地继续发出这样的声音的时候，我扭过头去，看见班上学习最好的女生也参与到这悄然的狂欢中。她得到过父亲的关注，她的作文被父亲耐心地写上过许多的评语，她的参与令我深感惊讶，我不敢相信这是真的，但毫无疑问，她正被自己发出的声音逗得哑然失笑，她的脸上突然绽放出一朵红色的花来。

我的心里一点一点泛起酸楚来，一股悲伤像突发的山洪搅动着我的胸腔，我快速从座位上站起来，从教室里跑出去，冲向无人的操场，小小的身体抖动着，像风里的一根茎草，眼泪再也压制不住地涌了出来。

当他批评一个上课不专心的女学生的时候，他还怀着他在过去在那个遥远的乡村中学教书时候的单纯，但是那个女学生的父亲正是当年同他一起在川剧团混生活的人，川剧团解散后，那个女学生的父亲分到了一个好单位。这个好单位可以使那个女学生的父亲摆脱令人不屑的社会地位，他可以重新抬起目光来傲视周边的人，因此，当这个受到批评的女学生回家后将她在课堂上受批评的事情告诉了这个父亲当年的同事，他就毫不客气地叫他的女儿带话来，说："你有什么资格批评我。"然后这家人用恶毒至极的语言将这个教师的女儿羞辱了一番。

我相信我的父亲已经不再意气风发。

降班生

我的父亲去泸宁教书后，我们家就来客不断，像当初他在阿普落农村工作的时候，当地农民进城来，总会找机会来家里歇歇，到老黄家里来找口水喝，或者讨碗饭吃，走的时候，从背篼里倒出来卖剩的几根歪歪扭扭的红苕。这些人，都是我们家里的穷亲戚，或者老乡。

这一年终于挨到了放寒假，泸宁的五哥、六哥进城来了，他们带来一个消息，家里的二哥就要倒插门到离县城不远的宏模乡。全家除了母亲、大哥还有三哥外，都出来送亲。这是父亲在泸宁教书的时候认的一门干亲，这门干亲也姓黄，家里就一个年老的女人，育有六个娃娃，大概他们之间以姐弟相称，孩子们就喊父亲叫大哥。

他们的大哥，我的父亲，也一并带上我，一伙二十多个人浩浩荡荡地穿过南街，绕过南山，步行二十几里路去喝二哥的喜酒。

二哥插门的地方是安宁河边一个富庶的村庄。但凡有河流经过的地方，土地肥沃，农村有地种，就有饭吃，饿不着肚子。

我们走到天黑才走到二哥的新家。二哥早我们这群人先到。我们走进二哥的新房，二哥像新娘子一样坐在火塘边，在那呜呜地哭，大概他已经哭过了好几场，他长着国字脸，是这家六个兄弟姐妹中长得最英俊的一个。此时他的眼睛哭得有些浮肿。他见我们一行人到来，客气地招呼我们坐。

这里的农村，无论春夏，但凡结婚，家里是必须要烧上一盆火的。表示日子越过越旺。二哥就要结婚办酒席了，却一副林黛玉的样子，哭天抹泪的，我竟然被他给逗得笑起来。我并不知道二哥这是在哭嫁。

这是我很长时间以来第一次感到生活中的欢欣。我想起无数欢欣的往事，同时也无法摆脱我心里的忧伤。在父亲回来之前我经常独自微笑，或者眼泪汪汪，在周围的人看来，我越来越像一个怪物。

我们在宏模乡吃了三天的酒席才又往回走，麦苗已经打青，胡豆的白花儿开得一塌糊涂，一大群人把土路走得扬起灰尘，浩浩荡荡走过南山，穿过南门，回到县城。那是我那个年龄走过的最远的路。

回到家里的时候，才知道学校放假后仍然在补数学课，每个学生交一元钱补课费。出于对数学和肖老师的厌恶，我自然在放假的时候没有注意到这个消息，而我的父亲并不知道这件事情，父亲将补课的钱给我，第二天我才去补课。

班主任肖老师问我："你来做什么呢？我们的课都上到一半了，不需要你来补课了。"然而，我还是忍受了耻辱，走上了上学之路。

然后我就发起烧来了，在家里待了半个多月。我终究是没有赶上肖老师在寒假提前教授的下学期的课程。

爸爸又找来一个年轻的数学老师给我补课，也不知道为什么，这两周的新单元他三下五除二就给我教会了。但是这一次补完课的结果就是爸爸没有跟我商量，就给我降了年级。他是学校的老师，我是教师子弟。在学校，大概想去什么班读，就去什么班读，想去哪个年级，就去哪个年级吧。

我就这样离开了肖老师的那个班，也离开了那个年级。

我带着失败和耻辱的符号成了一个降班生，离开了原先所在的班级，我上课的教室与昊所在的教室遥遥相隔着一个大操场。昊在对面的二楼，我在这面的一楼。下课的铃声响起之后，我独自站在教室外巨大的水泥柱子中间向对面的那幢楼望过去。昊总是出现在走廊的窗前。有时候是他独自一人，有时候是两个人或者三个人。当他独自一个人站在那里默然地望向这边的时候，我可以确定他是在望我。他应该是在望我，这令我怦然心动。我不能跟他说话，他也不能。而且，我也不能一直看着他，永远不能让他知道我对他的依恋，我忍受着，感到内心充盈，饱满异常，全身像是灌注了一种奇怪的气体，它既是轻的，又是重的。轻的时候像是全身插满了羽毛，有一股气托着我飞升，重的时候感到沉甸甸的，好像自己早已是一枚果子，就等着掉到地上，掉进土地深而温暖的地方。可是当他的身边多出一个人或者更多的人的时候，我不能确定他是否在望我，并且之前他独自站在那里给我的感受便成了一场模糊不清的幻觉，因为，昊将两只手插进裤兜里在铺满阳光的操场上走动时的文静姿态，显露出纯洁和一无所求的安宁。我站在水泥柱旁，烈日当空，满怀惆怅。

校园里的男孩子们流行穿军干服——一种带小衣领的有四个兜的衣服，少男少女们叫这种样式的衣服叫军干服。大概在遥远的部队流行这样的样式，也大概从遥远的大城市流传开来，来到我们这偏僻的小县城。昊有两件这样的衣服。一件军绿色，一件普蓝色。这两件衣服他换着穿。一种颜色的衣服他要穿一个星期，到了第二个星期，准是穿另外一件，这使他很快被我从人群中找到。特别是第二节下课后的课间操。我总是躲在班级的最后几排做操。一边听着广播，一边心不在焉地比画着动作。向左边转过头去，那是临近的高一个年级的班级，一排排学生的空隙中，身穿普蓝色的衣服或者军绿色的衣服的身影似有似无，若隐若现。不一会儿，熟悉的身影在熟悉的位置上出现了，像是人与记忆的叠影，又像是照片的胶卷被冲印出来，人像渐渐显影，那个穿着普蓝或者军绿衣服的人从一排森林中一闪而出，影子停下来，朝着这边张望。

我离开了原先所在的班级，也就意味着，在很长的一段时间，我与昊之间那样一种似有似无的心灵的默契，在我离开之后得到了强化。

那些日子里，我的心灵饱经动荡。那些日子里唯一的安慰是将昊安放在心里，在夜晚闭着眼睛睡觉之前，虚构、畅想与他的交往，让他在想象中来到我的身边。我总是将和他相遇的情境安放在南山脚下的漠漠田野中，同他漫无目的地走，我伪造他说的话，但我确实又想不清楚他应该如何对我表示他对我的喜欢和同情。因此无数个夜晚，昊对我说的话被我畅想过无数次，却没有留下过一句话，我想了许久，他的话并没有出现，出现在我的脑海中的，是他的脸以及他的眼睛、他脸上的表情，他望向我的眼神。我伪造他身上散发出来的气息，那是少年的气息，有着青草一样的气息，气象站周围桉树的树叶散发出来的气息，五月通往气象站田野中青青麦子的气息。

一枚石子投入了深潭

我们的家从县联社搬到了位于西门的日杂公司。日杂公司搬离了县联社。日杂公司将西门的库房拆除了，修建起了新的办公大楼和门市。原先的库房则搬到了喜家河坝县防疫站的隔壁。那里是一片河滩，田野漠漠，青青不尽。更远处，有冕宁中学开的校办工厂，也就是学校的鱼塘。

我们的新家是红砖房，小二楼，家家进门是一个厨房，厨房里边有一个小天井。进门一个小客厅，客厅背后是木楼梯，可以移动，架在底层和下层，这间黑暗的楼梯房里可以安上一张小床。

这张小床，住着一个小姐姐，那是爸爸在泸宁教书的时候攀的亲戚，我们去宏模乡吃喜酒的二哥的妹妹秀芬。她从泸宁到县城来学手艺，在西街口子的裁缝铺子给人家学打衣裳，一共学了多少年，我记不清楚了。她早出晚归，有时候在我们家里吃饭，有时候也在铺子里吃，总之几年过去了，她像我们家里的住客，我们则像是开旅馆的人家，只是这个人家并没有收过她一分钱的住宿费，我们半供养着她。对于家里来来往往寄宿的人，我们习以为常，除她外，家里还陆陆续续寄住过

300

几个来自不同乡镇,前来求学读书的学生。她们毕业考上学校后就离开了我们的家,这是后话。

几年后,秀芬并没有学会什么,只是白白地在人家家里以学徒的名义为人家无偿地做了几年小工。她有没有挣到钱,对我们家来说一直是一个谜。她当了几年学徒工后,也学她的哥哥,嫁到这个县城里富庶的宏模乡去给人家当媳妇了。

那个时候,我刚刚参加工作,也走了很远的路,去宏模乡吃过她的九大碗,赶过她的礼钱。我妈妈还给她弄了嫁妆,也是走了很远的路来同我汇合,一同去吃她办的九大碗。别人家里办九大碗最后要上一道揉酸菜,往往是大白菜,而她家里的酸菜却是芋头的秆子揉的。芋头的嫩秆子吃起来有一种毛刺刺的口感,有些粗爽,反而深得我的喜欢。

我们新的家在西街口子上,沿街是新修的一幢大楼,楼上是妈妈办公的地方,楼下是日杂公司门市。新楼在阳光下熠熠生辉,那些柱子上镶着的碎玻璃,也在阳光下熠熠生辉。

日杂公司的斜对面就是新修的电影院。从前这里放露天电影。一片水泥的大坝子用围墙围拢来就是电影院。从前看电影是县城居民一项最重大的娱乐活动和社交活动。我们住在北街口子上的县联社的时候,每天都有人会回来报告今天有没有电影看,要知道消息是特别容易的事情。放映队和原川剧团在一个大院,西街至北街的一条小巷道中,因此电影公告基本上是贴在钟鼓楼。望消息往往是小孩子的事情,回来就向家长报告今天要放什么电影。有时候明明没有电影看,一院子的人很是失望,但是却有大人跟小孩子们开玩笑,说今天的电影是《狗望台》,或者《英雄白跑路》。小孩子们并不知道这是大人在朝他开玩笑,听到这个消息,精神为之一振,回家报告大人,遭到一阵嘲笑。总之,放电影的消息就是这样来到了县城百姓的饭桌上,像一道丰盛的菜,每个人吃得又快又兴奋,稀里哗啦,一扫而光。

孩子早早地扛了板凳去占位子,这是每家孩子的任务,是全家的重托,因此神圣而光荣。孩子们将板凳打倒平放在地上,这样后面再有隔壁家庭抬了板凳来也能卡个位子。有的板凳明明腿很长,却又接了一截,再增加高度,这样的板凳最好与它平齐,或者挤在它的前边。我们家的板凳两腿之间做了一个挡板,妹妹还小,不让她的腿吊在半空。有时候我们也不用扛板凳来占地盘,孩子们用石头圈起自己的地盘,有十几块石头就是我和瞿小桃的,或者夏小雨的,它代表我们排队,我们把石头在放倒的板凳中间,再围起来,就算是占上了一块地儿。当然小孩子们常常因为占位子而吵架,这是家常便饭,是放电影的前奏和常规节目。小孩子们吵过了,县城开始暗下来,来得早的,玩起了扑克牌,我就是在那个时候学会了玩扑克,会打拱猪长、升级这样的智力游戏。因为我打得巧妙,来得早的大人并不嫌弃跟我在一伙打对家。我还学会在这个时候仰起头来看天上的星星,在朗然的夜空下寻找北斗七星那把迷人的勺子,勺子有的时候大,有的时候小。再过一会儿,更多的大人拖家带口,蜂拥而至。顿时人头攒动,一片鼎沸。这是县城盛大的社交和狂欢。

天完全黑下来了,我们停在一个更为幽暗的处所,收缩了毛孔,等待脑后上方突然亮起的一道白柱,这道光柱是我们面前的新世界,我们无限信赖的前方。我们灵魂出窍,身体留在原地,而前方,才是我们的幻想、天堂或者是梦乡。

幕布在空中鼓荡起来,像船帆,又像旗帜,风从围墙四周的旷野长驱直入,幕布下面的人群亮着眼睛仰起头,音乐声响起:"歌如潮,花如海,欢迎朋友四方来……"这是正片前的新闻片,国家领导人接见外国友人。

现在,一座像过去大礼堂一样的建筑矗立在西门口,它代替了过去的县革委大礼堂,它矗立在西街当头,像一只方形的盒子,闪闪发光。

我对这些加速生长起来的新街以及建筑有一种不适感,它们带来了高楼和柏油马路的气息。我怀念城里面的四条街,以及县联社大院,它们是老的、旧的,一点点从很多年前生长出来的。

东街口子一窗一铺台低矮的土房子是陈永革和陈永红的爸爸卖丝线的地方,这个县城的彝族妇女进城常去他那里买丝线,她们身上穿的衣服以及她们的家人身上穿的衣服都要绣上漂亮的图案,而丝线是必不可少的。这个铺台是这个县城通往彝区的"丝绸之路",它让这个地区的少数民族服饰上的花纹得到了保证。

城厢镇东街8号,县文化馆,后来的红军长征纪念馆,它在冕宁县非同小可,曾是新中国成立前全县最好的私宅。它是我和我的母亲来冕宁的第一站。我们住在阅览室背后一间黑暗的房间中。我三岁的时候,手中举着一枝樱桃花的照片就是在这里照的。我仿佛看见天井的两根廊柱间拉了一根铁丝线,我的年轻的母亲从这个隔断里出来,她拎着一只白铁皮桶,把我穿的花衣服晾在了这根铁丝上。

文化馆后院里的樱桃花,又降落在县联社的坛坛背后,它通往可逆的时光,我侧身进入其中,与佟尔涛相遇,与童年时的我迎面相遇。

与新的街道和新的建筑同时生长起来的是全冕宁县人民的骄傲。冕宁县漫山遍野都是洋芋,全国洋芋交流大会在冕宁开。冕宁县的荣耀看来不是虚的。"五彩云霞空中飘,天上飞来金丝鸟,红军是咱亲兄弟,长征不怕路途遥。索玛花一朵朵,红军从咱家乡过,红军走的是革命的路,革命的花儿开在咱心窝。"

我们的家,离全冕宁县最热闹最繁华的社交中心只有不到五十米的距离,中间隔着一道浅蓝色的大铁门,一道红砖修的围墙,再隔着一条窄窄的街道。

电影刚刚开始,新闻片正在播放,银幕在方形的盒子中间发光。我一出门,就和昊相遇了。电影院周围是如此辽阔,从它出西门口,就是这个县城居民夏天朝喜家河坝走路散步的地方。天已黑尽,但是影院门口或者是喜家河坝的土路上仍然人流如潮,人影重叠。光线朦胧中,我看见昊就在一群少年中间。

猛然的相遇叫我大吃一惊。

更叫我大吃一惊的是,他混在一群无所事事的少年中间。这些少年常常在街上无休止地徘徊,从钟鼓楼走到电影院,又从电影院走到钟鼓楼,他们聚集在一起,当有长得好看的女孩子出现时,他们就一起发出仿佛痛苦的呻吟般的叫声。叫些什么,含混不清,大概是在朝人家女孩喊绰号吧,或者朝女孩子吹口哨。当女孩子察觉到他们在朝她哄笑时,就会在气愤和惊吓中低声骂一句,反而得到他们的一阵欢声大笑。

昊的身上并无风流少年的姿态,但是,毫无疑问,他确实是在他们中间。当我出现在街口的时候,这群少年突然朝我发出了一阵哄笑。我停住脚步惊讶地望向他们,他们本想虚张声势,然而大概因为昊在他们中间,昊的沉默使他们突然中断了之前的轻狂,他们沉默地望向我,这一望令我心里升起异样的感觉。

我忽然发现,越接近毕业升学考试,学校和街上的不良少年就越多,这些少年大概是感到自己升学无望,而自己的老师又放任自流。老师把注意力放在优秀的学生身上,对这些升不上学的孩子已经不抱以希望。他们的聚集是正当的，没有违反校纪校规，也没有违反社会秩序，但是，你却可以一眼断定，他们是不良少年，是一群不用考试就知道升不上学的孩子。升不上学就是待业青年，待业青年可不是什么好名声，待业青年让一个家庭失去了光彩。

不良少年真是太多了，像水泡泡一样，一个一个冒上来。专爱堵在喜欢的女生上学要走的那条路上，喊着女生的外号瞎起哄。家长们就算按着那些泡泡将他们按下去，不久他们就会咕噜咕噜直往外冒上来。在那些水泡满盈的待业时代，我的身边常常听到各种不同的叫骂声，痛心疾首，抑扬顿挫。如果这个时候路过一户人家，就会看到一个少年站在厅堂中间，低头垂首，立听教训。

其实，我跟那些泡泡比起来，又有什么差别呢？我是降班生，降了班，我的学习成绩也没有稍微好一点。我是形影孤单的那一个，是另类的存在。

麦子返青的时候，离高年级升学的日子也越来越近。我们周围的那些泡泡们不但没有减少，反而越来越多。四周的田野里越来越多的泡泡，他们因地制宜，不想去选择跳栏，跳栏是有难度的，他们不是刘翔，这太令人可惜了。如果当初他们像刘翔一样，经过艰难的助跑，朝着前面的目标，朝着一个一个又一个障碍跨过去，面对广阔无垠的星空，无边的冕宁土地，那里天高地阔，天高任鸟飞，海阔任鱼跃。泡泡无所事事，表面在学校上课，实则心里挂念着教室里的泡泡，他们在幻想是不是有异性的泡泡存在，那是他们的同类。

我坐在教室里，放学的时候，学生差不多都走光了。这个时候，我曾经班级的一个男生站在窗前，伸进头往教室里看了又看，显得心事重重，然后闪身走了进来。他叫竹林，他像一片竹叶飘了进来，无声无息。

我像地下党，本本分分地守在药店的柜台前，然后，那个接头的人并没有与我传递暗号，我们不需要暗语，那个前来接头的人，十分确信他要接头的地下党就是我，他甚至没有左顾右盼，就将一方折叠得十分谨慎的纸片放到我的桌子上，不，药柜上。然后，他就转身离开了，仿佛敌人已闻风而动，马上就要来追击。

纸条儿。这是学生中的秘密。现在，我也接到了纸条儿，它像一枚石子投入了深潭，发出了"咚"的一声响，溅起的水花开在了我的脸上。

我追到窗前，朝窗外望去，我想知道究竟是什么人给递来的纸条儿。

我看见竹林和昊，他们俩像是完成了革命任务，背着书包，头也不回，朝着光明的未来，渐渐消失在我的视线中。

我的心中有着巨大的欢喜和害怕。这是一张薄薄的纸片儿，叠成复杂的长方形，上面写着"向上拉""向下拉"，并画着箭头，大概也怕我不会拆。后来学生中间流行下课时叠各种复杂的信纸，当然这些叠出来的复杂的信最后究竟写过什么内容，是递给女生还是男生，没有人知道。学生乐此不疲地玩这种叠纸游戏，大部分叠着玩的纸条最后被值日生用扫帚扫进了垃圾堆，当垃圾倒掉了。后来我也曾学会把纸叠成一颗心，或者是相思树，但那时却不会，还是把信拆破了。

然后，我在空无一人的教室里，读完了这封信。

直到今天，我仍然记得这封信。他在信的最后说："请原谅我给你写这封信，因为我知道，我要是不给你写这封信，我将后悔一辈子。"

"请原谅我给你写这封信，因为我知道，我要是不给你写这封信，我将后悔一辈子。"这句话读来十分眼熟，我感觉是从某本书上抄来的。我将那封信烧掉以后，时间模糊了记忆，最终，我记得的，也就是这句话。

我记不清楚我是怎样回答他的。我是否给他回过信呢?

　　我曾经将我正在写的这些文字给一个写小说的大姐姐看过,她按照小说的要求跟我提意见。我跟她说,不,这不是小说,我写的不是小说。她想了想说,那么,你和那个男孩子总有机会见面吧,或者说说话什么的。

新邻居谭力力

　　我拐出日杂公司大门，走在西街口子的大街上，我的新邻居谭力力陪着我和瞿小桃，我们一起去新修的供销社大院里洗热水澡。白铁皮桶子在我们的肩上晃荡着，桶里有我们要换洗的衣服、毛巾，还有肥皂。我们脚上的凉鞋走在路上发出踢踢踏踏的声音，白铁桶撞着我们身体，打得屁股生疼。上午十点，太阳正高，我们走过县医院大门，走过妇幼保健站，崭新的供销社就在我们眼前。

　　那时候，我们还住在钟鼓楼附近的县联社。我们为了洗上便宜的热水澡，长途跋涉去县中医院。

　　县中医院为什么有那么多的热水，我到今天都没有弄明白。

　　我和瞿小桃一人用两分钱买了两张洗澡票，那个时候的瞿小桃身上有一种寂静空旷的气息。而此时，我身边的谭力力，与我年龄差不多，我的陌生又很快熟络的新朋友，太阳照在她的脸上，色彩饱满，明亮迷人，她像一朵结实的花，满身活力，汁液饱满。

　　我们住在新修的日杂公司的红砖房子里，谭力力的家就在我家隔壁。她的父亲患了肝炎，身材奇瘦，风一吹就要倒。

她有两个姐姐，一个姐姐跟她同姓，那是她的亲姐姐，在乡下插队，后来招工去了一个矿山工厂，面相温和，少言寡语，却有一个乱搞男女关系的坏名声，令人难以置信。这个姐姐回家的时候很少，每一次见到她回家，我在心里便存了对她的议论背后的疑虑。在当时保守的县城，离婚相当于犯罪，罪大恶极，乱搞男女关系，更是十恶不赦。谭力力的亲姐姐和另外一个已婚男人，他们手牵着手，向着千夫所指，纵身一跃。

　　另一个姐姐姓胡，是她的父亲刚结婚娶来的后妈的女儿，这个姐姐满面春风，身材高挑，梳着两根长长的辫子，走路也带着风，像只蝴蝶般轻盈。她喜欢唱歌，对面的电影院的高音喇叭播什么歌，她就唱什么歌："幸福的花儿竞相开放，爱情的歌儿随风飘荡，啊，啊，亲爱的人儿，携手前进，携手前进，我们的生活充满阳光，充满阳光。"她从谭力力的老家过来，刚接了这个身患重病的继父的班，在日杂公司背后的一家新单位工作。她刚来不久就显示出在这个家庭中持家的本领。一堆大头菜从北街买回家很快在厨房切成丝，这是一个家庭要准备腌咸菜了，热气腾腾的日子像一根根雪白的菜丝晾晒在日杂公司的洗衣台上，或者库房旁边的空地坝中。

　　我甚至记不清楚我身边的谭力力当时是否在读书。她为什么没读书？我们上学放学的路上从来没有见到过她，她为什么没有顶替他的那个患了重病的父亲去单位上班？这是一个谜团。到现在我也说不太清楚。她应该是个待业青年，县城的待业青年再正常不过了。二十世纪八十年代初的小县城没几所中学，除了县一中含初中高中，其他学校都只设初中部，它们包括气象站旁边的县二中，以及离县城几十公里外的泸沽铁矿子弟学校和泸沽中学。可以想象，像谭力力一样的升不上学的孩子，假如他们的家庭没有选择让孩子复读，这些孩子很快就成为社会上的待业青年,待业青年在那个年代却不是什么好名声。

谭力力和别的失去学习机会的女孩子不一样,那些失业的女孩子和男孩子一般都去县城仅有的一家丝厂上班,那里的工厂生活热气腾腾。少男少女们引领着县城的生活时尚,他们青春做伴,鲜衣怒马。

谭力力哪里也不去,她喜欢闲逛,她懒洋洋地从西门口逛到东门口,再从东门口懒洋洋地逛到西门口。走在县城四条街道上的谭力力就是一道风景,她的美丽每天都在冕宁县的四条街上徘徊,哪怕她没有去丝厂上班,照样刺伤了许多青年的眼睛。她有时候也去离县城几十公里之外的泸沽镇,那是个遥远的地方,因为那里通火车。通火车的地方对于我来说就是一个遥远的地方,我不知道我什么时候能够坐上火车。遥远的地方对于谭力力来说从来就不是什么事,她可以来去自如,想去就去,想待多久就可以待多久。

谭力力是那样的落后,但我还是跟她混在了一起。我们分不清楚好和坏、先进和落后,她在我家的隔壁,没上学的日子里我们爬上她家的木楼,跳上她的小床,脱掉外裤,站在她的床上挨个排队,比谁的腰更细,谁的腿更长。

有一次,在她的房间里,她向我们展示了她从泸沽带回来的东西,一双半透明的长长的袜子,这是我第一次看到这样的袜子,我吃惊极了。我完全想不到世界上还有这么好看的袜子,谭力力将它套在腿上,它是半透明的,又有非常细致的纹路,摸起来却非常的光滑,穿上它的谭力力身上立刻就有了一种"妖气"。大概是"妖气"太强,谭力力并没有穿过它,也大概那个时代的县城的女孩子们和男孩子们正流行穿一种直筒裤。长长的裤子拖在鞋跟后,甚至拖在地上,穿久了裤脚处会卷起一道小小的边儿来。这并不是最重要的,要紧处是裤子必须有一道被裁缝早就烫好的笔直裤缝。

当这样的直筒裤在县城泛滥的时候，在学校读书的孩子也差不多人人一条，当然那些来自农村的孩子除外。当我需要裁一条新裤子的时候，我选择了米黄色的布料来做直筒裤，这条裤子比那些深色的裤腿宽大的直筒裤多一份飘逸和洒脱，这已经违背了母亲的初衷。好在这条裤子裤腿宽大得恰到好处，显山露水却不张扬。

当这条裤子穿出来的时候，自然是吸引了谭力力的注意。当这条裤子洗过一道水之后，谭力力便开口向我借来穿。女孩子间借衣服来穿的时候并不多，但也有互换的时候，大概是特别喜欢和羡慕的时候。谭力力爱美，这是我们大家都知道的事情，因此，我丝毫没有犹豫就将裤子借给她穿了。

这是我唯一的一条好材料的像样的裤子，其他的都是在裤脚上用相近颜色的面料接上一截，这对上学的孩子们来讲并不是新鲜事，不知道哪家的母亲发明了这样省钱的方法，为那些像春笋般嗖嗖往上长的孩子解决了一大难题，省下一笔不小的家庭开销。

我差不多就要忘掉这条裤子的时候，谭力力在一个晚上悄悄地来还裤子，不还不要紧，一还吓了我一跳，这条新裤子的屁股上被烫了一个不大不小的洞。有那么一瞬间我的脑袋里一片空白，我像个傻瓜似的站在她面前问道："你这是咋个搞的？"

爱美的谭力力不知道从哪里弄来了一把电熨斗，平时熨烫这样的裤子只需要一只白瓷缸，倒上开水便可以将裤缝熨上一遍，但是谭力力却需要一只威力无穷的电熨斗，大概这只电熨斗才能让她所穿的裤子有别的女孩子无法企及的笔挺。然而，她压根就掌握不了熨烫的火候，当她想将裤缝熨得笔直的时候，不料却在屁股上烫了一个不大不小的洞。

　　谭力力赔了一条接过缝的裤子给我，算是对我的交代。这条基本还没有正经穿在我身上的裤子就这样毁在谭力力的手里，这条裤子对我妈来说，意味着预算的家庭开销之外的另一笔开支，为这事我受了我妈不少的责骂。

　　但是，我的妈妈却不能责骂谭力力，谭力力的父亲谭定邦早已成为县联社背地里既讨厌又同情的人。讨厌的是这个男人长了一张妇人的嘴，喜欢搬弄是非，同情的是这个老单身男人讨了个老婆，却被这个老婆气得半死，最后患了肝癌，不久就不治而死。

　　县联社的领导们对于谭定邦回南充老家探亲时找了个漂亮的妇人这件事感到匪夷所思，更让人匪夷所思的是，这些个热情肠的领导为了让谭定邦找的这个漂亮妇人安心嫁给他，硬是绞尽脑汁给这个妇人的女儿——谭力力后来的新姐姐找了一份工作，这个妇人才同谭定邦结了婚。

　　谭力力的新姐姐在县联社走路带风唱了一阵歌后，就搬出了谭家，她很会来事，后来嫁了一个当权的男人，在一家听起来十分新鲜的单位当了副经理。那样新鲜的单位有三层楼。冕宁街上尽是平房，灰黑色的瓦，一片一片的，有天井、街道和树木，西门口有两幢，一幢是新修的电影院，一幢是日杂公司临街的大楼，但它只有两层。一层是门市，楼上一层是妈妈们在上面办公。而那个女人却始终待在南充老家，从来没有来过日杂公司。谭定邦得肝癌病死后，大人们中间才开始谈起这个妇人和她的女儿，说是谭定邦到死，都没有沾过这个妇人的身子。

　　他大概是被这个妇人气病，然后气死了吧。

　　在谭定邦死后，公家给谭力力解决了工作问题，于是谭力力去了离县城几十里外的供销社,那个供销社与谭力力喜欢的有火车的泸沽镇相隔甚远。在冕宁,在孩子们心中,泸沽镇就是大地方,遥远、繁华、洋气。

我在黑暗中想起谭力力,我想起有一次在西门口到北门口的新街上碰到过谭力力,那时她已经参加了工作。她还像以前那样走路懒洋洋的,无精打采。但她的身上却披了一件男人的西装,注意,是披,不是穿。谭力力披着这身西装,不但没有让她显得打扮荒唐,却让她多了一份别有的英姿和洒脱。那个时候,《公关小姐》这样的电影还没有上映,那些穿西装的女人还没有从电影中生长出来,谭力力一直暗暗引导着县城的风流时尚和超前意识,她的风流是冷清的,冷清中暗含一股妖媚气。她骨子里是媚的,冷媚。

旁边有多少男人在看她,她是知道的,她不用回头看就知道,她这样的女子,后背都长着眼睛呢。她便更加端庄,更加无邪。所以她的恋爱是别人对她的单恋,她爱不爱别人,旁人是不知道的,看不出来的。她不跟人打闹,也不同进同出,更不会坐在别人自行车后面的架子上。

谭力力晃荡在冕宁县繁华的场所,却工作和生活在一个遥远的回龙镇[1]的供销社。那是冕宁县西部的一个镇,在县城人的眼中是十万大山、山高水长的蛮荒之地。谭力力的男友,就在她所供职的供销社,他长得单薄、清纯,身上有一种莽莽的天真气。谭力力处了一个与她格格不入的对象,多少有些令人感到诡异、神秘、令人担心,从心头涌起不祥的预感。

谭力力可能过尽千帆,但是她的这个男友却纯白如纸。

---

1 现已撤销。

又来了一个彭晓丹

在陈平平所在的年级就要毕业升学的那一个学期，我竟然原谅了陈平平，这个结果令我自己都感到吃惊。那还是冬天，离麦苗返青的时候还有一阵子，校园里高我们一个年级的毕业学生像传染病一样流行着一种离愁别绪，这种病常常表现毕业学生悄悄地在各自的毕业纪念册贴上同班同学的照片，然后在课间的时候找人留言。那个时候，班级学习最好的同学将升上中专走了。升上中专，还有技校，相当于端上了公家的饭碗，毕业后就有好的工作分配，升不上中专和技校的学生才选择念高中，考大学。一部分学习差的学生是升不上中专也考不上高中的。他们很快会成为待业青年，或者复读生。这泾渭分明的人生近在眼前，哪有不伤怀的道理呢？就算还没有临近升学的低一个年级的学生，也是人人都懂的。少男少女们除了怀春之外，还多了几分离愁别绪。

大概是一个晚自习，那是冬天，天气干冷，从来没有过雪的县城用横扫旷野的大风来显示冬天的威力。这儿自古以来就是风口，是充军流放的蛮夷之地。在这样的天气中，即便坐在教室里，也早已冻得瑟瑟发抖。

陈平平是什么时候出现在教室的窗外的，我不得而知。她在窗外使劲地敲打我们教室的窗户，那是我所在的位置。陈平平围着一条灰色的马海毛围巾，我差点就没有将她认出来。

当我确定她是在外面叫我的时候，犹豫了一会儿后，我还是打开了窗子。陈平平见我开了窗子，从外面递过来一只红色纪念册，她朝我努努嘴，然后转身走开了。

陈平平毕业前用一只红色纪念册来向我示好。陈平平早已不是我的朋友。我早已不在从前我们一起念书的班级，我的朋友也不在我所在的班级。我是降班生，我不把自己当成班里的一员，我离群独处，对什么事情都漠不关心，我脱离班集体。我跟谭力力这样的在大人眼中不好的孩子混了一起，在她的父亲谭定邦病死之前，在她的亲姐姐招工之前，她带我去过一个叫惠安的农村，那是她的姐姐招工前插队的地方。在那个地方，我又认识后来成为我的朋友的彭晓丹。如今彭晓丹也搬来在县城南街的一家居民的四合院租了一间房子，她和她的妹妹毛娃在县城读书，而她们的妈妈则在惠安乡医院里当医生。她妈妈虽然是医生，但在我的印象中，她妈妈没有穿过白大褂，不像一个会给人看病的医生。

彭晓丹虽然不像谭力力那样相貌引人注目，但她的出现同样是县城里的一道风景。因为她不像别的念书的孩子那样上身穿一件军干服，下身穿深色的直筒裤，她穿大红色的，她穿着大红色的喇叭裤在冕宁县钟鼓楼附近漂洋过海。她就是漂洋过海来的，她的父亲在援外，在巴基斯坦这样的国家援外，在当时的县城，援外工作者就像是月球上的工作者一样，是挂在遥远的天外的，那是一份令人可望而不可即的，也想象不出来的职业。援外工作者的女儿自然要穿大红色的喇叭裤在县城的钟鼓楼漂洋过海，她的母亲年轻得像她的姐姐，也同她一样穿大红色的

315

喇叭裤在县城的钟鼓楼漂洋过海。她们自己一定在意识里,有着县城人没有的优越感,那是她们的优越感,当她们走在一起,会让人想起那样一首歌:"我们的生活充满阳光、充满阳光……"

咖啡的味道就是彭晓丹给我们带来的。我们蹲在彭晓丹念书租来的房间地上,用小煤炉和小铝锅,把咖啡粉兑着牛奶一起煮,再磕上一颗鸡蛋,看着金黄的鸡蛋飘浮在咖啡上,就着屋里迷漫的香气,那便是阴雨绵绵的冬季,绝佳的美味了。

彭晓丹的父亲被允许了半年的休假。那时,他们又搬到了北街。从小我们周围的人都有固定的家,都有公家分的房子,而彭晓丹家却没有房子。她们总是租房子住。她们的家从冕宁县的南街搬到北街,又从北街搬到东街。

在彭晓丹的父亲被允许了半年的休假的时候,我们在彭晓丹家的录音机里第一次听到了邓丽君的歌声和张帝的歌声。那时我们只知道高亢激昂的革命歌曲,但彭晓丹家录音机里的曲子软绵绵的,听得身上阵阵酥麻,这软绵的曲子太像敌台了。我们也见到了来自国外的邮票,从那些邮票上,我们惊讶地看到外国人房子的顶是圆的或者尖的。彭晓丹的家里因为邓丽君的歌声充满了热带的气息,像后来我见到的法国画家亨利·卢梭的画,画中有繁茂的亚热带森林,那里的植物壮硕、密集、咄咄逼人。恍然间,我感觉彭晓丹就是邓丽君,浑身软绵绵的,月白的脸蛋上有两朵红晕,那是肉眼可见的血丝,像成熟的水蜜桃。彭晓丹的眼睛是眯着的,像邓丽君烟视媚行,慵懒而惺忪。

怀着遥远的单相思

当我跟陈平平真正和好的时候，已经是冕宁的六月初了，夏天并没有真正到来，春天也没有过去。

陈平平很快就参加了中考，初中毕业班的中考结束后，有关他们升学的下落像风一样掠过身边的每一个人，一阵乱云飞渡后，明亮或者不明亮的消息像烟花一样堆积在我们的头顶，很快就变成一场雨从天而降，一切终归尘埃落定。

陈平平落榜了，我心里秘密挂念着的那个人也落榜了，我曾经的班级大部分学生落榜了，少部分优秀的学生考取了中专和高中，其他的人落榜后，分散在县二中、回坪中学、泸沽中学复读去了。

陈平平自然去了县二中，县二中在气象站旁边。陈平平的家在南街，离县二中近。我暗地里羡慕陈平平，可以在县二中读书，可以跟昊一起读书，并且很可能分在同一个班级。

自从昊向我递过纸条后，我们似乎确立了某种关系，这种关系只会在学生中间悄悄流传，是背着学校、背着老师、背着家长的。这是一种什么样的关系呢？在那个年代的小县城，谈恋爱这样的词汇对我们来说是一个生僻词，女孩子和男孩子处对象就叫"耍朋友"。在男生和女生之间多说几句话就要被视为早恋的中学时代，当一个男孩子向一个女孩子递了纸条后，这个男孩子和女孩子就开始耍朋友了。耍朋友就是早恋。早恋这是学校最忌讳的事情，它散发着妖气，既是诱惑，又是禁忌，既是少男少女内心的向往，我们又一定要表现得对这件事情深恶痛绝，而且还要表现出对这件事情的无知，这样，我们才是一个纯洁的人，才是一个听话的学生。我是在早恋吗？这真是太严重了，相当于一大块石头从天上砸下来，但我欣喜地伸手接住了它，并将它抱在了怀里。我不知道，接到纸条的那天起，我就如同闯进屋里惊慌失措的雀子，一头扎进了艰难未知的成长的手心。

我就这样开始早恋，我接到他的纸条后，却从来都没有单独与他在一起，甚至从那以后，我见到他就远远地躲着他，他也没有开口对我说过一句话，我们之间连无端地说上一句话的机会和勇气都没有。临近毕业的那学期，他们的班级从对面的那幢楼房搬到了我们的楼上。下课的时候，一群男孩子趴在栏杆上看下面跑出教室的女生。我连抬眼向上看的勇气都没有，只是不叫人察觉到我微微偏起头，用眼角余光去找他所在的位置，甚至不得已在课间走出教室，感觉楼上的一群男孩子的目光在背后像子弹般的扫射，扭捏得不知如何自处。有一次，我在远处天桥旁边的泡桐树下站了一会儿，害怕真的被他看到，又匆忙跑远了。

我隔着遥远的距离想念着他，努力不经意地从陈平平那里打听关于他的一切消息，一点一点小心淘漉而出，金子一般收在心里。听说他参军去了北京，更有传说他后来进了国旗护卫队，总之，他就这样离开了这个小县城，我再也没有见到过他。至今我仍然记得他不苟言笑，有一张方正的脸。他消失后的许多年中，我的脑中出现了幻觉，我甚至觉得我曾经接过的那张纸条是一场梦,是我自己做过的一个春梦,是我的一场单相思而已。对于青春期孤闭如茧的我们,只不过是近于幻想的抚慰吧。

陈平平去二中复读后,每到周五放学的时候,我会伙同住在南街街头另一个叫莹的同学去迎她,不知道究竟在一起聊了些什么。那会儿,正是我们刚刚懂得多愁善感的年龄。我们边走边聊,一起走到东河坝的河堤上。我们坐在河堤上发呆,听河水从河床间流过时发出的声响。有时候我也向陈平平打听看到昊没有,看到昊的时候,他是穿什么颜色的衣服,当知道他穿什么颜色的衣服后,这些信息仍然不够,它满足不了我的饥渴,我要陈平平向我描述碰到昊时,昊脸上是什么表情,仿佛上学路上巧遇的那个人不是陈平平,而是我。

陈平平可以在上学的路上遇到昊,这使我的心里一时充满嫉妒,甚至恐惧。转而又想,为什么昊的脸上毫无表情呢?他应该知道我和陈平平的关系,至少,他在看到陈平平的时候,他应该有所反应,然而,他没有。

在经过修饰的记忆里,我怀着遥远的单相思。我和南街口子上一个叫莹的同学一道常去的那条土路,从那里可以迎到放学的陈平平,然后可以绕一截路到东河坝。那里有大片大片的农田,走过这大片大片的农田,就可以到达树木森森的气象站,那里有红砖修起来的房子,房子有阁楼。这条路在我眼里也变得非同寻常起来,每当我们走在这条路上,便想着他会不会忽然从气象站的路口走出来,感到害怕又开心。

有一次当我们刚刚从这条土路折到另一条路去东河坝的时候,忽然看到气象站那幢红砖房通往阁楼的楼梯上站着昊,他在那儿站了很久,朝我们所在的位置看。我不能确信他是否看到我们,一望无际的农田里，只有三个背着书包跳跃着的身影，当我确信他是在望我们的时候，我感到巨大的欢喜和害怕，仿佛心思已被看破，实在是觉得丑，令人无地自容，红热了脸。我一下子跳下田埂，陈平平两人也跟着我跳下来，见我趴在田埂下面缩着身子，她们俩也趴着，缩头缩脑往上看，三人顿觉彼此模样滑稽，乐不可支地哈哈哈大笑起来。

一路上我们不说话。空气中渐渐有了不安。我们的眼前出现了一条独木桥，此端是冕宁县，彼端是无限辽阔的世界，有着我们从未见过的海市蜃楼，它漂浮着，散发着光芒。它是我们无法所知的命运和未来，未来从独木桥的那端升起，它是模糊的，有时也明晰，却变动不定，它就是我们未来要去读的大学吗？我们谁也没有见过大学，电影里没有，图片中也没有，我们的亲戚朋友也没有见过大学，大学如此神秘，它远在天外，我们终其一生都不能到达。

从那以后，我再也没有去那条土路迎过陈平平，不再向陈平平打听昊的只言片语。我单独去过那条土路，那是黄昏时分，冬天的太阳稀薄如水，使人更觉萧瑟。我看见的只是远山中的森森树林和那幢并不高的红砖楼房。昊再也没有从通往阁楼的楼梯上出现过。或许我并不知道，他常常站在那里，以为我说不定什么时候出现。太阳渐渐落下去了，红砖院墙内，红红的美人蕉花在开，院墙上匍匐着一盆仙人掌，背着光擎出一朵绢黄柔软的花。

这是一朵开在背光处的奇异的花，它开在身体深处、隐秘、奇异，它浓烈的气息吹过我的少女时代，成为我生命中的光华。

幻想去南河坝决斗

我同昊在一个班的时候，我的数学极差，考试常常不及格，考试纷如雪片，若能偶尔及格一次，也属侥幸。每有发卷子的时候，拿到卷子，瞥一眼成绩，赶紧反扣起来，拿一本书来压着，生怕看到周围人的快乐，也不知道应该如何领受他人眼里的同情。大概我是教师子弟，大概父亲认为我的学习生涯应该重新来一次，他丝毫没有跟我商量后，就将我降了级。

升到初三的时候，我的数学和化学成绩竟然有所起色，不知道是心中有股什么样的力量让我安静下来，心灵的转觉抑郁、宛转幽徊，为一种想象中的忧愁浸润，将落的弦月，细如银钩，少年的夜晚灯火通明。

当我浸润在一种想象中的忧愁的时候，就是说我完全陷入了从前的孤独中。

我背着书包，一个人走在去上学的路上。天凉了，树木硬瘦，四条街的青石板路也硬瘦。一学期即将结束的时候，我将抄写好的一本数学习题卷包好，我有一本厚厚的数学资料，老师每天都要讲解，我用很多时间来订正卷子和资料上做错的每一道题。为了表示珍而重之，用

321

牛皮纸信封包了又包,用细绳捆成了一个小包裹,然后,在一个晚自习偷偷溜出教室,走向那条幻觉中的土路。

我走在那条略显笔直的通往气象站的土路上。回过头来,远处是黑暗中的校园,高中部的楼房一扇扇窗户灯火通明,四周是一片浅紫色的雾气。天上的星星有的发红,有的发白,因为有雾气,天上的星星大多数是黄色的,它们就像浮在天上一样,颤动而摇摆。路边和远处是形状不同的深灰、浅灰、深黑和浅黑的乌云,它们分别是稻田、树木、远处的房屋和更远处的山,它们在夜色中是深浅不一的乌云。南河水在不远处哗哗啦啦地响着,浅紫色的雾气中有植物的气味。它们苦涩、清香,似我身体中散发出来的气息。

我站在红砖院墙外,院墙内隐约有光,那间阁楼近距离出现在我的眼前,窗户内没有灯光。它在紫色的雾气中肃立着,它的主人还在不远的学校上着晚自习。夜很静,我站在那儿踌躇了那么一阵,心里的鹿在奔跑,心惊胆战,手忙脚乱,将手中那捆包好的学习笔记扔了进去,听到它在院墙内发出了"咚"的一声,惊天动地,震耳欲聋,我内心的软弱被放大了数倍。

因为在不同的学校读书,见到昊的机会机少之又少。有一次在大街上碰到,应该是个星期日。远远地就认出了他,他的身边有一个个子矮小、身材单薄的妇女,看他们走在一起的情形,那个人应该是他的母亲。妇女背着一只背篓,那只背篓应该是只空背篓,大概背着轻巧,才没有背在他的身上。冕宁人的生活风俗中,杂物不用手拎,一准是用背篓背。背着背篓的母亲和他走在一起,他便从天上回到了凡间,露出了他生活的本来面目。

他们远远地从钟鼓楼方向向西门口走去。昊面无表情,并没有要向我说话的意思。男生和女生怎么可以说话呢？况且还当着他的母亲的面。他的眼神里也没有露出他认识我的意思，等走近后便生生地擦肩而过。天光很白很亮，云一条一条横在天上，很晃眼，我走了一截，停下来，朝他的背影望去，却见他也停下来，频频回过头来望我。那时候，有那么一瞬间，我有些怀疑那丢进院子的那捆笔记本是一只断线的风筝，它并没有落在地上，它飞上了天，甚至怀疑他是否给我写过一封信，跟我说："我不写这封信，我会后悔一辈子。"

我跟他之间仿佛一切都没有发生过。

升学的日子越来越临近。街道一下子又热闹起来，你能从放学的人群中一眼看出哪些是听话的学生，哪些是不好好学习的不良少年，不良少年像泡泡一样鼓起来，飘起来，又被学校和家长按下去。去二中复读的少男少女之间的关系特别活泛，在以严厉著称的县一中，男生和女生之间是不可能多说话的，而在其他学校复读后，他们有了共同的命运，他们仿佛是公认的同类，同类和同类会说话。他们三五成群，或者女生搭男生的自行车上学或者放学，学校和家长们似乎并不反对，睁一只眼闭一只眼，不会拿异样的眼光去看他们，或者要求他们。复读的学生很少有人能够考取中专或者技校，或者顺利地升入县一中这个地区的重点高中念书。第一次中考，已经是分水岭，划分出了此岸和彼岸的未来和命运。家长们心中怀着模糊的希冀，孩子们还小，不读书，就只能当待业青年，他们必须继续在学校念书，升学，等待远方的工厂或者技工学校招工或者招生。

事实上，一个降班生，与那些去别的学校复读的孩子们又有什么差别呢？县城那么小，谁的底细谁还不知道。

这一天，当我在放学的路上走着的时候，围过来一群女生。其中一个女生个子不高，眉眼十分顺眼。冕宁人评价长得好看的人，总爱说长得小乖小乖的，这个词评价相貌大概意思是长相不平凡，但离大气美丽又差那么一些，大气漂亮那叫袭人。

女生们围拢过来，长得小乖小乖的女生在人群中总是引人注目的，她微微仰着头打量我，话语中有一些挑衅的成分，她说："你就是煤炭公主？"

我有一些怒火中烧。我皮肤黝黑，像是地上冒出来的，为此深感自卑。尤其脸颊到嘴角周围皮肤较深，像是一只没有成熟的毛桃子。

她的口音明显不是冕宁的口音，而是成都口音。她的声音有些尖，拐着省城的四川成都方言的弯，尾音还有点颤，像水面泛起了水波。她大概是从成都转学来复读的，从前，复读生有各种各样不为人知的原因和理由辗转在少数民族地区的学校。这里有对偏远地区的少数民族的升学照顾政策，特别是高考的时候有加分照顾，如果能够顺利地考入本地的高中，在将来考大学的时候，就是比省城读书升学多了分数上的竞争优势，因此，到这个偏远的县城来读书，在当时的小县城并不是新鲜事。

一个操着省城口音的人，无论如何，她都带着天然的优越感，她代表着先进、时尚与开化，使人对她要刮目，另看一眼。她带着那样的优越感和骄傲，像一块生铁，隔着我面前的空气就烫着我了。

敏感如我，我感受到这不一般的挑衅背后意味着什么。意味着昊给我传纸条的事情在学生中间不胫而走，在整个学校范畴内，它不仅仅只存在于我和昊之间。

我觉得甚至传遍了整个冕宁县。

当被一群与那些在县一中好好念书的、心无旁骛、思想并不复杂的学生截然不同的几个女生围在中间的时候，我发现学生中间其实并没有秘密可言。女生们很聪明，而且聪明的女生比男生多，女生反侦查的能力超一流，她们后脑长着眼睛，头壳顶着天线，她们的每一根毛发都是天线，超级敏锐。在小县城读书的女生会被划分出好几个种类来的，而在其中突出的，不是成绩好的优秀学生，就是成绩差的思想复杂的有早恋倾向的学生，中间地带的，就是相貌突出而被迫进入学生视线的，同样要被品头论足的。

这并不是友好的信号，一个人一旦被烫到，原有的品质就会丧失，我不知道怎么回答她突如其来的挑衅，回敬了她一句："你算个囷囷！"

我被自己这句话吓了一跳。

她怔了一下，显然我的回敬也烫了她一下，她快速地反击："你这个烂烂！"

显然这是她情急之下发明的生词。这个世界上只有"囷囷"，还没有"烂烂"。我好好的一个人，怎么就会是"烂烂"呢，显然是不成立的，是莫须有的罪名。她自己都被这个罪名逗乐了。就像一只凶猛的狗发现面前是一只奶狗，根本不会咬人，等它走到小狗跟前，猛地发现它变成了一只怪物，长着象的鼻子，两眼放出黄光，再猛的狗也不禁受惊吓，身上冒冷汗。这个时候小狗再叫两声，猛狗就会毛骨悚然，掉头就跑，不战而败。

我和昊虚无缥缈的爱情中间插入了一个成都来的长得小乖小乖的女生，更加七零八落。后来辗转听说她叫吴敏，是昊的女朋友，在县城中的一所中学插班。八卦来的消息，像雾像风又像雨，然而可以肯定的是他们天生一对，金童玉女，郎才女貌，是学生中公认的般配的一对。

我的心里忽上忽下，沉下去又升起来，心里一阵阵发紧，睡前一个劲地胡思乱想。我幻想我会武术，像少林寺中的那个叫无暇的少女一样身怀绝技，我甚至比那个少女还要身手高强。傍晚的时候，正是决斗的极好时机。一群少男少女去南河坝决斗。我多多少少读过的一些书讲到决斗是捍卫尊严的方式。它超凡脱俗。此时无声胜有声。一般在清晨或傍晚，在一个偏远地区进行。南河坝将是理想的场所。

我将身手敏捷，身轻如燕，右脚一蹬，左脚一跨，成功地降落在南河坝的河堤上，我将像侠客那样佩一把剑，神秘、高贵、出手如风，飘然而去，南河坝因为我的到来，变成一个美丽摇曳、波光粼粼的地方。我思忖着我不应该穿夜行的黑衣黑裤，我应该骑在马上，穿着吴清华那样的一身红色绸衣，裤腿宽大，风流洒脱。我佩的那把剑应该是史籍记载的白虹紫电、青冥画影一类的，我停下马，从树林背后一闪而出，宝剑寒光闪闪，飞旋如风，壮阔而寂美，沉默而热烈，那是闪电、月光和流水的风云际会。

我的敌人望风而逃，那些冷不丁在路上叫我"煤炭公主"、被我怒目而视后改口叫我"黑煤炭"的不良少年，还有那些长得小乖小乖的，反正考不上学校可以混社会、谈恋爱，视我为眼中钉的少女，他们面容模糊，来路不明，他们在我的幻觉中纷纷逃窜，纷纷扬扬，灰飞烟灭。

敌人在我的假想中逃跑了，却在冕宁的大街上纷纷扬扬，他们骑着自行车从我的身边嗖嗖飞过，车铃声一片，百舸争流，万马奔腾，说笑、唱歌，勾肩搭背。人和车混成一片浪头，在阳光下闪烁，人流让开，纷纷注目，他们太晃眼了。

我一个人走着，头顶乌云密布，顿觉回家的路实在是太远了。

有一天，我看到，昊也混在车流中，他的车架后面搭着一个男生，一群少年从我身边嗖嗖飞过，从东门向西门方向骑去，但很快，他们就从西门折回来。这是我没有想到的。县城只有四条街,沿西门到北门之间,新修了一条马路,那里有搬到新街的县城各单位,马路自然比四条街的青石板路宽阔了许多。他们可以从北门骑到解放桥,再骑到108国道,但那里是郊外,哪有城里那么热闹。他们也可以从西门骑往回坪方向,朝喜家河坝骑去,但那里也是郊外,四周是都是农田,谁会对他们的风流倜傥侧目。他们在四条街骑行,不过是骑给心仪的少女看罢了,或者在路上去遇心仪的少女罢了。

当他们又从西街折回来时,昊的自行车忽然吱的一下停在我的面前。我被他拦了个正着。停了几秒,他没头没脑地说:"你在这儿干啥子喔?"

我于惊讶和尴尬里慌乱地抬起头,说:"没干啥。"

我确实是没有干啥,我无聊地在街上走来走去,从这条街走到那条街,像他们一样无聊,只是他们骑的是自行车,而我,用的是两条腿。我们东奔西窜,心跳砰砰跳着,怀着期待。

这是多么糊涂的注定一开口就要失败的谈话。我们的谈话是无法进行下去了。我也没有问他要去哪儿,大概我心里清楚他们不去哪儿,就像他们不知道我走在街上是要干什么一样。何况,我们是在大庭广众之下说话,为了害怕让人看出来,也要刻意避开。

他将支在地上的腿重又蹬上自行车时,我感到十分失望。我感到我们待在一起的时间已经超过了半个世纪,同时又像秒针划过,无影无痕。

跟别的孩子不一样

我走在冕宁县的大街上，望着远处牦牛山脉上的雪峰以及深远的蓝天，我无比困惑。

我是一个早熟的孩子吗？为什么我灵魂里的东西比别人装得多？我为什么跟别人家的孩子不一样？他们和她们为什么那么快乐、高兴，十四五岁的年龄正是快乐的时候，正是玩的年龄，而我为什么总是那么忧伤，总是那么不快乐？

我的母亲注意不到我脸上的表情，母亲总是忙碌的。她不知道她的孩子因为失望而哭泣，因为内心的一丝丝希冀又重新打起精神。

我的父亲更是忙碌的。他已经调到高中部担任语文教师。忙碌的家长会暂时将自己的孩子忘掉。

他曾经想过要离开冕宁县。离我们县城并不遥远的地方还有个川剧团，即便到了二十世纪八十年代它仍活得好好的。他曾经背着我们去联系过这家川剧团，带回来一只芒果，那是我们在报纸和书上见到过的水果，那是我刚刚出生的那一年外国友人送给毛主席的芒果，后来毛主席又将它送给工人们。但父亲还是留在了我们这座小县城，大概在他写调离申请的时候,组织上没有同意,组织上说,黄眼镜是个人才,不能放他走。他就没有走,他调到了高中部,他觉得他要对得起那些把他留下来的人。他在学校办了一份校报,那个时候,学校高中部的少数民族班出了一个长跑特别厉害的学生,名叫阿别子,他在校报上写了篇短篇报告文学《大凉山的雄鹰》。那个时候,没有电脑,更没有打印机,所有的报纸都依赖他拿刻字笔,在蜡纸上一个字一个字地刻,完成编辑排版,再拿去学校油印。他成天忙碌着,将自己的才华和精力全部奉献。

面对父亲,我是紧张的,罪恶感让我总是想躲着他,幸亏他总是很忙。我知道,因为我,他受到一些人不公平的对待,那些拿他没有办法的人会冷不丁拿我来打击他,这是最狠的一招。他很累,他很紧张,其中也因为我而烦躁。有那么多的事情发生在我身上,这是堕落吗?我的心里时时感到疼痛,总之,我是一个令我的父亲和母亲失望的孩子,因为母亲的愚蠢,也因为大人的不守信用,所以,我生命中的绝大部分欢乐已经没有了。一个孩子的凄凉和失落竟像一个老人那样宽广无边。

我听到爸爸在阁楼上咳嗽一声,我都要打一个寒战,知道他在家里,我从天井经过的时候,都踮着脚尖走路,不希望他知道我在家里。

自从他从遥远的泸宁调回县城后,他慢慢变得好生气,特别是喝完酒后好骂人,我们为他的这毛病所苦,每个他喝酒的夜里,我们都战战兢兢,如履薄冰,生怕一不小心惹他发更大的脾气。直至后来,甚至他回家的脸色,都是全家心情好坏的晴雨表,他的心情好,我们才敢舒畅地呼吸着四周的空气,他回到家里,脸色不好,我们便大气都不敢出一下。或许出于怨愤,他要数落妈妈的种种不是,他的孤独和郁闷以及艰辛,那时候的我并不能体会,一半替妈妈辩解,一半认为是他的蛮横。我总要替妈妈说好话,其结果总是要把矛盾引到我头上,弄得我泪水涟涟。出于这个原因，妹妹吃饭的时候将饭碗端到自己的小房间里，把门一关，谁也不理。

有一次，他差点把我的数学本子撕掉，一边骂："我叫你读书！我叫你读书！"

也许只是作势，我却惊得几乎要发疯。妈妈和妹妹在一旁拉扯，他终于停下来，却见我用一种仇恨的眼神盯着他看，他更加怒不可遏，随即往我脸上打了一巴掌。我的鼻子一酸，泪不可遏，在混乱的情形中跑出门去。

我跑到县医院背后的一堵红砖围墙外，守了一处田埂子坐了半天。天色暗下来，妈妈炒的菜已经端上桌了吧，却没有人来寻我。我伤心极了。天色那么晚暗，我那么小，还不明白世情恶，欢情薄，不知道我承受的爱与苦，实在是再轻微不过的一个开端罢了。

每当这样的时候，爸爸和妈妈又和好了，大概妈妈怕爸爸伤心过度，而我，却成为他们的对立面，我仿佛是他们的敌人。

父亲和母亲都在看着我，那表情像是在审问。

"你为什么回来这么晚？"

"你最近为什么总是回来这么晚？"

"你干什么去了？"

"你这个孩子，为什么总是不知道争气？"

"你的脑袋里，成天在想些什么？"

"你为什么跟别的孩子不一样？"

类似这样的问题，铺天盖地，让我觉得回家是一件极其可怕的事情。

我收到了一个笔记本，橘黄色的塑料皮面，里边包着一层泡沫塑料，摸起来有一种软绵绵又沉甸甸的感觉，封皮上印着花，显然这在当时是一本十分昂贵的笔记本,这种笔记本在当时的小县城还是极其少见的。扉页里边写着"赠——"。落款是汪国忠。这是一个头颅骨长得有些大,眼睛有些往里凹,却有股子干脆飒爽英武之气的男同学临毕业时赠送的。

这成为我不良品行的证据。我遭到了父亲和母亲的审问。

"说说这是怎么回事?"

我低着头不吭声。

爸爸的脸上显出了忧伤。

妈妈的脸上显出了忧伤。

他们非要我承认我同汪国忠这个男生的关系非同寻常。

这简直就是当头一棒,把我打得头昏眼花,太突然了,他们怎么会有这样奇怪的想法冒出来?但他们就是认为这里头大有文章,他们认为我同这个姓汪的男生不但是在早恋,而且简直还站到了悬崖边,马上就要滑下去。

我承认这是我第一次收到男同学送的礼物。收到这个同学送的礼物,我的脸上确实有过一阵发热,可是他什么也没有说,关于理想、关于人生,那个时代青年流行的手抄本上的句子,甚至关于爱情、关于思念,一段过分的话都没有。他的毕业留念四平八稳,经得起任何人举起来反复察看。

一失足成千古恨啊。好像我已经摔了下去,再无救上来的可能。

我对他们反感极了,但是,我懒得对他们解释,并且,我一点也不怕他们,我讨厌自以为是的人,我讨厌大喊大叫的人。在那一时刻,我甚至有些蔑视他们。

那个姓汪的男生大概做梦都想不到他在我的父母心中留下了多么

不好的印象，他的学生生涯因为我背上了一口巨大的黑锅，被判入不良少年的队伍中，成为他们当中的一员。姓汪的男生毕业后去参了军。那时中越之战还在进行，他在那里当了炮兵，这是后来不知道从哪儿听来的消息。此后我再也没有见过他，不知道他是牺牲在中越前线，还是后来在部队升了官，去了别的地方。

那本笔记本最后到哪儿去了，我似乎再也没有见过它。我是彻底忘记它了。我几乎忘记了所有人的名字，所有人的样子也快要模糊掉了。

南河坝

去南河坝有两条路。一条是田间小路，从丝厂背后的田畈间一直走到南河坝，另一条是从南街尽头向南山方向的大路，这是一条尘土飞扬的路，从那里可以一直走到宏模乡，有一年泸宁的二哥倒插门，我们从南山脚下的那条路步行几十里走到宏模乡去吃九大碗，喝二哥的喜酒。去南河坝的路总是那么的遥远，比起喜家河，比起北山坝，比起大东河，南门以及南门以外的广阔的田野，是我去得最少的地方，却是遗落精神碎片的地方。

又湿又凉的地气从田野里升上来，此外还有夜气和南山传来的松脂的气味。夜气是蓝色的，有点像烟，又有点像雾，从四面八方飘过来，松脂的气味芬芳馥郁，一阵又一阵。这是我从小就喜欢的气味。小时候我就喜欢去马营巷那里的锯木厂去背刨花，那里就有浓郁的松木的气味。清明节上坟的时候，大人在坟山上忙碌，我则一个人跑到松林里去摘野花，一个人从山的这边转到山的那边，山上风大，松涛阵阵令人恐惧。我慌忙往回走，有时候，又自个儿在松林中睡着了，直到大人四处喊我，寻我。所以我闻了松香就像有些人喝了酒，有些醺醺然的舒坦。

远处村子的轮廓有些模糊，但忽然又是清晰的。有一片温暖的黑暗，这个时候的村子，让人望了会产生温暖的家园之感，气象站就隐现在这片温暖的薄雾之间。

我收到了昊给我的第二封信。一张白纸包着的一个小片儿。学生中间总是有秘密交通员，那些个送鸡毛信的男生，他们总是在意想不到的时候出现，完成任务后，便再也没有交集，好像他们专门为送鸡毛信而生，好像他们就是职业鸡毛信使，他们诚守诺言，终生保守秘密，完成任务后就消失。

纸片包包得方方正正，没有折成心形或者相思树这样复杂的形状，大概他的主人这会儿已经懂得了删繁就简，直奔主题。

当我展开纸片儿的时候，是一阵心跳的肃静。纸片儿在微风中战栗，同我青色的、惊奇的战栗一样，它继续着那种肃静，但无论如何，我已经打开了它，我撕开了青春期的迷雾，撕开了刻画着心悸、惊喜的色彩。我在寒风中经过了冬日的篱笆，然后横跨过去，体会着一种朦胧的幸福，仿佛有人在等候着我。

纸片儿中包着一张两寸的黑白照片，四周被相馆精心压了花边。照片上河边的乱堆旁远远地站着的少年侧身而立，他一只脚踩在石头上，并不朝着镜头，而是面朝远方眺望。

河滩并不是我熟悉的河滩。在我的眼力范围内，冕宁四周旷野中的河流，没有这样的河滩。景色中的主人，留着小男生常留的锅盖头，显得调皮活泼，可是他的身姿又是那么沧桑，像是活到了青年。那个时候，三十岁的人在我们的眼里，就是老年人。

我将照片反复看了又看。夹在书本中放好，不一会儿又拿出来看一下，我几乎将它看了一百遍，我的眼睛因为它的炫目而迷离着，我感到了我的饿和渴，那不像是真实的幸福突如其来地降临。直到后来，我才明白那是久违的温暖，唯有他给予了我这种温暖，他给予我的温暖其实已经很久，从毛猪厂巷巷儿开始，情感像疯狂的野草在通往气象站的田坂小路上长满，从红砖墙上缝隙中疯狂地生长出来。

纸片儿被撕开的那一瞬间，我开始理解了那个少年，理解了他少年时期的幻想，正如理解了我自己，理解了我少女时期的幻想。我知道我被别人注视着，它必然会产生战栗，它唤醒了我们身体之间的一个房间，我从房间通往另一个房间，从一扇窗口到另一扇窗口。

随鸡毛信而来的，是信使带来的口信。今晚的南河桥，就是约会的地点。

约会，这在二十世纪八十年代的县城是少男少女的秘密事件。

在那个年代，一群又一群的少男少女们穿上他们认为最为中意的着装，在电影院门口闲逛，在喜家河散步的大路上闲逛，在冕宁县四条街无休无止地闲逛，装着偶遇的样子，彼此心照不宣地看上一眼，就是一种约会生活。

但是那个时候，我并不知道约会这个词语。信使带来的口信，某一天的傍晚，有人在南河桥等我。

是的，有人在等我，等待我前往。这是我的梦幻中出现过无数次的场景。

我是一只失去羽翼的小动物，任何事情都有可能导致我的死亡，寒冷或热烈……究竟是寒冷还是热烈，我像飞蛾扑火，从西门朝遥远的南门走去，在这之前，我曾经一次又一次不知不觉地走在去南门的路上，南门的那条土路像一篇长篇小说，涌动着精神旅途中的碎片。

遥遥地看见南河桥边伫立着一个羞怯的少年，一个跌跌撞撞的少年。他迎来了他幻想中的女孩，一个表面不善言辞、内心波涛汹涌的女孩。

那个少年一定在他的少年时代热烈地幻想过眼前的这个女孩，否则，无法解释清楚那些令人激动的热烈的钢笔字写下的句子，无法解释他托人带给她的照片，无法解释他混迹在一群混沌不清的少年中间，在大街上漫无目的地徘徊，更无法解释清楚他热烈的邀约。

但是，当他们在如慕如渴赴约的情绪中终于单独相处的时候，他们面对对方，却因为心绪的杂芜不宁，诸念纷乱，一切不知道从何说起，竟然惶恐得难以说出一句像样的话来。大概是他们人生中的第一次约会，他们紧张的情绪在相互传染，他们像是溺了水，奄奄一息，心在胸膛里咚咚跳，快要跳出来了。

既折磨，又享受。

暮晚的蓝色逐渐加重，星星亮起来了。青烟从杂木林中缓缓飘出散开，四周变得更为沉寂。有很长的时间，两个人都没有说话，他们就那样站着，好像那就是他们唯一要做的事情。赴约的两个少年单独见了面，却没有想象中的热烈拥抱，或者像电影里男女主角那样互诉衷肠。在他们不知道如何进一步相处，如何对待眼前的恋人的时候，心里泛起了丝丝的不安，一时竟闷闷起来。心里既有永恒的时光不要流逝要凝固下来的苦涩的难舍，又有回家晚了担心家里责骂的哀矜，女孩心里终究有了难安，便跟少年说，得赶紧回家了。

少年执意要送她穿过南门的漠漠田野回到西门，他们当然不敢走大路，怕被人看见。两人想着还有一段山遥水远的路可以在一起，将无比珍贵的约会时间节约在回去的路上，便有了朗然的心境。

两人一路快步往回走，想到回去挨骂是不可避免，说不定还要讨打，心里就很惴惴，然而也只能把步子走得更快一点，好到家的时间能早一点儿，也许受罚的程度就轻一些。

两个一前一后走在田埂上，眼睛里闪着光，好像有一种什么东西变成了两人共同的东西，而这种东西在他们之间流动，他们不用说话，就能感觉得到，就像他们之间从来就是默默的倾慕，无须更多的语言。从那以后，他们心灵的天线在漫长的岁月中状若游丝，在茫茫失眠的夜晚游动。在某一个悟出了天机的时刻，猛然搭上，绽放出火花。

星月朗朗，田埂在月光下微微发白，不时有小小的沟渠拦住他们，他不时要伸出手来，接过她的手，帮助她越过沟渠。白天眼里的漠漠田野在夜晚像是一道又一道的迷宫，好在终究是朝着一个准确的大方向在走，不久便走到了一条宽阔的土路上。从那里望去，城里居民房里的灯火渐渐明晰，他们就在那条黑暗的路上分了手，各自朝自己的家里往回赶。

我记不得我是怎样跟他分手并向他告别的。只记得有一种什么力量推着我，让我在茫茫黑夜中漫游。

我还是在晚上十一点钟之前赶回了西门。

我站在门前，犹豫着如何对爸爸妈妈撒谎整个夜晚去了哪里。几次举手，都因为紧张，而把手放下了。那时，我看见月亮，周围还有许多云彩，感到心里很空，不知道为什么，在那一瞬间，我突然感到爸爸妈妈的可怜，爸爸是应该打我的，我不应该再让他们为我担心了。

风流云散

　　秋天到来的时候,寒露起来了,秋稻正在扬花,风一吹,将来就会有一些谷粒变瘪。

　　那一天,我一出门就感到了不对劲。钟鼓楼靠东边的那面墙上贴满了白纸,那是这个古老的县城在和尚冲山下那个新建的水泥厂的招工公告。人群兴高采烈地张望着,招上的人喜形于色,没有招上的人一阵慌乱。我混在了人群中,在眼睛快看酸了的时候,我看见了招上工的人当中有昊的名字。

　　昊招工到水泥厂了!

　　犹如平地一声惊雷,雷声隆隆,我顿时觉得天空有些发暗,空气中似乎充满了雨的气味,仿佛嗅到了某种不祥的气息,似乎也明白了天意,一道深壑大堤从此将我们隔断,从今往后,彼此的一切都跟对方无关了。

　　陈平平在二中复读的结果是,她中断了复读,去他父亲在西昌的汽运公司当了一名修车工。临行前,我和南街那个叫芸的女孩子去送别。我偷了父亲的海鸥牌相机,去照相馆买了一卷胶卷,去了东河坝,后来又去一片小树林中拍了许多照片。

陈平平比我们更早地参加了工作，接触了社会。她干过许多工作，最后离开那个倒闭的汽车运输公司，去一家商场当了业务主管。有一年我路过她所工作的城市，大概她想让我看到她当了业务主管后的风采，一再嘱咐要我去看她。我去了那个城市当时著名的超市，那个超市有一个奇怪的名字——达达超市。那天她气定神闲，当着我的面训斥一个因为胃病要请假看病的胖姑娘。大概就是从那以后，我再也没有见过她。不是因为彼此距离的遥远，而是莫名其妙地自然而然地彼此就不想再见了。

那个住在南街口的芸再次落榜，她去了更远的回坪中学复读，那里的学校是走读，她需要一辆自行车，但她不会骑车，与她一起选择了那所学校，并一起去复读的男孩自然就有了邀约她，并且接送她的义务，她只需要背着书包，坐在他的自行车的后架上上学、放学。其中有患难中的惺惺相惜，也有少男少女之间混沌不清的感情。

在我升上高中后的某一天，那个天天载着芸去回坪读书的英俊男孩参军去了遥远的新疆，临行前，芸的父母在南街的家里替孩子们办了一场酒宴，双方请了他们各自的朋友。芸通过我认识的朋友全部去了，其中自然也包括了陈平平。

我升上了高中，那天要上夜自习，我没有参加那场热闹的送别酒宴，那天的情况我后来隐隐约约听说一些。大概意思就是参加送别的少男少女第一次体会到了古人在诗中所写的那种离情别恨，大家约定，每一个人必须给参军离家且离我们十万八千里的驻守边关的男孩定时写信。

男孩参军第一次返家探亲，他首先去见的那个人不是芸，而是陈平平。因为陈平平给他写的信最多，无论是数量，还是每一封信的厚度，都远远地超过了芸。

芸后来去了遥远的西门外朝九龙方向而去的一家稀土矿当工人，那里收纳了县城许多的待业青年，那里是少年少女公然扎堆的地方。她的头发烫成奇怪的爆炸式，短短地堆在她的头顶，整个人的体型膨胀起来，她拒绝我和陈平平前去看她。

陈平平超过她的寄往远方的信件肯定让芸受到了有生以来最大的打击。她原本是主角，而陈平平是配角，没有她，在那个新疆当兵的男孩心中，怎么会有陈平平的位置。但这件事起码说明一点，回来探亲的男孩不爱她，一点也不爱她，在他的心中根本没有她的位置，没有她唱歌或者跳舞的空间。她觉得自己完了，一个满怀爱意的女孩，一对当初看起来像是青梅竹马的恋人，突然发现自己在他的心中，竟然不如一个突然闯入的女生。

她的拒绝就这样差不多过去了半个世纪。

起初，从稀土矿隐隐传来过她的消息。一群男男女女在用酒精炉煮火锅的时候，芸被酒精炉喷出的火焰烫伤了。大概在脖子，或者手臂上被毁了容。具体部位我也听得模模糊糊，大概我离一群待业青年的生活越来越远，我得到的消息也就风一丝雨一丝的。直到后来我离开这个县城去外边读书，听到了她结婚的消息，那个结婚的对象是当时那个矿山上最帅的男孩子，容貌与当初接送她上学、下学的男孩子相比，有过之而无不及。她大概是使出了浑身的解数，用尽了她的力气，算是拼得了一回尊严吧。时过境迁，反正我也说不清，不过有时候觉得这样的想法不是没有道理。他们育下一子，最后还是与这个英俊的丈夫解除了婚约，她后半生一直浪荡在广州一带，再也没有回来过。她的消息沉入大海,仿佛再也不会探出头来了。

我前面提到过的谭力力,在我念高中的某一学期,她喝农药自杀了。谭力力的死并不复杂,她在跟男友一次不轻不重的争吵后,便嚷嚷着要去自杀,男友以为她在赌气,并没有在意。她真就去喝了,农药的效果是猛烈的,她就那样死在了男友的怀里,那个温顺、文弱的男友的怀里。

三十年前的谭力力,就那样从我们生活的县城消失了。

彭晓丹从乡坝转到县城来念书,没有升上学校。她直接去了那家丝厂当了丝妹,她的住处一次又一次发生变动,那些小房间也是一朵朵的睡莲,彭晓丹躺在睡莲上,看大鱼小鱼在身旁游来游去。你有一个眼神,她就丢给你一个鱼钩。有一次,我碰到彭晓丹在大街上走,那时没有电话,只有碰。她长长的辫子拧着纷乱的麻花,刘海贴在前额。她的脸色很不好。我从背后喊住了她,她的脸是黄的,像是涂了一层黄蜀子水,使她看上去不像平时的彭晓丹,我一时怀疑她是不是真的彭晓丹。

我说:"你怎么了? 彭晓丹。"

她古怪地看着我。

我说:"你不要紧吧? "

她说她可能出事了。

出事了,这个词,它像一个戏剧性的东西出现在我们的生活中,它神秘、令人兴奋、隐隐不安,又让人幸灾乐祸。

但彭晓丹的事早就出过了。她甚至还跟过段海军,她还有什么事好出呢?

我眨着眼睛看着她。

她说她可能怀孕了。

怀孕！肚子里面有一个胎儿！还没有结婚！刚满十八岁！打胎、刮宫！人流证明！

这些字眼像是一阵凉风刮进我们的身体，一阵一阵地往骨头里钻。我觉得脑子里一团乱麻，乱得不能再乱，而每个线头都在不停地长出麻来，麻越来越多，乱七八糟地把我们裹在里头。

怎么办呢，得去找那个让彭晓丹怀上孩子的男孩。

我骑着自行车陪她去了一个地方，将那个男青年堵在了屋里，那个时候，我们哪有什么心智可言，无非就是要求那个男青年在纸上写下保证书，保证要娶彭晓丹。男青年哪里会承认，估计他早被我们一脸悲壮吓了个半死。他抗拒、挣扎，我叫彭晓丹一个人守着，我去搬救兵，待我去把救兵搬来时，那个男青年早跑掉了。彭晓丹就像一枚图钉，她自个儿噗的一下，就把我胀鼓的气给放掉了。

彭晓丹是第一个让我知道男女之间性事的人。也是第一个告诉我第一次的人。那是要让人脸热耳烫的。

"你们之间什么都没有发生啊，连手都没有拉过啊？"

"疼，火辣辣的疼。"

我觉得彭晓丹就是一只蚌，她色彩斑斓，开合随意，柔软又坚硬。在冕宁的河床上闪着光。

在我忙于升学的那一大段空白中，我把彭晓丹完全忘了。她是什么时候离开的呢？有一年，彭晓丹从外地给我打来一个电话，叫我不要担心她。她是我的少年时代唯一一个将我看得重之又重的人。又有一年，她开着一辆大货车到我所在的城市，叫我给她找一个停车的地方，最后她将车停在了郊外，我并没有见到她，但我知道她和丈夫在跑长途运输。

我说，彭晓丹，让我请你吃一顿饭，彭晓丹，你进城来，我想看你。她说，你管我呢，你是我的妈吗？你啥子都管着我，你还没有管够吗？

再见吧，红色的喇叭裤，再见吧，邓丽君，再见吧，那些漂洋过海来的邮票。再见吧，那些小镇青年，那些曾经让彭晓丹的生活变得乱七八糟的小镇青年。

彭晓丹就这样脱胎换骨变成了另一个人。

昊在参加工作后，与丝厂的一个漂亮女孩结婚了，他很快成为一个年轻的父亲，他在那家水泥厂一直干到它倒闭。有一年我回到这个县城，在一个偶然的机会里，我们隔着三十年的光阴再次相见。在见到他的那一瞬间，我的北街、我的县联社、我的气象站，在时间中重新复活，所有的事物，在钟鼓楼那向东南西北的四条路中间，缓缓地站起来。

我们相互留下了电话。他变成了一个多话之人。有那么一段时间，他喜欢给我打电话。他用他那不变的冕宁口音大大咧咧地跟我说话。那是他一个人在水泥厂值班的时候。

我接了电话，他开口便问："你在搞啥子哦？"

我说："你怎么变成一个话多的人了啊，这真是令我想不到。"

"我原来就是这样的啊。"

"那你以前怎么在我面前一句话都不说呢。"

有一次他主动跟我聊起了以前的班级，聊起了同学会，聊起了肖剑秋，甚至陈平平。聊到同学会时，陈平平跟他，还有其他男生要纸条，陈平平说："你们在座的，统统欠我一张纸条。"

同学会中当然没有我，我早已是不属于这个班级的人。聊到肖剑秋时，我说："我永远不会原谅。"

又有一年，大概是在一个夜晚，接到他久违的电话。电话那方声音嘈杂。他的电话不知道什么时候已经消失在通讯录中。

我说："你是谁?"这声音好熟悉。我一时真的想不起来是谁的声音了。

"嗨,你连我的声音都听不出来了啊。"

他又在电话那头大大咧咧地嚷嚷:"陈平平回来了,我们在一起喝酒。"然后是一番同学轮流跟我通话。

快要轮到陈平平了。我的心中突然涌起一种久远的酸涩,笑着说:"她啊,她是个叛徒!"

电话那头传来陈平平尖细且温软的声音:"她说我是个叛徒,她说我是个叛徒。"

写在后面的话

　　我真的非常感念我的童年和童年生活过的地方，我一直有一个心愿，想把它们写下来。

　　大概在三岁那年，我随我的母亲从成都平原来到凉山一个叫冕宁的县城生活。直到我二十岁之前，都在这个小县城生活。

　　在我曾经生活过的县城中，县联社的大院生活对我来说是一些永不磨灭的、碎片化的记忆。

　　当我回头去看这段日子，我的心里总是升起温暖的回忆。大院里生活着那么多可爱的家庭、童年的玩伴，我永远都忘不掉他们。当我想起他们的时候，我觉得他们是一群朴素的孩子，我喜欢他们原本的生活。大院里有两棵苹果树、一棵葡萄树、一棵樱桃树，居民也喜欢种花养草，虽然都是些平凡的不起眼的花草，但很漂亮、很浪漫。

　　大院里也有那么多斑斓的事物，当我成人后这些斑斓的事物在我眼里便有了一种很高贵的色彩。

　　那里的一砖一瓦、井台、小路……都是我太熟悉不过的记忆。我闭上眼睛都是它们，我都写到了书里。

我的父亲、母亲都是极其善良、可爱的人，特别是我的父亲，他是最可爱的人了，你可以通过我的文字了解他。他帮过很多人，非常宽厚和大度，虽然遇到很多不公平的事情，但是他的心境一直很好。他享受的都是普通人生活中最温暖的东西，他喜欢大自然，喜欢探索新鲜的事物，在他的晚年，他又学习国画，他一辈子都希望有一间大书房，或者大瓦房，但他没有，他就将他梦想中的房子画下来，还将他小时候同他的母亲生活过的刘家大院画出来，并展示给我们看。父亲的这些生活态度都影响了我：生活虽然一地鸡毛，但又是非常值得去过的。

　　小时候，我受父亲影响喜爱上了画画，但因时代的局限，我并没有机会接受专业的美术训练，我做梦都想去美术学校，但就是去不了。

　　当我写这本书的时候，我梦想着要将小时候生活的情景通过画面呈现出来。当这本书的文字部分结束后，我就决定去学习画画。我从2020年6月开始学习水彩画，都是利用晚上的时间练习画画，这中间的过程太不容易了，我很感激遇到了清华大学美术学院研究生导师、著名水彩画家黄有维先生，他面向全国开了一个网络课程，教我们这些没有机会去美术学校学习画画的人，我就在网上跟他学习水彩画。可是我这本书的插画是不会等我学好后再去画的，于是这些插画就是今天呈现在大家面前的样子。

　　我写得最多的是我的父亲，但他看不到我的这些文字了，这令我十分遗憾。我不确定这本书中的文字是否打动你，但可以有一种温暖的东西，它跳出来，拥抱你。

黄　薇

2022年6月16日

文艺新实力
NEW FORCES OF LITERATURE

已出书目：

《茶洲记》

《如在》

《小小悲欢》

《县联社》